中国翻译家译丛

王佐良

爱情与自由

Love and Liberty

［英国］彭斯 等◎著
王佐良◎译

人民文学出版社

图书在版编目(CIP)数据

王佐良译爱情与自由/(英)彭斯等著;王佐良译. — 北京:人民文学出版社,2017
(中国翻译家译丛)
ISBN 978-7-02-012479-4

Ⅰ.①王… Ⅱ.①彭…②王… Ⅲ.①诗集—英国—近代 Ⅳ.①I561.24

中国版本图书馆 CIP 数据核字(2017)第 038774 号

选题策划　欧阳韬
责任编辑　张海香
责任印制　任　祎

出版发行　人民文学出版社
社　　址　北京市朝内大街 166 号
邮政编码　100705
网　　址　http://www.rw-cn.com

印　　刷　北京盛通印刷股份有限公司
经　　销　全国新华书店等

字　　数　186 千字
开　　本　710 毫米×1000 毫米　1/16
印　　张　22.25　插页 1
印　　数　1—5000
版　　次　2019 年 7 月北京第 1 版
印　　次　2019 年 7 月第 1 次印刷

书　　号　978-7-02-012479-4
定　　价　59.00 元

出 版 说 明

　　人民文学出版社自一九五一年建社以来,出版了很多著名翻译家的优秀译作。这些翻译家学贯中西,才气纵横。他们苦心孤诣,以不倦的译笔为几代读者提供了丰厚的精神食粮,堪当后学楷模。然时下,译界译者、译作之多虽前所未有,却难觅精品、大家。为缅怀名家们对中华文化所做出的巨大贡献,展示他们的严谨学风和卓越成就,更为激浊扬清,在文学翻译领域树一面正色之旗,人民文学出版社决定携手中国翻译协会出版"中国翻译家译丛",精选杰出文学翻译家的代表译作,每人一种,分辑出版。

人民文学出版社编辑部

二〇一六年十月

目　　录

王佐良的生平和他的事业(代前言)*

　　浙江省人杰地灵,历来是中国人才辈出的地方,1916 年出生于浙江省上虞县(今上虞区)的王佐良先生便是其中的一位佼佼者。从上中学时起,他对英语教学和英国文学就已产生了浓厚的兴趣,经过数十年锲而不舍的努力,终于成了一位杰出的诗人、学者、教育家和翻译家,跻身国际上最著名的英国文学专家之列。王佐良这一名字已经和中国外国文学研究的高峰联系在一起了。

　　童年时的王佐良跟随在一家小公司任职的父亲住在今天的武汉市,小学和中学分别就读于汉口的宁波小学和武昌的文华中学,后者是一所由英美圣公会等基督教派开办的教会学校,除了国文(汉语)之外,该校包括体育在内的绝大多数课程是用英语教授的,这使他在中学时代就打下了良好的英语基础,从中对外籍教员的教学方法也有了亲身的体会。中学毕业时,他原本准备投考大学,不料父亲所在的公司破产,家里无法支持他继续上学,他不得不求职自谋生路。经过努力他考入湖北省盐务稽查处,当了一名三等课员(会计)。一年来省吃俭用,凭借微薄的薪金攒下了三百元钱,终于得以继续求学。1935 年,王佐良考入北平清华大学。抗日战争爆发后,随校辗转迁往湖南(长沙、南岳)和云南(蒙自、昆明),后在昆明并入西南联合大学。

　　学生时代的王佐良已显露出不凡的文学才华,读中学时即已开始了写作生涯。先是以"庭晟""竹衍""行朗"等笔名在武汉一些报纸和《中学生》杂志上发表一些短篇小说和散文,上大学后继续发表了《武汉印象记》《北平散记》

　　＊　原文发表于《王佐良文集》(外语教学与研究出版社 1997 年版),2015 年 7 月修改补充。修改时参考了王佐良先生五子、美国布朗大学东亚图书馆馆长王立博士近期提供的若干资料。

等纪实文字,特别是在《一二·九运动记》等政论报道中抒发了自己的爱国情怀和进步思想;其间还在昆明《文聚》月刊上发表了中篇小说《昆明居》。但他更多的是写诗。可能是因为主修外国文学的缘故,他的诗风受到西方现代派诗人的影响颇大。早期的诗作除在《清华周刊》《时代与潮文艺》等刊物上发表过之外,闻一多所编的《现代诗钞》中亦收录了其中的几首。后来,瑞典汉学家马悦然(Nils Göran David Malmqvist,1924—   )也曾翻译过王佐良在昆明时代写的两首诗,收入其所编的瑞典文版《中国诗选》中。

在大学一年级时,王佐良的英语写作也初露头角,二年级时的英语作文成绩常常名列全班之冠,并曾获得全校英语演说比赛的第一名,为此经常受到贺麟、吴宓、王文显、陈福田、叶公超和钱锺书等名师们的赞许。在当时任教于清华,后成为著名诗人的英籍教师燕卜荪(William Empson,1906—1984)的影响下,他广泛阅读了大量英语版原著,尤其对英国诗歌和诗剧感兴趣,自己也写了一些英语诗,其中的几首曾刊登在伦敦出版的文学杂志《生活与文学》(Life and Letters)上。

1939年,王佐良毕业于融汇了北大、清华和南开三校的优良校风和学风的西南联合大学,留校任助教,后晋升为讲师。在整个抗日战争期间,他除了从事教学工作以外,还与当时中国所有热血青年一样,积极参加了抗日救亡运动。他曾于1943年3—8月兼任昆明干海子美军炮兵训练大队首席教官的秘书和高级译员,以其渊博的英语专业知识为特长,协助盟国在中国的军援工作。1944年7月至1945年8月,他兼任军委会国际宣传处昆明办事处主任,一段时间内每周用英语撰写一篇时评并亲自在昆明广播电台播出,还在《天文台》等刊物上发表了多篇分析战局和介绍中国抗战形势的文章,并对中国文坛的动向多有评介,俨如一位多产的新闻记者。这些工作都为向全世界宣传中国的抗战形势和文化特色,提高中国在国际反法西斯统一路线中的声望等方面做出了应有的贡献,也使他的分析观察能力和中英文写作水平得到很大的提高。抗战胜利后,他的一些文字材料与当代中国各领域的多位著名学者创作的对外宣传作品一起被结集出版。其中一本是由他独立用英语撰写的《今日中国文学之趋向》(Trends in Chinese Literature Today),其内容涵盖了从"五四"时期新文化运动开始到约1943年间中国现代文学的发展历程,简要叙述了新文学的发端时期各种流派的发展演变,介绍了包括鲁迅和在延安的艾青等在内的一批重要文人及其代表作品,也概述了抗战时期文学创作的内容、特点和风格。该书总结分析了中国新文学最突出的特征和历史意义,内中不乏一些独到的见解和精辟的前瞻。在资料匮乏、信息闭塞和生活拮据的艰苦战争年代,能写出这样有深度和广度乃至文笔俱佳的综述文字,不仅体现了王佐良的忧国忧民和现实主义的进步文化观念,而且开始显露出他在驾驭与归纳纷繁多样的素材方面的过人才华。

在西南联大工作期间,王佐良与在武汉已结识当时就读于贵阳医学院的徐序女士,两人于 1940 年在贵阳结为伉俪。在昆明,他们育有二子一女。

王佐良在翻译方面的最初尝试大约开始于 1940 年。虽然战时的西南联大生活清苦,工作繁重,经常还要在外兼职谋生,最多时曾同时干六份工作,但他仍然坚持读书和翻译。早期译作有爱尔兰著名作家乔伊斯(James Joyce,1882—1941)的短篇小说集《都柏林人》,曾托人带到桂林准备出版,不幸遇上日寇飞机轰炸,手稿化为灰烬。后来仅整理出一篇《伊芙林》,1947 年才得以登载于天津《大公报》的文学副刊上。同一时期他也开始了学术论著的写作,其中,《诗人与批评家艾里奥特》一文,曾分章节载于《大公报》和《益世报》上,开创了国内研究英国著名诗人艾略特(今译名,Thomas Stearns Eliot,1888—1965)之先河。此间他还开始了对于中国当代诗作的研究,他关注着在延安的诗人们对于"新的形式"的鲜活实验,热情地介绍和评论了在昆明的年轻作家群体中"最为出类拔萃的"诗人穆旦(查良铮)。王佐良撰写的原载伦敦《生活与文学》的《一个中国诗人》(A Chinese Poet)一文,堪称目前见到的最早全面评述穆旦诗歌的文章。

抗日战争胜利后,王佐良辞去在国际宣传处的兼职,举家随清华大学迁回北平,在清华继续任教。1947 年秋,他考取了中央庚款公费留学,成为英国牛津大学茂登学院(Merton College, University of Oxford)的研究生,主修十七世纪英国文学,导师是著名的研究英国文艺复兴的学者威尔逊教授(Frank Percy Wilson, 1889—1963)。他充分利用了牛津大学学者云集、学术空气浓厚和文献资料丰富等有利条件,勤奋努力,广泛涉猎了英国古典与现代文学的方方面面,不仅得以提前一年获得 B. Litt.(Oxon)学位(即后来牛津重新颁发的 Master of Letters"文学研究硕士"),也为他日后的英国文学研究打下了坚实的基础。在撰写学位论文《约翰·韦勃斯特的文学声誉》(The Literary Reputation of John Webster to 1830)时,王佐良按照导师的指点,充分掌握了有关这位莎士比亚同时代剧作家及其作品的丰富材料,包括各种私人抄本、剧本目录以至剧院广告,又详细参考了历代作家、批评家和读者、观众对他的作品的反应,用生动准确的语言阐述了韦勃斯特(John Webster, 1578—1632)的文学成就,追溯出古代对于英国文艺复兴时代诗剧的爱憎、迎拒的弧线,从中看出历代的风沿,并进而揭示文学批评史的一个侧面。在这篇论文发表二十八年后的1975年,又由奥地利萨尔斯堡大学英国语言与文艺研究所(Institut für Englische Sprache und Literatur, Universität Salzburg)作为专著出版了单行本,成为该校编印的英国十七世纪诗剧研究丛书之一。此书受到国外行家的一致好评,他们不仅对文章的内容给予了充分的肯定,而且特别赞扬了王佐良把历来十分枯燥的考据内容写得生动感人的本领,说此书的文采"特别出色","它风格清新活泼,作者自始至终不失其幽默感,而且列举了许多有关所论时代的演出、研究和审美时尚的生动实例"。这种写作风格在他后来的其他文论中均有体现和发展。王佐良对韦勃斯特的文学声誉的研究为自己赢得了在外国文学研究方面的声誉。

在英国留学并研究英国文学期间,王佐良也从未间断过自己的诗歌和散文创作。他"用诗一般的语言"记叙了乘船途经香港、新加坡和开罗等地的观感,这些颇富文采的游记,曾陆续发表在天津《大公报》上。

在结束了牛津大学的学业后,王佐良曾准备去法国继续深造,而这时的中国已发生了天翻地覆的变化。他毅然放弃了在国外学习和工作的机会,远涉重洋,于新中国诞生前夕的1949年9月回到解放后的北平与妻儿团聚。他在四十年后回忆这段经历时对记者说:"当时的留学生大多数都和我一样,急于回国参加新中国的建设。记得当时帝国主义对大陆实行封锁,从香港乘船到大陆有一定的风险,但即便是那样,我们也下决心要回来。说实在的,当时要留在英国也不是不可以的,而且生活也会很不错,但我们从未想过要留下,从留学一开始就认为回国是天经地义的。"回国后,王佐良全家一直居住在清华大学的校园内。五十年代,家中又添两子。

经过在华北人民革命大学政治研究院的短期学习后,王佐良被分配到北京外国语学校(后更名为北京外国语学院,即现在的北京外国语大学的前身)任教,从此在该校工作直到逝世。

新中国成立之初,中共中央宣传部组建了《毛泽东选集》英译委员会,王佐良与他的老师金岳霖、钱锺书等著名学者一起被聘为委员,共同参加了《毛泽东选集》1—4卷的翻译工作。

王佐良历任北京外国语学院教授、博士研究生导师、英语系主任、副院长、顾问、学术委员会主任、外国文学研究所所长等重要职务。通过几十年如一日的勤奋努力,并得益于从中学起就受英语环境的熏陶以及在大学和出国留学期间众多中外名师的指导,他积累起了深厚的专业根底和广博的知识阅历,这使他能在英语教学中,较早采用启发式、讨论式等现代先进教学方法而广受师生的欢迎。在王佐良和他的同事们的共同努力下,北京外国语学院很快便成为我国水平最高的外语教学与研究基地之一,为国家培养了一大批高质量的外语人才,其中有许多人已成为我国外交、外贸、外国文学研究与教学方面的骨干力量。如今的北京外国语大学在国际上也享有越来越高的声誉。

为了适应教学和翻译工作的需要,王佐良潜心研究了英语语言学方面的一些课题,尤其是有关英语文体和风格方面。他在 1963 年撰写了《关于英语的文体、风格研究》,提出了开展这方面研究的建议。文中精辟地指出:"文体风格的研究是有实际用途的,它可以使我们更深入地观察英语的性能,看到英语的长处、短处,以及我们在学习英语时应该特别注意或者警惕的地方。因为英语一方面不难使用,一方面又在不小心或过分小心的使用者面前布满了陷阱。""对于英语教学来说,文体、风格之类最忌空谈,能否说出口语体、笔语体的名称或修辞格的定义,对于能否确切了解与恰当运用英语,没有多少关系。但是教师在教材的选择上须具备有关文体、风格的知识,例如我们眼下的初年级教材着重选用能上口但又不过于口语化的文字,中、高年级需要有利于笔头模仿的各种实用文体(书信、布告、公文、特殊的报纸文体之类)以及一定数量的艺术文体。教师有一点文体、风格的知识显然可以选择得更自觉、更细微,自己编写起教材来也容易有意识地注意文体上的适应性。对于高年级的学生,对于处于提高阶段的学习者,文体、风格的训练能够帮助他掌握英语,但是这所谓掌握不仅是自己会说会写,还包含着对别人说的写的有确切的了解。真正确切地了解外语不是易事,造成了解困难的有许多因素,其中也有文体风格的因素。"

当时即使是在英语国家,对英语文体和风格的研究也是一个方兴未艾的课题,王佐良的这篇论文堪称国内系统地研究英语文体学的开山之作。在这前后,他还先后发表了一系列从语言学角度研究英语语言的论文,例如《现代英语的简练》(1957)、《英语中的强调手段》(1964)、《英语文体学研究及其他》(1978)、《现代英语的多种功用》(1979)等。这些论文在1980年汇编成《英语文体学论文集》一书,由外语教学与研究出版社出版。

繁重的教学科研与行政工作使王佐良只能利用假期时间从事文学翻译,他谦虚地自称为"一个业余翻译者"。新中国成立初期,他曾与友人姜桂浓、吴景荣、周珏良、许国璋和朱树飏等人合作,由英语转译出版了著名苏联作家爱伦堡(Илья Григóрьевич Эренбýрг,1891—1967)的长篇小说《暴风雨》,参与其事的还有王绍坊、陈体强、李赋宁、夏祖煃和梁达。这些译校者后来都成了各个领域的著名学者或专家,当时的整个译作集体可谓是名家荟萃。此书虽从英译本转译,但风格上参考了法语的译本,疑难内容处还请人对照了俄语原作,体现了译者们精益求精的严谨作风。不过此后王佐良就没有再涉足过大部头的小说的翻译,而是精心翻译了为数可观的英语经典诗文和散文。五十年代,他翻译的代表作是培根(Francis Bacon,1561—1626)的《随笔》3篇,其中最为广大读者耳熟能详的《论读书》的译文,已被同行学者们誉为"好似一座令后来者难以翻越的高高的山峰",经典佳句如:

读书足以怡情,足以傅彩,足以长才。其怡情也,最见于独处幽居之时;其傅彩也,最见于高谈阔论之中;其长才也,最见于处世判事之际。

同一时期,王佐良还为中国读者留下了苏格兰著名诗人彭斯(Robert Burns,1759—1796)的脍炙人口的诗句译文:

呵,我的爱人像朵红红的玫瑰,

六月里迎风初开;

呵,我的爱人像支甜甜的曲子,

唱得合拍又和谐。

1958年,王佐良与巴恩斯(Archie Barnes,1931—2002)合作完成了中国话剧的经典作品——著名剧作曹禺的《雷雨》全剧剧本的英译工作。他们用生动、地道的英语准确地表现了剧中各角色的个性,出版后受到行家的一致赞扬。此外,他还将一些难度很大的汉语诗文翻译成了英文。

王佐良在教学、科研和翻译工作中的杰出成就,使得他在1960年代间先后被评为北京外国语学院和北京市文教系统的先进工作者,出席了全国文教系统的先进工作者大会。

在"史无前例"的"文革"动乱时期,与许多同时代的著名专家、学者一样,王佐良也难逃一劫。早已在新中国成立初期就已经澄清了的抗战期间的一段原本是爱国行为的经历,却使他又一次蒙受"历史问题"的审查;他在英语界所处的位置更使他"理所当然"地被打成所谓"反动学术权威"。先是被抄家批斗,继而被发配到"干校"接受教育。但即使在那个特定的时期,英语知识作为一种既可用于国际交流,也可用于"阶级斗争"的工具,仍有其重要的使用价值。在周恩来总理的亲自过问下,北京外国语学院从1971年开始组织编写《汉英词典》。由于有了这个契机,仍在接受审查的王佐良有幸于1975年进入编写班子,并成为副主编之一(主编为吴景荣)。这本从中美关系解冻时开始编纂,到"四人帮"覆灭后的1978年面世的大型工具书是王佐良一生参与编写的唯一一部辞书。编撰辞书并非他的特长,但在那样的特殊年代中,能从事这样相当专业的任务显然是十分宝贵的。王佐良以满腔的热忱积极投入了这项工作。为了使每一个词条、释言和例句都能达到准确无误和鲜明生动,他废寝忘食、一丝不苟地进行了大量的查阅和考证工作,并尽力为参与编写工作的青年教师提供帮助。在总结编写这部词典的心得体会时,他说:"最终决定一部作品语言的好坏,以及在一定意义上决定一部词典优劣的,不仅在于编著者对于某种表达形式的精通与否,还在于他对论及对象的敏感性,他的想象力,他的求知欲和对新生事物探索的勇气,他对人类事业的关注和他是否有一个正确的世界观。"

实际上,这种不满足于就事论事的思维方法和勇于求索、善于想象和孜孜不倦的敬业精神,始终贯穿了王佐良的一生。《汉英词典》以其丰富的内容、严谨的结构和准确的诠释而获得了巨大的成功。到1994年,商务印书馆已连续印刷十五次,1995年,外语教学与研究出版社又出版了它的增订版。这本词典的体例、词条和释义也为众多的后来者乃至其他语种的辞书所广泛模仿和引用。

"文革"结束以后,随着国家的政治、经济和文化生活重新走上正轨,王佐良的才华也得以尽情地发挥。1981年起,他被聘为国务院学术委员会委员,1985年任该委员会学科评议组外国文学组组长,后又任国家教委高等院校专业外语教材编审委员会主任、国家教委高等学校专业外语教学指导委员会顾问、中国外语教学研究会副会长、中国英语教学研究会会长等职。

王佐良在英语教学方面的造诣使他被清华大学等多所著名院校聘为特邀或兼职教授。他还受聘为中国社会科学院外国文学研究所兼任研究员,并当选为中国外国文学研究会副会长和中国莎士比亚学会副会长。

作为诗人和翻译家的王佐良是中国作家协会理事、中国作家协会外国文学委员和中华文学基金会中美文学交流奖评委会委员。另外,他还是《外国文学》《文苑》杂志的主编,并兼任《英语世界》《英语学习》《世界文学》《译林》等多种杂志的编委或顾问。

尽管身兼如此之多的行政和学术职务,王佐良仍然一刻也没有离开过他所热爱的英语教学工作。除了亲自指导一批又一批的硕士和博士研究生外,他还在教材和教学参考书的选编方面为我国英语教学事业做出了突出贡献。早在 1961 年,他就为国家主管部制订大学英语专业培养方案选定了中英文的必读和参考书目,这个书目至今仍十分有用。从 1980 年起,除了传统的英语教学主流课程之外,他又领导一批中青年教师开设了关于欧洲各个时期的文学、艺术、哲学以及科学技术方面的基本史实,并与同一时期相关的中国文化现象进行了比较。1992 年,由他和祝珏、李品伟、高厚堃共同主编,将讲授这门课程所积累的讲义和提纲等整理而成的英文版《欧洲文化入门》一书出版,得到全国各外语院校的欢迎和关注。1995 年,《欧洲文化入门》获国家教委第三届高校优等教材奖一等奖,此书直至二十一世纪的今天仍在频频再版。这一尝试也从一个侧面体现了王佐良关于"通过文学来学习语言,语言也会学得更好"和"文化知识和文化修养有助于人的性情、趣味、美德、价值标准等的提高,也就是人的素质的提高,这是当前教育界和全社会亟须加强的最重要的工作之一"的一贯主张。

王佐良在英语文体学等方面的研究成果大大充实了我国英语教材的内容。1987 年出版的由他和丁往道主编的《英语文体学引论》,立意新颖,论述精辟,结构严谨,受到教育界的一致好评,荣获国家教委第二届全国高校优秀教材优秀奖及北京市第二届哲学社会科学优秀成果一等奖。

国家的改革开放政策带来了学术界的繁荣。在经过多年的思考与实践以后,王佐良在英语文学、比较文学、文学史和文学翻译理论等诸多方面的学术思想也日臻成熟,他的写作热情一发不可收。从 1978 年起,几乎每年都有他的专著出版,而发表在各杂志上的短文和学术会议上的论文更是数量惊人。

王佐良的另一个重要贡献就是向中国的广大读者系统地介绍了英语文学的大量优秀著作,特别是诗作和散文。"文革"后,先是主编了《美国短篇小说选》(中国青年出版社,1980),后来又和李赋宁、周珏良、刘承沛合作,陆续选编了《英美文学活页文选》,并将其集录成《苏格兰诗选》(湖南人民出版社,1986)、《英国诗选》(上海译文出版社,1988)、《并非舞文弄墨:英国散文名篇新选》(三联书店,1994)等。在这些著作中,王佐良一方面亲自翻译了许多英语名著,另一方面还为他选编的几乎每一篇作品都精心撰写了介绍和评述,使读者在欣赏异国诗文的音韵风采之余,还能了解到不少有关作者的身世和文化背景的知识。

王佐良在文学翻译方面不仅拥有丰富的实践经验,而且在翻译理论方面也颇有建树。他的翻译主张,比较集中地反映在他的《翻译:思考与试笔》(外语教学与研究出版社,1989)、《论新开端:文学与翻译研究集》(英文专著,外语教学与研究出版社,1991)和《论诗的翻译》(江西教育出版社,1992)等专著和许多论文中。他特别注重使包括翻译作品在内的各种作品如何贴近读者的问题,一再强调"一部作品要靠读者来最后完成"。他仍然继续谦虚地把自己的译作称为"试笔",说"翻译者是一个永恒的学生"。他认为,翻译的理论不能永远停留在只是津津乐道于前人总结的"信、达、雅"三个字上,而应有自己的见解和创新。他自己的主张是:"一、辩证地看——尽可能地顺译,必要时直译,任何好的译作总是顺译和直译的结合;二、一切照原作,雅俗如之,深浅如之,口气如之,文体如之。"在诗歌翻译方面,他更有独到的见解。他提出:不论是翻译外国诗歌或中国诗歌,都不仅要在音韵和节奏等形式因素上接近原作,而且应忠实原作的风格和意境,"传达原诗的新鲜和气势"。他还特别强调,翻译中应注意处理好全文和细节之间的关系,并谈了自己的体会:"如果译者掌握了整个作品的意境、气氛和效果,他有时会发现某些细节并不直接促成总的效果,他就可以根据所译语言的特点做点变通。这样他就取得了一种新的自由,使他能振奋精神,敢于创新。他将感到文学翻译不是机械乏味的事,而是一种创造性的努力。"王佐良正是以"创造性的努力"这种创新理念完成了许多优秀的翻译作品。

从上大学撰写有英国诗人艾略特的研究论文和在牛津大学主修十七世纪英语文学开始,王佐良一直在英国文学的研究领域辛勤耕耘,并多有建树。进入八十年代以来,他先后编著了《英国文学论文集》(外国文学出版社,1980)、《中外文学之间》(江苏人民出版社,1984)、《论契合:比较文学研究集》(*De-grees of Affinity*:*Studies in Comparative Literature*)(英文专著,外语教学与研究出版社,1985)、《照澜集》(外国文学出版社,1986)、《风格和风格的背后》(人民日报出版社,1987)、《莎士比亚绪论》(重庆出版社,1991)、《英诗的境界》(三联书店,1991)等著作,从多个角度介绍了英国文学和其他西方文学的方方面面,以及编著者自己的研究心得。

其中,《论契合:比较文学研究集》一书集录了作者在二十世纪四十年代后期和八十年代前期,着意从事比较文学研究时用英文撰写的 11 篇论文,探讨的中心问题是二十世纪中西方文学间的"契合"关系。王佐良在这里着意使用了"契合"二字,既贴切而又形象地描述了各国异域文化和本国古今文化之间的彼此渗透、互相影响的关系。这一概念的提出,是对比较文学研究做出的重大贡献。在这些论文中,王佐良用堪称"高级英语读物"(评论者语)的优美文字,先是通过对典型作品艺术性的分析来研究其思想性,进而从时间和空间两个坐标探讨了中西方重要文化运动和思潮的历史、文化和社会背景及它们的消长沿革,从对作品艺术性的分析来观察和归纳了它们的思想性内涵。《论契合》一书出版后,受到中外学术界的一致好评,称赞它"用充实的史料有力地论证了二十世纪西方文学对中国的影响",对严复、林纾和鲁迅等翻译家的论述"非常精细",对中国早期现代诗歌所做的研究"清楚地分析了每位诗人如何超越外国现代派的影响而进一步发展具有独特个性的诗歌"。该书以其新颖的研究方法、独到的见解和清新的文笔,荣获北京市首届哲学社会学和政策研究优秀成果荣誉奖和全国首届(1979—1989)比较文学图书荣誉奖。

王佐良在他生命的最后十年中致力于文学史的研究。他主持了国家社会科学重点研究项目《英国文学史》的编纂工作。这是一项很大的工程,全书共分 5 卷,其中他和周珏良合作主编的《英国二十世纪文学史》一卷已由外语教学与研究出版社于 1994 年出版。与何其莘合作主编的《英国文艺复兴文学史》一卷大部完稿。此外,他还为《英国十八世纪文学史》亲自撰写了有关诗人蒲柏(Alexander Pope,1688—1744)一章。

除了主编《英国文学史》这样的大体量的综合性文学史以外,王佐良还编写了一些专题性的文学史书,如《英国浪漫主义诗歌史》(人民文学出版社,1991)、《英国诗史》(译林出版社,1993)和《英国散文的流变》(商务印书馆,1994)等。其中,《英国浪漫主义诗歌史》荣获北京市第三届哲学社会科学优秀成果一等奖。他在谈及"修史"这一十分严肃的工作时,认为编著者不仅要尊重史实,而且"要有中国观点;要以历史唯物主义为指导;要以叙述为主;要有一个总的骨架;要有可读性"。他反复强调,"写外国文学史首先应该提供史实,以叙述为主而不是以议论为主",要"有说有唱,说的是情节,唱的是作品引文。没有大量的作品引文,文学史是不可能吸引读者的"。"然而叙述中仍需有评论,所谓高明主要是评论的高明,特别需要的是中外诗文评论中常见的一针见血之言。"他还一再告诫说,文学史的"写法也要有点文学格调,要注意文字写得清楚、简洁,少些套语术语,不要把文学史写成政论文或哲理文,而要有点文学散文格调"。

王佐良的上述认识和主张不仅体现在他的史论中,也贯穿于他的全部作品之中。作为一位诗人和有大量译著的学者,王佐良作品中"鲜明的个性"就在于他力图用流畅精练、生动准确的语言来叙述事实和表达观点。他对英语文体和汉语修辞都有很深的造诣,这使他得以用富有文采的语言完成卷帙浩繁的文史论著的写作:他身体力行了"以诗译诗"的主张,又以散文笔法"说说唱唱"地叙述散文本身的流变;他的游记语言清新,他的剧评文采照人,即使是那些严肃深奥的文艺理论和历史沿革,经他娓娓道来,也毫无枯燥之感,读者在学到了知识的同时,也获得了许多"阅读的愉快",真正做到了雅俗共赏。王佐良在谈到文风时,认为即使是学术论文,也应"写得短些、实在些、多样些。如果做得到,也要新鲜些",要如实地记录下自己"所感到的喜悦、兴奋、沉思、疑问、领悟等等",并应"尽量避免学院或文学家圈子里的名词、术语","好的作品应该是使人耳目清明的,论述文学的文章也应照亮作品,而不是布下更多的蜘蛛网"。这种用富有文采的语言来讨论学术问题的实践,是王佐良和他的同事们对于外国文学研究方法有益的改革和创新。

清新隽永的笔法不仅是王佐良深厚的文学功底的流露,也是他乐观、豁达性格的表现。虽然他的一生经历多有坎坷,特别是在"文革"中受到冲击,但在他发表的包括游记、回忆、评论和随感等所有的作品中,却看不到那种怀旧、惆怅、伤感的语言,有的都是饱含希望进取的激情文字。正如他自己总结的:"语言之有魅力,风格之值得研究,主要是因为后面有一个大的精神世界;但这两者又必须艺术地融合在一起,因此语言表达力同思想洞察力又是互相促进的。"这样的心态和气质在他晚年的一篇游记《浙江的感兴》中得到了很好的体现。该文以灵动秀美而干净洗练的文字描述了由家乡风光引出的感悟:

杭州难分市区与郊外,环湖的大道既是闹市,又因西湖在旁而似乎把红尘洗涤了。任何风尘仆仆的远来人也是一见湖光白色而顿时感到清爽。

在阳光下，西湖是明媚的，但更多的时候显得清幽，这次因为就住在湖岸上，朝朝夕夕散步湖畔，总是把湖的各种面容看了一个真切，清晨薄雾下，黄昏夕照里，湖的表情是不同的，沉沉夜色下则只见远岸的灯火荡漾在黑黑的湖水里，千变万化，没有太浓太艳的时候，而是素描淡妆，以天然而不是人工胜。

在湖岸散步的时候，抬起头来，看到了环湖的群山在天边耸起，也是淡淡的那抹青色。然而它们都引人遐想。给了西湖以厚度和重量。没有人能把西湖看得轻飘飘的，它是有性格的，从而我也看到了浙江的另一面：水固然使它灵秀，山却给予它骨气。

在王佐良逝世十八年后，这一被评论者誉为"一切景语皆情语"的范文被选入2013年高考北京市语文试卷中的阅读分析试题。

除日常的教学行政工作和他特别钟爱的英语文学研究以外，王佐良更积极地参与了许多政治社会活动。1978年，他被选为北京市政协委员，1983年，加入了中国共产党，同年，作为教育界的代表成为中国人民政治协商会议第六届委员会委员，并连任至第七届。

王佐良的成就引起了国外学术界的广泛注意。1980年，他应邀赴美国明尼苏达大学任客座教授讲学三个月，开授了"现代中国散文之风格"和"英美文学在中国"两门课，分别介绍了改革开放后中国散文之时代风貌以及"五四"以来的中国新文学在外国文学的影响下并与之互动和创新，都使听众获得深刻印象。1985年，王佐良教授作为美中学术交流委员会邀请的杰出学者（Distinguished Scholar），赴美70天，访问了普林斯顿、哈佛、麻省、加州伯克利、加州理工、明尼苏达、密苏里等九所著名大学和三家特藏图书馆，进行研究和讲学。其间应邀发表了九次学术演讲，主题包括"文学史的方法论""莎士比亚在中国""中国新诗中的现代主义""英美文学在中国""文学教学问题研究"等。1986年他又率代表团访美参加了中美比较文学研讨会。后又访问了澳大利亚、英国、加拿大、法国、阿尔及利亚和爱尔兰等国，参加各种学术会议并讲学。他是美国现代语言协会（MLA）和美国文艺复兴时期研究会会员，并被聘为英语文学国际中心（ICLE）顾问委员会委员。他广泛收集各方面的信息，对西方文学及评论流派的变迁和英、美、澳等国文坛的动态了如指掌，并通过对外交流和与国内同行经常的讨论,不断充实自己的学术思想;同时,也使国内外同行们加深了对中国文坛动向及中国学者对外国文学研究成果的了解。

王佐良十分推崇"活到老,学到老"的格言。他一贯主张,搞外国文学研究和翻译工作固然离不开良好的外语能力,但首先要有坚实的汉语功底,而且还要尽量多掌握一些国内外的政治、社会、经济和科学技术等方面的背景知识,这样才能深刻地了解所涉及的作品的内涵,准确地用一种语言表达另一种语言文化,避免许多情况下由于本身文化素质不高和缺乏背景知识而出现的常识性笑话。为此,就要不断学习,不断地"温故而知新"和接受新事物。王佐良自己正是身体力行了这一主张的,他不仅如饥似渴地博览中外各种文学、艺术、音乐、戏剧著作,而且利用会议、视察、出访等机会,广泛接触社会,了解多方面知识。在翻译作品时,凡遇到经济、技术等方面的问题时,他都虚心地向包括他的读者在内的懂行的人请教,汲取营养。纵观王佐良的许多评论文章,常看到他能在关键地方恰如其分地信手拈来一些源自生活的鲜活事例和中外名著中的恰当典故,又能准确流畅地翻译一些政治、经济、科技乃至军事等领域的术语和概念,使行家看后感到毫无别扭之处。王佐良在谈及他写作《英国诗史》的心得时写道:"写书的过程也是学习和发现的过程。经过这番努力,我发现我对英国诗的知识充实了,重温了过去喜欢的诗,又发现了许许多多过去没有认识的好诗,等于是把一大部分英国的诗从古到今地又读了一遍。衰年而能灯下开卷静读,也是近年一件快事。"这本倾注了王佐良多年学习和研究心血的史书,在他逝世后不久被国家教委评为全国人文社会科学优秀科研成果一等奖。

以工作为乐,同样是王佐良人生观的重要内容。为了积蓄充沛的精力投入学习和工作,他在青年时就喜欢打网球、爬山、游泳等多项体育活动,直到年近七旬,还可以时常骑车外出。在"文革"期间的"干校"里,他苦中求乐,饶有兴趣地记录了种菜劳动的过程和从中学到的知识,还为各种瓜菜标注了英语名称。晚年虽积劳成疾,罹患心血管疾病,又有颈椎骨质增生压迫神经致使腿脚不大灵便的毛病,但他依然壮心不已,以惊人的毅力克服着病痛带来的种种不便,更加奋发工作。他曾说过:"年逾古稀,还能工作,从一个意义上来讲,可以说是我的福气,从另一个意义上来讲,也是不得已。我总是希望在有生之年为国家多做些贡献。尤其对我们来说,耽误了几十年的时间,就特别想把损失的时间尽量补回来。这是一种责任,也是一种快乐。"

　　然而,人们从王佐良那丰硕广博的学术成果和井井有条的工作安排上,也许想象不到,他与我国许多老一辈的知识分子一样,除了在业务上常常要为自己规定超负荷的工作任务和不断地与疾病斗争以外,在家里也有一本"难念的经"。几十年来,自幼多病的四子几乎每个日夜都离不开二老的照顾;1983年的一次严重煤气中毒事故,又使他事业上和生活中的忠实伴侣徐序女士元气大伤,这都不能不给他带来众多烦恼,但他却始终如一地保持着坚忍不拔的精神状态,奋笔疾书,忘我工作。在他生命的最后十年间竟有十六部之多的专著问世,身后仍有几本书在印制过程中。使他感到欣慰的是,通过他与众多新老外语工作者的不懈努力,我国的外语教学和研究水平日益提高,他自己的学生和子女大多学有所成,所钟爱的孙女也步入了他曾为之奋斗毕生的英语文学事业。1989年,在有关方面的关怀下,王佐良全家得以从居住几十年的清华照澜院老房(《照澜集》即由此得名)搬迁至距离不远、条件较好的中楼新居,到了晚年终于又有了一间属于自己的书房,他着实高兴不已。与在五十年代翻译《彭斯诗选》时和妻子徐序分坐在一张圆餐桌两侧,他译,她抄,并共同讨论的情景相比,与在七十年代在老宅的一隅与孙女轮流共用一张折叠书桌的情景相比,与曾经吊着伤臂坐在马扎上、伏在板凳上写作的情景相比,他已感到十分满足了,这也许是对他毕生奉献的一点回报吧。他身后出版的《中楼集》便是在这间书房里创作的。

　　1995年1月17日,北京《读书》杂志社主编沈昌文到王佐良寓所代取他应台湾《诚品阅读》杂志之约撰写的《读穆旦的诗》的文稿,并送来了他想阅读的金庸所著丛书。不料,这篇为台湾读者撰写的评论文章竟成了他的绝笔。当天,王佐良因心脏病复发住进了医院,经抢救无效,不幸于1月19日晚在北京逝世,终年七十九岁。

　　王佐良的逝世震动了中外英语文学界和有关方面。国家教委、北京外国语大学、清华大学、商务印书馆、三联书店等有关部门、院校和单位,纷纷派人或致电表达了深切的悼念之情。新华社、《人民日报》、《中国日报》、《光明日报》、《中国青年报》、《中国教育报》、《读书周报》等通讯社和报刊都发布刊登了消息、讣告和悼念文章。中央电视台播放了各界人士在八宝山革命公墓礼堂向王佐良遗体告别的节目。新华社香港分社社长周南夫妇、爱尔兰驻华大使和在美国的友好人士等一大批生前友好发来了唁电。人们用汉语和英语中各种美好的词语和崇高的称谓衷心表达了对这位蜚声中外的一代大师的怀念之情。

　　1995 年 2 月 9 日,王佐良的骨灰被安放在北京香山脚下的万安公墓。

王意① 苏怡之② 王星③

威廉·邓巴

（1460？—1520？）

邓巴活跃在十五、十六世纪之交，这正是欧洲文艺复兴的精神传播到苏格兰的时候。他是大诗人，留下不少作品，内容从向国王陈情直到咏自己头痛都有，宗教题材也写过，民间笑话（如《两位已婚妇女同一个寡妇的讨论》）也写过，但他主要是抒情诗人。过去他被一些英国学者称为"乔叟的苏格兰弟子"，现在苏格兰文学家对此大不以为然，斥之为"愚妄之言"，而认为邓巴在气质上最接近法国十五世纪的狂放诗人维庸（François Villon）。这里选译了他的作品二首。

冬日沉思

进入了凄惨的黑暗日子，
天地穿上了黑衣，
　　只见乌云、灰光、大雾，
　　没有半点爽心处，
没有歌、戏和故事。

夜晚越来越长，
风、雪、冰雹猖狂，
　　我的心忧郁低沉，
　　怎样也打不起精神，
都只为缺少了夏天的芬芳。

半夜惊醒，翻来覆去不成眠，
沉沉的脑海里烦恼无边，

跋涉了整个世界，
　心里越是有事难解，
越是要到处寻找答案。

四面八方都来打击，
绝望说："时间会给你东西，
　找点什么事活下来，
　否则就做好准备，
同苦难住在一起。"

耐心接着说："别慌！
只要紧抱希望和真理不放，
　任凭命运肆虐，
　理智如不能解决，
时间会自然帮忙。"

审慎在我的耳边进言，
"你为什么一定要上外边，
　为什么总想多跑路，
　渴望去到别人处，
天天都在找旅店？"

年龄接着说："来，朋友，
别见外，听我的，
　兄弟，把我的手握起来，
　记住你得——交代
你在这儿的时间是怎样消磨的。"

最后是死亡把门敞开，
说："你就在门口好好待，
　虽然你算不了一个大个子，

到这门可得弯下身子，
否则过不了这个台阶。"

我怕这一切，整天发着愁，
柜中的钱，杯中的酒，
　　女人的美貌，爱情的欢乐，
　　都不能使我忘掉这个，
虽然我曾吃喝优游!

但当夜晚开始缩短，
我的心也逐渐变宽，
　　被雨雪压抑着的精神，
　　叫喊着夏天早日来临，
让我能在花朵里寻欢。

致一位贵妇

甜蜜的玫瑰，端庄而又文静，
千姿万态的百合，悦目赏心，
　　德性和丽色齐备，
　　全是世间的宝贝，
可就缺了一样：对人太无情!

今天我走进你的园林，
看到各色鲜花清新，
　　红的白的到处盛放，
　　绿茎上长着香草苗壮。
可就寻不到一株，对人发点善心。

　　我疑心三月的冷风猛吹

已把我心爱的花儿折摧。
　　可怜的命！我心痛如裂，
　　决意把花的根须重接，
让它的绿叶再给我安慰。

民谣（二首）

　　苏格兰民谣早在口头流传，写下来则是后来的事。它们饱含民间的智慧和情感，用词简单，句子和结构常有重复，戏剧性强，音乐性也强。

　　这里所选两首，一首讲海上航行遇险故事，既表现水手们的英雄气概和宿命论，也表现国王的残忍。这首民谣有几种本子，我选译的是较短的一种。第二首通过乌鸦的眼睛看苏格兰社会，爵士被杀（可能死于决斗）之后妻走家散，只剩他的白骨暴露野地，任风飘荡，形象鲜明，寓意也深远。简洁是两首民谣共同的特点，故事的意义不是靠作者点明而是让读者根据情节去自己领会的。

派屈克·司本斯爵士

国王坐在邓弗林城里，
　　喝着血红的酒。
"呵，哪儿能找到一位能人
　　来把我的船儿开走？"

一位老爵士坐在国王右手，
　　他站起来向国王回话：
"派屈克·司本斯是一把好手，
　　航海比谁都不差。"

国王下了一道圣旨，
　　亲手签了他的御名，
派人送给派屈克爵士，

他正散步在海滨。

派屈克爵士读了第一行，
　　他张嘴大笑哈哈，
派屈克爵士读了第二行，
　　泪水从他的双眼流下。

"呵，谁人干了好事，
　　要我担这倒霉的差使，
在一年里这个季节，
　　要我出海行驶！

"快点，快点，我的伙伴们，
　　咱们明早就出海。"
"呵，可不能呀，好船长，
我怕有大风暴到来。

"昨夜我看见新的月亮
　　一手抱住了老的月亮，
我怕，我怕，好船长，
　　我们会碰上灾殃。"

啊，苏格兰的汉子们做得对，
　　不肯让海水打湿他们的鞋跟。
可是好戏还没演到一半，
　　他们的帽子就在水面浮动。

啊，他们的夫人坐门前，
　　手拿扇子苦苦等，
等不到派屈克·司本斯爵士
　　驾船靠岸回家门。

啊,他们的夫人立门前,
　　发插金钗表欢迎,
迎不来她们的丈夫,
　　心上人永无踪影。

去阿勃丁的半路上,半路上,
　　海水深达五十丈,
派屈克爵士就躺在那里,
　　他脚下都是苏格兰儿郎。

两只乌鸦

我在路上独自行走,
听见两只乌鸦对谈,
一只对另一只问道:
"今天我们去哪儿吃饭?"

"在那土堆后面,
躺着一个刚被杀的爵士,
无人知道他在那里,
除了他的鹰、狗和美丽的妻子。

"他的狗已去行猎,
他的鹰在捕捉山禽,
他的妻子另外找了人,
所以我俩可以吃个开心。

"你可以啃他的颈骨,
我会啄他好看的蓝眼珠,

还可用他金黄的发丝，
编织我们巢上的挡风布。

"多少人在哭他，
却不知他去了何方，
不久他只剩下白骨，
任风永远飘荡。"

爱德蒙·斯宾塞

（1552？—1599）

斯宾塞，十六世纪诗人，站在近代英国诗发展的起点，诗艺精湛，被认为全部英国诗史上最重要的六七个诗人之一。

他在剑桥大学毕业之后，变成贵族家的门客，一五八〇年任英国驻爱尔兰总督的秘书，直到一五九八年由于爱尔兰人民反英起义，他的庄宅被烧，才仓皇奔回英格兰，不久病死于伦敦。

他的主要作品是长诗《仙后》（1596），仅完成计划中的六卷，然已卷帙丰富，内容之一是对颇有作为的伊丽莎白女王的歌颂，表现了民族主义的自豪。今天的读者喜欢阅读的则是他的一些次要作品，如两首结婚曲和以《爱情小唱》（1595）为总题的十四行诗集。

他的诗内容丰富，形式完整，在诗律上多所创造，如建立了优美流畅的"斯宾塞体"（即九行体），影响深远，后世拜伦、雪莱、济慈、丁尼生等人都曾用它写出佳作，因此人们称斯宾塞为"诗人的诗人"。

斯宾塞的十四行诗集《爱情小唱》出版于一五九五年。当时英国诗人中写十四行诗的很多，这种诗体成为一时风气，其中斯宾塞所作自有特色。十四行诗体原是从意大利传入英国的，斯宾塞运用其形式而调整了它的脚韵安排，成为 abab-bcbc-cdcd-ee，人称英国式。

内容方面，当时的十四行诗多半是表白爱情的，斯宾塞的也不例外，但他写得多样化，还注入了当时的一些新思想，如心灵之美更胜外貌（见第一五首）、美人能因有诗人歌颂而不朽（第七五首）等，又如从人生如舞台这一感想展开而责备无真挚感情的女人（第五四首），以及通过对话的运用（第七五首），将民谣体渗入了十四行诗，都可看出他在艺术上的匠心。

爱情小唱（四首）

第一五首

做买卖的商人！你们辛苦经营，
为了牟利寻找最贵重的东西，
东西印度的宝物都被你们搜尽，
其实何必徒劳地走遍大地？
瞧吧，全世界的一切珍奇，
都包含在我的爱人身上：
要蓝宝石，她的眼睛蓝得彻底，
要红宝石，她的嘴唇红艳无双，
要珍珠，她的牙齿更白更亮，
要象牙，她的额头就是绝好的象牙，
要金子，她的头发闪着最纯的金光，
要银子，她的白手如银而更素雅，
但是最美的却无人知道：
她的心，那里有千种美德闪耀。

第五四首

我们演出在这世界的舞台，
我的爱人悠闲地看着戏，
她观赏我演出各种题材，
用不同形式排遣我不安的情意，
一时的兴会令我欢喜，
于是我戴上了喜剧的假面；
一时我转欢笑为唏嘘，
于是我又把悲剧扮演。
她却用不变的眼睛看我幻变，
不因我喜而喜，不因我悲而悲；

我笑她讥讽,等我泪流满脸,
她却大笑而心肠如冰块,
什么能感动她?哭笑都不是,
那么她非女人,而是顽石。

第七〇首

新春乃爱情君王的唱道人,
他的纹章上绣满了花,
大地在这个时节才苏生,
各色的鲜花开成一片云霞。
去吧,去到我爱人的家,
她还懒懒地躺床冬眠,
告诉她欢乐的时间不会停下,
要抓住辰光赶紧向前,
嘱咐她立刻梳头洗脸,
列身在姑娘队里把爱情迎候,
不论谁只要错过她的所恋,
就要把应得的惩罚承受。
所以趁早吧,亲爱的,春光正好,
消失了就再不能找到。

第七五首

有一天我把她的名字写在沙滩上,
大浪冲来就把它洗掉。
我把她的名字再一次写上,
潮水又使我的辛苦成为徒劳。
"妄想者,"她说,"何必空把心操,
想叫一个必朽的人变成不朽!
我知道我将腐烂如秋草,

我的名字也将化为乌有。"
"不会，"我说，"让卑劣者费尽计谋
而仍归一死，你却会声名长存，
因为我的诗笔会使你的品德永留，
还会在天上书写你的荣名。
死亡虽能把全世界征服，
我们的爱情却会使生命不枯。"

克里斯托弗·马娄

（1564—1593）

马娄，英国十六世纪诗剧大家，是莎士比亚的先行者，以"壮丽的诗行"（mighty line）著名。毕业于剑桥大学，交结了一批无神论者，又为英国政府完成过一项秘密使命，不久因在酒店与人口角，当场被刺身亡，留下了六部剧作和一些诗歌。

他是一个浪漫奇才，笔下写的都是大过常人的征服者和追求者。他有丰富的历史想象力，并能通过壮丽、有力的文字把它表达出来。他也是一个写爱情和美人的能手。

这里选译的是一首情诗和两个片断。情诗题为《多情牧童致爱人》，利用了牧歌形式，诗人自比为牧童，而以所爱姑娘为牧羊女，这样就把背景放在美丽的山水之间。这是古典文学的一种手法，用意在使爱情去掉俗气而表现纯真，像古代乐园里乡下人一样纯真，古罗马的作家用过，十六世纪又在英国盛行。马娄之不同凡俗处在于写得音乐性强，自然生动，美丽的描写中看出气魄，而其关键的一行——"与我同居吧，做我的爱人"——又大胆直言，几乎是一种挑战，曾引起许多同时代诗人的注意，至少有三人——多恩、赫里克、劳莱——写诗应和，以劳莱所作最好，其答诗的结句是：

> 如果青春长存，爱情繁茂，
>
> 欢乐不逝，老年无忧，
>
> 那么这类乐事会使我动心，
>
> 我就与你同居，做你的爱人。

从此也可看出此诗的影响。

两个片断之中，第一个取自马娄未写完的长诗《希洛与里安德》（1598）。这一对爱人各住赫里士滂特（即今天的达达尼尔）海峡的一边，里安德每夜游过海峡去与希洛相会,直到他某夜淹死,希洛也跳海殉情。故事来自古希腊,马娄用它作为诗的骨架,细节则很多是他创造,但他只写完一部分,其余由另一诗人贾浦曼续成。马娄所写,固然也叙事,恣意渲染的却是这一对爱人的青春活力,这里所选对于希洛美貌的描写,即是例证。诗句充满了明亮的色彩,把诗人的"视觉的想象力"发挥到了极致。几乎同时,莎士比亚也写了一首叙事长诗,名《维纳斯与阿多尼斯》(1593),也流利可诵,但不及马娄此作之瑰丽有力。

第二个片断选自《浮士德博士的悲剧》(1592—1593),是形容浮士德蓦见海伦时的印象的。海伦是古希腊的有名美人,为了抢回她,希腊联军同特洛伊军交战十年。这一史实燃起了马娄的历史想象力,现在借浮士德之口来赞颂她。颂美人容易流于浮艳,马娄所作则有历史与宇宙的壮观,并且显得新鲜,体现了文艺复兴时期追求无限知识、无限经验的劲头。

多情牧童致爱人

与我同居吧,做我的爱人,
我们将品尝一切的欢欣,
凡河谷、平原、森林所能献奉,
或高山大川所能馈赠。

我们将坐在岩石上,
看着牧童们放羊,
小河在我们身边流过,
鸟儿唱起了甜歌。

我将为你铺玫瑰为床,
一千个花束将做你的衣裳,
花冠任你戴,长裙任你拖曳,
裙上绣满了爱神木的绿叶。

最细的羊毛将织你的外袍,

剪自我们最美的羊羔,

无须怕冷,自有衬绒的软靴,

上有纯金的扣结。

芳草和常春藤将编你的腰带,

琥珀为扣,珊瑚作钩,

如果这些乐事使你动心,

与我同居吧,做我的爱人。

牧童们将在每个五月天的清早,

为使你高兴,又唱又跳,

如果这类趣事使你开心,

与我同居吧,做我的爱人。

希洛与里安德(第1—90行)

希　洛

海峡里流着痴情人的血,

两座城隔岸相望,海水为界,

它们本是紧邻,却为海神大力拆分,

一城在阿比杜,另一城以色斯托相称。

色斯托有美人叫希洛,

她的秀发打动了阿波罗,

他愿以黄金的宝座做嫁妆,

让她坐在上面给世人端详。

她的外衣是薄纱所缝,

紫绸作里,面上有金星闪动,

绿色的宽袖绣有树林样花边。

维纳斯曾赤身站在林子中间,

让高傲的阿多尼斯任意观看,

他却躺在她身前面带讥讪。

希洛的裙子是蓝色,上有血迹斑斑,

是青年被她拒绝后自杀所溅。

她头戴爱神木编成的花冠,

长长的面纱一直垂到地板,

这面纱由绣花和布叶织成,

做工巧妙,几乎可以乱真。

人说她每次走过留下一身香气,

却不知这香气来自她的呼吸,

蜜蜂都飞来想把蜜采,

一次赶掉了,一次又来。

她颈上挂了一串海潮石,

她的白皮肤把它们衬托得亮如钻石。

她的手没戴手套,由于太阳不敢晒她,

冷风也不敢冻她,却都爱摸抚她,

随她的心意要暖给暖,要凉给凉,

趁机在她白嫩的手上玩耍一番。

她脚穿一双缀有银色贝壳的高统靴,

红珊瑚的靴头直到膝盖,

那里栖息着明珠和黄金编成的空心麻雀,

那手艺的精巧使世人叫绝。

婢女们把香水灌进雀嘴,

她一走动那麻雀就叫得清脆。

人们说丘比德为她生了相思病,

一看她的脸,他几乎瞎了眼睛。

有一点千真万确:他想象

希洛就同他的母亲一般模样,①

因此他多次飞向她的胸口,

把她的头颈紧紧抱住在手,

---

① 丘比德的母亲是爱神维纳斯。

让自己的头枕上她的胸脯，

喘着气不断摇动，就这样享尽清福。

希洛这绝色美人服侍过爱神，

大自然看了她却哭得伤心，

因为她拿走了天地间的至美，

剩下的只是破烂一堆，

为了表示所受损失的惨重，

从此半个世界笼罩在黑暗之中。

浮士德博士（第 5 幕第 1 场，第 98—117 行）

海　伦

浮士德：

就是这张脸使千帆齐发，

把伊利安的巍巍城楼烧成灰的么？

甜蜜的海伦，你一吻就使我永生。

看，她的嘴唇吸走了我的灵魂！

来，海伦，还我的灵魂来！

我住下了，天堂就在你的唇上！

凡不是海伦身上的，全是粪土。

我来做帕里斯①吧，为了对你的爱，

让维登堡代替特洛伊②遭受毁灭，

我将同没出息的墨涅拉俄斯③决斗，

把你的旗帜插上我的盔顶；

对，我将刺穿阿基里斯的脚跟④，

然后回身求海伦赏赐一吻。

---

① 帕里斯，特洛伊国王子，拐走了希腊一城邦的王后海伦，引起希腊与特洛伊之间的战争。

② 维登堡，浮士德所在地；特洛伊，国名，又名伊利安，希腊军进攻的对象。

③ 墨涅拉俄斯，海伦之夫，希腊一城邦的国王。

④ 阿基里斯的脚跟，阿基里斯为希腊大将，浑身刀枪不入，唯有其脚跟是弱点。

啊,你比黄昏更美,
尽管它披戴了一千颗美丽的星,
你的光辉胜过朱庇特①,
虽然他身上的火焰曾经毁了西密丽②;
你比这位天上的君王更可爱,
纵使他躺在阿丽苏撒③的浪荡的怀抱。
只有你,才能做我的情妇!

---

① 朱庇特,众神之王。
② 西密丽,女名,为朱庇特所爱,但由于朱庇特身上有电火,当他走近时,西密丽为火烧死。
③ 阿丽苏撒,仙女名,被男人追逐,变成喷泉。

本·琼森

（1572—1637）

琼森以写剧出名,在其生时名声高出莎士比亚。他也写诗,以典雅胜。

《规模》含奇思。当别的诗人慨叹事物不能长存的时候,琼森则做反面文章,说明时间短、规模小反更完美,几个对照,两行结语,都能说清道理而又出之以文雅。

规　模

长得像大树一样粗壮,
未必会使人长出高尚;
耸立了三百年的橡树,
到头来只剩下枯枝。
只在五月开一天的百合,
尽管当夜就萎缩,
开着时可无比鲜艳,
不愧是光明的花仙。
规模小,美貌才好细端详,
时间短,生命才过得圆满。

约翰·弥尔顿

（1608—1674）

　　弥尔顿是革命文豪,剑桥大学毕业,在家潜心读书几年,精通希腊、罗马的古典学问。接着投身革命行列,任革命政权中的拉丁文秘书,为了辩护英国人民处死国王查理一世的行动而同欧洲大陆上的反动派进行笔战,工作过分紧张,卒至双目失明。又值王政复辟,受到迫害,一腔孤愤,泄之于诗,写出了史诗《失乐园》(1667)、《复乐园》(1671)和希腊式悲剧《力士参孙》(1671)。

　　在他的身上,不仅有清教主义的严峻,还有人文主义的文雅,二者结合,使他的诗既雄迈,又俊美。

　　弥尔顿的杰作,当然是用素体无韵诗写的史诗《失乐园》。在这里选了若干片断,有头,有尾,有地狱景象,有撒旦的著名演讲,有夏娃对亚当的情话,有商人被逐出伊甸园时的回顾与前瞻,中间还插了一段诗人在歌颂了光明之后回顾自己,对失明又一次表达了痛苦的心情。人们往往以为《失乐园》由于其宗教的主题很枯燥,很难读(因此也很难译),实际上它的内容丰富,有几个层次,有各种情调,包括抒发个人感兴的抒情段落,由于其出现在庄严的环境中而更显优美,而且不论是什么题旨,都是用高度艺术写出的,这一切都说明弥尔顿确实是英国文艺复兴时期精神最后的伟大的体现者。

失乐园（选段）

献词：求神助（第 1 章第 1—26 行）

唱吧,天上的缪斯,唱人的初次违令,

唱他如何尝了禁树上致命之果,

从而把死亡带到人世,后来的一次灾难,

失去了伊甸园,直到有更高尚的人出现,

我们才恢复了幸福的旧居。

高踞奥列勃、西奈的仙境，

俯览神山秘峰的缪斯啊，你曾授意

牧羊的长者①向人类始祖第一次透露

太初混沌，如何辟分，出现了

天和地的故事；你也喜看锡安山的胜景，

听西洛亚急流的神授之乐，

我求你降临我身，助我之歌，

它不甘只飞中天，而有志高扬

艾翁山②之上，索求宇宙中

一切诗文都未曾涉及的事理，

以之入歌而昂声唱出。

神啊，你不喜寺庙的膜拜，而重

正直而真纯的人心，教导我吧，

你深知内情，因为你从头就身临其境，

似大鸟展开双翅，俯视

那无边际的黑暗深渊，给了它

充实的内容。我求你照亮

我心中的暗处，把卑下的上升，

使我能登达这个伟大主题的高度，

这样来申明永恒的天意，

阐解上帝对人之道。

打入地狱的天使们（第 1 章第 44—74 行）

胆敢同万能上帝较量的他，

经不住千钧一击，从天空直落万丈，

遍体鳞伤，火焰包身，

---

① 牧羊的长者，指摩西。
② 艾翁山，希腊的艺术之山。

跌入无底的深渊，

身披铁硬的枷锁，天火烧着全身，

就这样困住在地狱。

日月星辰运转九次，

凡人已九度年轮，他和他的

可憎的部下倒在地上，在火沟里

辗转呻吟，虽不死也惶惑

不知所措。这却激起他更大仇恨：

失去的欢乐，当前的痛苦，

都叫他内心如焚。于是他

举目四望，刚看过一场浩劫，无尽伤心，

现在却充满不屈的自豪和持久的敌忾。

他竭天使目力所及，看到了全景：

一片废墟，荒滩，凄惨的境界，

一座可怕的黑牢，四围都是火焰，

像来自一个大熔炉，然而有焰

而无光，只不过黑暗中还能见物，

恰好让他看清种种惨状，

悲哀的角落，伤心的鬼魂，没有平静，

没有安息，一切人皆有的希望

此处独无，①只有不尽的折磨

永在威胁，烧不尽的硫磺

燃起一片大火，汹涌如怒涛。

永恒的法律替叛逆们准备的

就是这等地方，以此作为牢狱，

放在极度黑暗中，规定他们的身份，

使他们远离上帝和天庭的光，

比地球中心到南极还远三倍。

---

① 但丁《神曲·地狱篇》曾记地狱门口有一牌告，上书："一切进此门者，放弃希望吧。"

撒旦的誓言（第 1 章第 105—124 行）

打败了又有什么？

并不是一切都完了！不屈的意志，

复仇的决心，永恒的仇恨，

决不低头认输的骨气，

都没被压倒，此外还有什么？

他发火也好，用武也好，却永难从我身上

夺得胜利的光荣。前不久我这里

壮臂高举，震撼了他的帝座，

难道现在我却要低声下气，

屈膝求饶，把他的权力奉为神圣，

那才是卑鄙，才是比打败仗更丢人的

耻辱；既然天神的力量

和神仙的体质命定不灭，

又经过这场大变的教训，

武器依旧，见识却大为增加，

胜利的希望更大了，

只要我们下定决心，用武力或计谋

同大敌进行永不调和的战争，

尽管他现在得意洋洋，

一人称霸，把持了天堂的权柄。

黑暗中的呼声（第 3 章第 40—50 行）

一年又过，

季节转回了，却再也转不回

我的白天，甜蜜的黄昏和清晨也不再来；

再不见绿叶和夏天的玫瑰，

不见牛羊，不见圣洁的人脸，

只有云雾，只有永在的黑暗

笼罩着我,将我从人世的欢乐
隔绝;代替了美好的知识大书的
是遮天盖地的一片白茫茫,
抹掉了大自然的一切景物,
把接收智慧的一个大门完全关闭。

夏娃诉衷情(第 4 章第 639—656 行)

同你谈着话,我全忘了时间。
时间和时间的改变,一样叫我喜欢。
早晨的空气好甜,刚升的晨光好甜,
最初的鸟歌多好听! 太阳带来愉快,
当它刚在这可爱的大地上洒下金光,
照亮了草、树、果子、花朵,
只见一片露水晶莹! 潇潇细雨过后,
丰饶的大地喷着香气;甜蜜的黄昏
带着谢意来临,接着安静的夜晚
降下,这里鸟在低唱,那里月光似水,
天上闪着宝石,全是伴月的星星。
但是早晨的空气也好,鸟的欢歌
也好,可爱的大地上刚升的太阳
也好,带露的草、果、花朵也好,
雨后大地的芳香也好,温柔的黄昏
也好,安静的夜晚和低唱的鸟,
游行的月亮和闪亮的星光也好,
没有你,什么也不甜蜜。

告别了伊甸园(第 12 章第 610—649 行)

你从何处来,将到何处去,我全知道。
因为上帝也在入睡,有梦显告。

他把梦发送下来,带着大吉祥的
预示,我恰好因愁苦焦虑
倦极而眠。只管带我走吧,
我不会拖延的;与你同行,
等于同住此地;无你而住此地,
却如心不愿而身前行;你对我是
天底下一切事物,一切地方,
怪只怪我任性犯了罪,你才被赶出此地。
但我将从此地带了确实的安慰离开:
虽然一切由我而失,我却有幸,
无行而承天恩,能凭
未来的子孙将一切恢复。

　　我们的母亲夏娃如此说,亚当听了
也高兴,来不及回答,因为就在身边
站着大天神,而从另一个山头直到
他们的预定点,披着闪亮衣裳的
小天使们不断飞降;地面上有晚雾
从河流升起,在沼泽上飘忽而过,
有如流星滑行,过一会儿
又紧绕回家的劳作者的脚跟
落地成泥。前面空中有一物腾越而进,
那是上帝之剑在挥舞,亮如流星,
灼热逼人,放出阵阵热浪,
宛如搬来了利比亚沙漠,
使润湿的空气一下变成干燥;
这时候急匆匆的天使一边一个
挽住了还在流连的我们祖先,
带他们直奔东天门,走下山岗,落到
下面的平原,然后他们消失了。
夫妻俩向后一看,看清了

天堂的东面,原是他们的安乐园,
现在却被那条闪亮的光带封住,
大门紧闭,门上怪脸狰狞,刀剑如炬。
他们流下了泪,但不久擦干了:
全世界躺在他们面前,任凭他们去挑选
住的地方,有上苍在前引导。
两人手挽着手,慢步绕行,
孤零零地穿过了伊甸园。

阿兰·兰姆赛

（1684/1685—1758）

阿兰·兰姆赛（1684/1685—1758）从小丧父，在一家假发店做学徒，后来由于爱好文学，成了书商，自己也写诗，并想重振戏剧，但为教会禁止。他是苏格兰诗歌中兴人物之一，彭斯多次提到他，表示敬佩。这里译的一首诗现出书商和诗人本色，因为他嘲笑了那些装订精美而内容空洞的出版物。

两 本 书

两本书做了书架的近邻；
一本是少爷，土耳其皮面烫金；
另一本是饱经风霜的老头，
牛皮封面已经虫蛀生垢。
少爷对自己的装束得意洋洋，
翘起了鼻子，大声嚷嚷。

"呵，该把我移到新的书架，
旁边这发霉的家伙把人臭杀！
一本像我这样文雅的书，
哪能忍受这样没出息的邻居？
人们将会怎样议论，
看我同这丑八怪靠拢？
一定会说我头脑简单，
辱没了自己的品德高尚。"

那本老头书说:"先生,请别嚷,
你穿的外衣虽然漂亮,
我怀疑你肚里有多少名堂。
我的样子虽是土包,
内容却比你高超。"

"呵,天呀,叫我怎么忍受
这出言不逊的死老头!
一分钟也不能再待!"
"先生,你且息怒稍待,
听我把事情细表——"
"谁听你那狂妄的一套!
愿你把舌头烂掉! ——快点,东家,
把我从这叨唠的诗棍身边抽下。
如果你还在乎书店的名声,
也看重我们这号书的身份,
那么赶快让我离开这老怪物,
我受不了它的臭气和咕噜!"

它指手画脚说得正起劲,
碰上一位顾客往里进,
他把那本不打眼的诗集一瞧,
没看几页就把它买下了,
还说"这本好书真难寻,
美丽的诗句含真情。"
他顺便又把那本烫金的书名看,
喊一声"天哪! 华而不实的破烂,
哪本书也没有它沉闷,
多少土耳其好皮又白用!"

好了,如把编的故事来应用,

先生,您就是其中的买书人。
您的仆人诚心祈祷,
但愿您能垂青他的诗集,
他将感激上帝的奖励,
而对少爷们相顾一笑。

罗伯特·费格生

（1750—1774）

费格生上过大学，因家贫辍学，以抄写法律之书为生。一七七一——一七七三年间写下了大量好诗，但不久被人诱入疯人院，关在那里，二十四岁就郁郁死去。他诗才甚高，而命运奇惨，彭斯多次咏他，感慨不已（请参阅本书彭斯《挽费格生》一诗），这里选的《绒面呢》一诗是对社会重衣不重人的讽刺，其中显然有他亲身的感受。诗体整齐，以"绒面呢"为叠句，每节六行，一、二、三、五行押韵，四、六行另韵，这一苏格兰诗体后来为彭斯多次运用，为其典型诗体之一，实是学自费格生等前辈的。

绒　面　呢

诸位如想四海扬名，
把尊姓在史册写进，
不需费力去争
　　桂冠的奖励，
只要让肚皮和后身，
穿上绒面呢。

谁要能扯到几尺这种料子，
即使是白发如银戴顶黑帽子，
也能拿走奖状一纸，
　　凭着这身新衣，
只要神气像样子
　　穿的是绒面呢。

谁要是没有大块好料，
准被人当傻瓜嘲笑，
永远也得不到照料，
　　在他有生之时，
除非他能从头到脚
　　　穿上绒面呢。

剃头匠休息在礼拜天，
停止了理发和刮脸，
他把银针别上衬衫
　　走路彬彬有礼，
不论去草场还是花园，
　　都穿了绒面呢。

你见他在外面优游，
如想请他把你的鬓角修修，
或把头发卷个小绺绺，
　　他可全不搭理，
因为他挺胸扬头，
　　　全身穿了绒面呢。

任何一位风流人才，
如想得到姑娘的青睐，
一定不能贸然出来，
　　先得准备新衣，
宝剑得有剑鞘相配，
　　　人不能缺绒面呢。

如果来人穿得破烂，
姑娘可毫不把他稀罕，

只见她的漂亮小嘴一翻，
　　　骂个不息。
求爱的人不必徒劳往返，
　　　如果不穿绒面呢。

绒面呢使人精神百倍，
叫毛虫变成蝴蝶，
叫医生拿到博士学位，
　　　不用费力。
一句话，你可以为所欲为，
　　　只要有了绒面呢。

即使你的头脑聪明绝伦，
赛过莎士比亚或者牛顿，
人们也不会相信你的判断，
　　　我敢发誓，
直到人们看到你穿了一身，
　　　上等的绒面呢。

威廉·布莱克

（1757—1827）

布莱克是精通几种艺术的人：刻字、雕版、绘画、写诗，而把它们贯通起来的则是他作为手工匠人对周围环境的体验。他家贫，靠雕版为活，恰好又生在产业革命和法国革命交接的历史时刻，英国时局紧张，他自己也因得罪过士兵而几乎入狱，但他仍然向往大陆上法国革命猛烈开展的局面，只不过他的思想里又有浓厚的宗教意识，把革命与反革命的搏斗看成神魔之争，把革命者追求的公正社会看成是天国在世上的重建。

这一切在他是深刻的信念，而不是理智的推论。事实上，布莱克对于作为法国革命理论基础的理性主义是深深地厌恶的。他称实验科学的哲学家培根的话为"魔鬼的劝告"，并且把卢梭和伏尔泰的学说看成是迷住人们眼睛的沙子。

把这样的深刻的信念和锐利的观察写进诗，诗却一点也不复杂，而是惊人地简单：文字简单，全是基本词汇；形式简单，不是儿歌，便是谣曲，多的是叠句和重唱，音乐性是强的；形象多数也是简单的，主要来自基督教《圣经·旧约》，如"火焰之车""闪亮的金弓""欲望之箭"，而"耶路撒冷"则成了一切地上天国的名字。

然而又常有出人意料之笔。例如：

> 就跑去赞美了上帝、教士和国王，
> 夸他们拿我们苦难造成了天堂。
>
> ——《扫烟囱孩子(二)》(卞之琳译文)

短短两句，就一针见血地道出了教会、政府同孩子们的苦难之间的关系，而出现于全诗之末，就更使其谴责性如山岳一般不容动摇。他还有一些别出心裁的艺术形象，同样是着墨无多而立即揭开一整片社会背景或一整个哲理系统，如"放高利贷的冷手""心灵铸成的镣铐""撒旦的黑暗工厂""独占的街道""独占的泰晤士河"等。谁会想到，这位手工匠人竟会对"专利"一事有如此深刻的印象，如此透彻的了解，把它同雾伦敦街头上出卖肉体的青年妇女的痛苦联系起来了！

他的诗又是有发展、有变化的。同样写得简单，稍后的《经验之歌》(1794)就远比早几年的《天真之歌》(1789)要深刻沉痛，有时两集各有一首同样题目的诗，但意境不同。初期固然写得简单，到了后期则诗风一变，不再写儿歌似的短诗了，而写几百行、上千行的长诗，诗行本身也突然伸长，过去是七八个音节一行，后来则是十四五个音节一行，滔滔向前，形成诗的洪流，而韵律也如呼、如唱、如念符咒，内容也复杂起来，神秘的、象征性的东西大量增加，但主题则仍然是革命与反革命的神魔之争，建立天国的艰辛，失去天真的灾难，为了取得"经验"而付出的惨重代价……

这样一个不凡的诗人在当时并不受人注意，后来也被忽略(十九世纪下半叶著名的英诗选集《金库》就只选了他一首诗！)，要等到十九、二十世纪之交，叶芝等人起来重编他的诗集，才使人们惊讶于他的纯真与深刻，接着又发表了他的书信和笔记，他的神启式的画也逐渐普及，于是诗人与画家布莱克的地位才确立无疑。但是要等到二十世纪五十年代，更完备的布莱克诗的版本才出现，几本重要的论著(如 N. 费赖依的《可怕的对称》、D. 欧德曼的《反帝国的先知》)也发掘了他后期诗作的意义，时至今日，不少批评家把布莱克列为英国诗史上最伟大的五六位诗人之一。这种地位的变化，表明不同时期人们诗歌趣味的变化，但也因为布莱克确实成就卓越，经得起不断发掘——很可能，今后还会发掘出许多新的东西来。

这里所选以短诗为主，长诗只取了一个片断。

耶稣升天节(二)*

难道这是神圣的事，

在一个富饶多产的地方，

---

* 同题的诗有两首，分别见于《天真之歌》与《经验之歌》，此首选自后者，写得特别沉痛。

眼看婴儿们受苦，
靠放高利贷的冷手喂养？

那声颤抖的呼喊难道是一支歌？
难道还是欢乐的歌？
这么多的儿童都是穷人家的？
何等贫穷的乡土！

他们的太阳从不放光，
他们的田地荒凉一片，
他们的路途充满荆棘，
这里只有永恒的冬天。

因为任何太阳照耀的地方，
任何雨水降临的地方，
婴儿们绝不会挨饿，
贫穷也不会叫心灵恐慌。

病了的玫瑰

啊,玫瑰,你病了！
　　那看不见的虫,
在晚上飞的,
　　跟着咆哮的风,

它发现了你的床,
　　一床猩红的喜悦,
于是用它暗中的邪爱
　　把你的生命毁灭。

爱的花园

我去到爱的花园
看见从未见过的景象，
园中盖起了一座教堂，
在我玩耍过的绿地上。

这座教堂把门统统关上，
门上写着"禁止"两个大字。
我转身寻找爱的花园，
那里曾开满鲜花无数。

如今我只见处处坟墓，
墓碑占了鲜花的地方，
穿黑袍的教士们来回巡查，
还用荆条捆起我的欢乐和欲望。

伦　敦

我走过每条独占①的街道，
徘徊在独占的泰晤士河边，
我看见每个过往的行人
有一张衰弱、痛苦的脸。

每个人的每声呼喊，
每个婴孩害怕的号叫，

---

① 原文 charter'd 意义复杂，至少有两解：一、享有商业专利权的，如说 chartered bank（特许银行）；二、有正式文书为据的，如说 Englishmen's chartered rights 或 chartered liberty，即英国人民所享有的由国王用书面保证的自由权利。此处译文暂从第一解。

每句话,每条禁令,
都响着心灵铸成的镣铐。

多少扫烟囱孩子的喊叫
震惊了一座座熏黑的教堂,
不幸兵士的长叹
化成鲜血流下了宫墙。

最怕是深夜的街头
又听年轻妓女的诅咒!
它骇住了初生儿的眼泪,
又带来瘟疫,使婚车变成灵柩。

人的抽象

怜悯将无踪,
如果我们不使人穷;
仁慈也将隐没,
如果人人像我们快乐。

互相恐惧带来和平,
自私的爱于是滋生,
残酷乃布下大网,
并把诱饵撒向四方。

它似乎怕天,坐了下来,
用眼泪湿润了脚下的土块,
接着谦卑在土里生了根,
紧靠它的脚跟。

不久长起一棵叫神秘的树，
用阴沉的影子把它的头遮住。
树上全是毛虫和苍蝇，
它们靠吃神秘树为生。

结出的果子叫欺诈，
皮红肉甜，味道不差；
还有乌鸦找到枝叶最密处，
把它的巢构筑。

大地和海洋的天神，
在自然界到处把这树找寻，
找了好久没有找到，
因为它只长在人的头脑。

"这些脚是否曾在古代"*

这些脚是否曾在古代
走过英格兰的绿色山岗？
是否上帝的神圣羔羊
曾出现在英格兰的愉快草场？

上帝面上的光
是否照穿过我们山上的阴云？
是否这里建立过耶路撒冷
在撒旦的黑暗工厂①当中？

---

* 这首诗本是布莱克长诗《弥尔顿》序文的一部分，上下都是散文，只有这几行是诗，后来经人抽出
单独成篇，有的编者还加以《耶路撒冷》的标题。

① 撒旦的黑暗工厂，这是布莱克有名的一句话，"工厂"原文是 mills 可作"磨坊"讲，但也可作纺织厂
之类的"厂"解。显然所指是工业化所带来的工场、工厂之类，故作今译。

给我闪亮的金弓，

给我欲望的箭，

给我矛，啊，让云铺开，

给我战车放火焰！

我将不停这心灵之战，

也不让我的剑休息，

直到我们把耶路撒冷

建立在英格兰美好的绿地。

伐拉（选段）

［经验的代价］*

经验的代价是什么？能用一曲歌去买它么？

能用街头舞去买智慧么？不能！要买它

得交出人所有的一切，妻子、儿女统统在内。

智慧的出售处是无人光顾的荒凉市场，

是那农夫耕种而收不到粮食的干枯田地。

在夏天太阳照耀下取得胜利是不难的，

在葡萄丰收时坐在满载粮食的大车上唱歌也不难，

劝受折磨的人要忍耐也不难，

拿审慎的规则去劝无家的流浪汉也不难，

---

* 这是长诗《伐拉，即四佐亚》中人物 Enion 说话的一部分。布莱克在此形象地表明人为了取得经验付出多么惨重的代价，不仅丧失了天真，而且连良心也不要了，但是诗人自己则是正直人，决不这样干。在形式方面，此诗也一反布莱克以前作品的精练、简短（一行往往只有八个音节），变得繁复起来（一行有十四五个音节），韵律如江水般滔滔奔流，由于不用脚韵而更接近说话而不是吟唱。半个世纪之后，远在美国的惠特曼用自由体诗写了他的《草叶集》，不知他读过布莱克的后期诗没有？两者之间，颇有类似之处。

同样不难的是在冬天听着饿鸦的号叫，
当自己身上血管里流着热酒和羔羊的骨髓的时候。

不难的是向发怒的风雨雷电大笑，
是听狗在冬天的门外狂叫，或狐狸在屠宰场上哀鸣，
是看每阵大风吹来天使，每声雷轰带来祝福，
是从摧毁仇人房屋的风暴里听到爱的声音，
是庆幸霜冻冻坏了仇人的庄稼，病疫夺走了仇人的儿女，
而我们自己有葡萄和橄榄遮住门口，有子孙送上花果。

这时候谁会记得呻吟和哀愁，记得磨坊里干苦活的奴隶，
锁链下的俘虏，牢狱里的穷人，战场上的士兵，
谁管他头破骨折，倒地呻吟，羡慕四周的死者都比他幸福！

身居繁荣的帐幕而庆幸是不难的，
我也能唱歌，能庆幸，但我却不干！

罗伯特·彭斯

(1759—1796)

苏格兰文学史上最伟大的诗人罗伯特·彭斯(Robert Burns)是一个真正的农民,生在一个穷困的园丁家里,十三岁起就在田里干一个大人的重活,一直干了二十年,最后才因务农屡次失败而去做税关职员,但到了那个时候,由于长期过着"混合了苦行僧的凄凉心情和摇船奴的无尽劳役的生活",他的健康早已受到损害,终于在三十七岁那年死去。

他从小爱听民歌和民间的故事传说。十五岁时,他在秋收劳动中听到一个农村姑娘的歌声,完全被它迷住了,情不自禁地"给那姑娘唱的调子配上了有韵的词句"。这是他第一次作诗,也是他第一次恋爱。

一七八六年,二十七岁的彭斯感到在家乡实在没有前途,决心去西印度群岛谋生。为了筹一笔旅费,他带着试试看的心情,将自己平时在劳动之余写的诗收集在一起,出版了第一本诗集。不想诗集获得了读者一致的赞扬,连爱丁堡的上层人士也以能结识这位新诗人为荣。于是彭斯打消了移居海外的念头,去爱丁堡住了一阵。他虽同那里的名流周旋,却始终保持农民本色,不久仍然回乡务农。这中间他曾游历苏格兰高原地带,开始收集、整理民歌。后来他长期在业余致力于此,大量将近失传的民歌,靠他的努力得以保存,这是彭斯在文学史上的重大功绩之一。

彭斯的许多短诗就是根据民歌改编的,因此朴实、新鲜、生动、音乐性强,首首可唱。

这里面有大量情诗,如《一朵红红的玫瑰》《走过麦田来》;也有怀旧与歌颂友情之作,如《往昔的时光》。

为什么这些诗能传诵至今?仅仅因为它们美丽或好唱么?不然;还因为它们经得起玩味,推敲。以《一朵红红的玫瑰》为例,起句的比喻何等鲜亮、大胆,叫人一见眼明,一读难忘。然而诗却没有停在这个水平上。八九两行的复句——"纵使大海干涸水流尽"——出现在全诗的正中,划分了而又衔接了两个不同的境界:前八行是你我之间的恋爱,只牵涉两人;后八行则将岩石、海洋和太阳都引了进来,爱情的背景扩大了;最后又回到原来的两人,这时人世沧桑之感增多了,于是结句在读者面前展开了一条千里万里的尘土和风雪的旅途,但是行人不论怎样遥远,却一定要回来,会回来,因为爱情已经深化,足以经受得住任何的考验了。这诗表面上只是抒情小唱,一推敲却有这样的情感上的深度。

然而彭斯不只是关心爱情。他还注视当代的政治大事。他是一个民主主义者,喜欢同被统治阶级目为叛逆的民主人士往来,他自己还特意买了一条走私船上的四门小炮送给法国的革命者。正是这样的一个彭斯写下了《不管那一套》那样的辛辣而开朗的名篇,宣告社会平等,歌颂穷人的硬骨头,并且展望人人成为兄弟的明天。同时,彭斯又是一个苏格兰民族主义者。他从来没有接受一七〇七年的苏格兰与英格兰的合并,《苏格兰人》一诗便是明证。但他又不只反英,而像他写信给朋友所说,还借此诗歌颂了"在时间上并不那么遥远的"亦即是当代的法国人民"争取自由的光荣斗争"。

彭斯还写了许多出色的长诗。《圣集》是讽刺性的风俗画,替青年男女张目。诗札《致拉布雷克书》写得活泼、真挚,同时宣告了他的艺术主张——"我只求大自然给我一星火种,/我所求的学问便全在此中!"《两只狗》用既幽默又沉痛的独特笔法写照了穷富对立的苏格兰社会,由于诗人有一个贫苦农民的亲身感受而写得特别逼真,应该说是十八世纪苏格兰诗里的现实主义的重大成就。《汤姆·奥桑特》则是苏格兰民间文学的骄傲。利用苏格兰方言的众多特点,把一个民间故事讲得如此有趣,同时又利用幽默的笔触冲淡了甚至嘲笑了它原有的迷信和恐怖色彩,彭斯在这方面的艺术是至今无人能及的。另外两个名篇,《威利长老的祈祷》被公认为讽刺文学的顶峰之作,而《爱情与自由》则宛如一个民间诗歌的盛节,其中的独唱各具鲜明个性,而不时出现的大合唱又用最豪放的方式传达了聚集在小酒店里的流浪者的情绪。它既是一幅逼真、生动的下层社会的风俗图,又是一篇针对统治阶级的虚伪道德的挑战书。彭斯写成此诗时(1785年)刚二十六岁,那时他的最初《诗集》还未出版,这就表明他的诗艺——包括写长诗的艺术——早在致力于改编民歌之前就已颇为成熟了。

抒 情 诗

呵,我爱过 *

呵,我爱过一个好姑娘,
　　爱她直到现在,
只要我心还向往善良,
　　我永爱大方的耐尔。

好姑娘我见过不少,
　　到处都有美人,
但从未见过一个,
　　像她那样文静。

我承认美貌打眼,
　　谁也看见喜欢,
但如她没有更高的品德,
　　我不要那样的姑娘。

---

* 此诗又名《大方的耐尔》,是彭斯第一首诗作,当时他才十五岁。在一七八七年八月二日致约翰·摩亚医
生的信中,有一段话可以说明当时的情况。
　　"你知道我们乡下的习惯,在收获季节总让一男一女做伴去劳动。在我十五岁那年秋天,同我做伴
的是一个只比我小一岁的迷人的姑娘,我很难用我的有限的英文描写她的美,但你知道我们有一句苏格
兰成语,她真是一个 bonie,sweet,sonsie lass(漂亮的、甜蜜的、温存的姑娘)。总之,她本人可能完全出于
无心,却使我初次尝到了某种美滋滋的味道……
　　"她有许多叫人爱的地方,其一就是她有会唱歌的甜嗓子。有一支歌她经常爱唱,我利用那个曲子,
第一次试着写了有韵脚的歌词。"
　　此诗内容,重姑娘的品德,不仅为美貌所动,在爱情诗里也有新意。

43

耐尔的面貌俏里带甜，
　　但在这一切之上，
还有绝好的名声，
　　清清白白,不怕人讲。

她穿得干净整齐，
　　雅致而又端庄，
走起路来自有风度，
　　什么衣服全好看。

大红大绿,搔首弄姿，
　　也许能使人稍稍动心，
但只有天真、朴素，
　　才能使爱情加深。

这一点叫我喜欢耐尔，
　　这一点打动我的灵魂，
在我的内心的最深处，
　　她是绝对统治的国君。

麦田有好埂

I

这是八月的夜晚，
　　麦田好埂直又齐，
月亮洒下清光，
　　我偷着去看安妮。
时间不知不觉飞跑，
　　已到午夜时分，

她没经央求就答应了
　　送我穿过田埂。

II

天空透蓝风已定，
　　月光把一切照得分明，
我完全出自好心，
　　请她坐在田埂。
我知道她的心全归我有，
　　我爱她也一片真诚，
我把她吻个不休，
　　在那月下的田埂。

III

我紧紧把她抱住，
　　她的心直在扑腾，
我祝福那块乐土，
　　月下的好田埂！
天上月光又加星光，
　　照耀那个良辰，
她将永祝欢乐的夜晚，
　　在那月下的田埂。

IV

我曾同伙伴们欢聚，
　　我曾开怀痛饮，
我曾愉快地把牲口点数，
　　我曾独自想得高兴，
但过去的一切快活，
即使加倍又拿三乘，
都抵不过那夜的欢乐，

在那月下的田埂。

　　合唱：

　　　大麦的田埂,小麦的田埂,

　　　　麦田有好埂,

　　　　　我将永不忘那个夜晚,

　　　　　　　同安妮坐在田埂。

玛丽·莫里逊

呵,玛丽,守候在窗口吧,

　这正是我们相会的良辰!

只消看一眼你的明眸和巧笑,

　守财奴的珍宝就不如灰尘!

我将快乐地忍受一切苦难,

　牛马般踏上征途,一程又一程,

只要能得着无价的奖赏——

　你可爱的玛丽·莫里逊!

昨夜灯火通明,伴着颤动的提琴声,

　大厅里旋转着迷人的长裙。

我的心儿却飞向了你,

　坐在人堆里,不见也不闻;

虽然这个白得俏,那个黑得俊,

　那边还有全城倾倒的美人,

我叹了一口气,对她们大家说:

　"你们不是玛丽·莫里逊。"

呵,玛丽,有人甘愿为你死,

　你怎能叫他永远失去安宁?

你怎能粉碎他的心?

他错只错在爱你过分！
纵使你不愿以爱来还爱，
　　至少该对我有几分怜悯
我知道任何冷酷的心意，绝不会
　　来自温柔的玛丽·莫里逊。

青青苇子草

四处都只见忧虑，
　　每时每刻都一样，哦。
人生有什么可图，
　　如果不是为了姑娘，哦。
　　　　合唱：
　　　　　青青苇子草，哦，
　　　　　青青苇子草，哦；
　　　　　人生极乐的时刻
　　　　　是同姑娘们一道，哦。

世人但知追求钱财，
　　而钱财仍然渺茫，哦。
等到最后弄到钱财，
　　心里早不欣赏，哦。
　　　　合唱：
　　　　　青青苇子草，哦，
　　　　　青青苇子草，哦；
　　　　　人生极乐的时刻
　　　　　是同姑娘们一道，哦。

不如找个黄昏好时节，

让我挽住爱人的腰身,哦;
世间的忧虑,世人的一切,
都随它们去折腾,哦。

合唱:

青青苇子草,哦,

青青苇子草,哦;

人生极乐的时刻

是同姑娘们一道,哦。

正人君子将我讥讽,
我看你们才是蠢驴,哦,
人间最聪明的英雄,
无一不热爱美女,哦。

合唱:

青青苇子草,哦,

青青苇子草,哦;

人生极乐的时刻

是同姑娘们一道,哦。

大自然敢于发誓,
她最好的手工是做美人,哦;
做男人只算学徒的尝试,
做姑娘才是自豪的成功,哦。

合唱:

青青苇子草,哦,

青青苇子草,哦;

人生极乐的时刻

是同姑娘们一道,哦。

孩子他爹,这开心的家伙

呵,谁来替我的宝宝买小衣?
呵,谁来安慰我,当我哭泣?
谁来吻我,当我在床上安息?
　　孩子他爹,这开心的家伙

呵,谁肯承认是他做的错事?
呵,谁肯买酒庆我的月子?
谁肯给我孩子取名字?
　　孩子他爹,这开心的家伙!

当我爬上凳子表忏悔①,
谁来旁坐把我陪?
我只要罗勃,不需别的安慰。
　　孩子他爹,这开心的家伙!

谁来同我谈心?
谁来使我高兴?
谁来把我亲了又吻?
　　孩子他爹,这开心的家伙!

有一个孩子*

曲调:小巧的大卫

有一个孩子生在凯尔市,

---

① 当时苏格兰教会规定,凡青年男女私通者须在教堂当众站忏悔凳,作为一种处罚。
* 此诗实是讲彭斯自己。罗宾是罗伯特的昵称,一月二十五日正是彭斯的生日。

若问他生在哪天哪时，
我看值不得费事，
　　　　无须客气待罗宾。
　　　合唱：
　　　　　罗宾是一个浪荡的孩子，
　　　　　　他乱动乱说，乱说乱动，
　　　　　罗宾是一个浪荡的孩子，
　　　　　　乱说乱动的罗宾。

我们王朝的倒数第二年，
刚好过去二十五天，
一月的大风把屋穿，
　　　　送来了礼物小罗宾。
　　　合唱：
　　　　　罗宾是一个浪荡的孩子，
　　　　　　他乱动乱说，乱说乱动，
　　　　　罗宾是一个浪荡的孩子，
　　　　　　乱说乱动的罗宾。

长舌妇瞧着手掌把命算，
说声"长寿的人你们来看
这胖小子准不是笨蛋，
　　　　正好取名小罗宾。
　　　合唱：
　　　　　罗宾是一个浪荡的孩子，
　　　　　　他乱动乱说，乱说乱动，
　　　　　罗宾是一个浪荡的孩子，
　　　　　　乱说乱动的罗宾"。

"他会碰上福气，也会遭遇噩运，
却始终有颗好心待别人，

会叫我们都高兴，
　　　　骄傲有这个小罗宾。"
　　合唱：
　　　　罗宾是一个浪荡的孩子，
　　　　　　他乱动乱说，乱说乱动，
　　　　罗宾是一个浪荡的孩子，
　　　　　　乱说乱动的罗宾。

"三三见九二十七，
我看他寿线福线加纹理，
肯定会把我们女人迷，
　　　　这就叫我喜欢小罗宾！"
　　合唱：
　　　　罗宾是一个浪荡的孩子，
　　　　　　他乱动乱说，乱说乱动，
　　　　罗宾是一个浪荡的孩子，
　　　　　　乱说乱动的罗宾。

她最后叫声"天哪，我看到将来
你会使姑娘们上床将你陪，
可是别人干的比这坏十倍，
　　　　所以我祝福小罗宾！"
　　合唱：
　　　　罗宾是一个浪荡的孩子，
　　　　　　他乱动乱说，乱说乱动，
　　　　罗宾是一个浪荡的孩子，
　　　　　　乱说乱动的罗宾。

赶羊上山（一）*

我向河岸行走，
碰上我的羊倌朋友，
他把我裹在斗篷里头，
　　叫我做他的亲人。——
　　　　合唱：
　　　　　　把母羊赶上山岗，
　　　　　　赶到长着野草的地方，
　　　　　　赶到流着溪水的地方，
　　　　　　　　我的好亲人。——

你愿否去到河岸，
看河水流得多欢，
榛树把枝叶伸展，
　　月亮照得分明。
　　　　合唱：
　　　　　　把母羊赶上山岗，
　　　　　　赶到长着野草的地方，
　　　　　　赶到流着溪水的地方，
　　　　　　　　我的好亲人。——

我不是生来没有家教，
会跟你羊倌胡闹，
回头来整天苦恼，
　　谁也不来接近。——
　　　　合唱：

---

* 这里彭斯用同一曲调谱了两套歌词，分别发表于一七八七与一七九四年。后作更精练（除合唱部分外，只五节），早作则保有民歌的对唱，男女一唱一和，颇见清新活泼。总之，各有长处，所以都译了，也可看出彭斯对同一曲调、同一题材的再思、再创造。

把母羊赶上山岗，
赶到长着野草的地方，
赶到流着溪水的地方，
　　我的好亲人。——

我会给你新衣缎带，
让你穿牛皮软鞋，
你可以睡在我的胸怀，
　　成为我的亲人。——
　　　　合唱：
　　　　　把母羊赶上山岗，
　　　　　赶到长着野草的地方，
　　　　　赶到流着溪水的地方，
　　　　　我的好亲人。——

如果你羊倌说话算数，
我跟你一起走路，
让你用斗篷把我包住，
　　成为你的亲人。——
　　　　合唱：
　　　　　把母羊赶上山岗，
　　　　　赶到长着野草的地方，
　　　　　赶到流着溪水的地方，
　　　　　我的好亲人。——

河水流向海洋，
天上亮着太阳，
直到死神用凉土盖住我眼，
　　你永是我的亲人。——
　　　　合唱：
　　　　　把母羊赶上山岗，

赶到长着野草的地方，
　　赶到流着溪水的地方，
　　　　我的好亲人。

赶羊上山（二）

听！鸫鸟唱起了夜歌，
克劳登的林子在应和，
让我们把羊群赶下坡，
　　我的好亲人。
　　　　合唱：
　　　　　　把母羊赶上山岗，
　　　　　　赶到长着野草的地方，
　　　　　　赶到流着溪水的地方，
　　　　　　　　我的好亲人。

我们经克劳登下山，
榛树把枝叶伸展，
树下河水流得多欢，
　　月亮照得分明。
　　　　合唱：
　　　　　　把母羊赶上山岗，
　　　　　　赶到长着野草的地方，
　　　　　　赶到流着溪水的地方，
　　　　　　　　我的好亲人。

克劳登的高楼无声，
月光下午夜来临，
露水沾湿了花芯，
　　仙子们舞得高兴。

合 唱：

　　　把母羊赶上山岗，
　　　　赶到长着野草的地方，
　　　　赶到流着溪水的地方，
　　　　　我的好亲人。

不用怕妖不用怕鬼，
爱神和上天把你护卫，
邪恶的东西进不来，
　　　我的好亲人。
　　合 唱：

　　　把母羊赶上山岗，
　　　　赶到长着野草的地方，
　　　　赶到流着溪水的地方，
　　　　　我的好亲人。

你的美丽和温柔
已把我的心儿偷，
我可以死,但不能走，
　　　我的好亲人。
　　合 唱：

　　　把母羊赶上山岗，
　　　　赶到长着野草的地方，
　　　　赶到流着溪水的地方，
　　　　　我的好亲人。

我还不到出嫁的年龄

先生,我是妈妈的独生女儿，
　　看见生人就存戒心，

先生，我怕睡男人的床铺，
　　　睡了叫我直嘀咕。
　　　我还太年轻，太年轻，
　　　　还不到出嫁的年龄，
　　　我还太年轻，做坏事的人
　　　　才会叫我离开母亲！

先生，节日来了又去，
　　　冬天的夜晚好长！
先生，你说与我同床——
　　　我可不敢荒唐！
　　　我还太年轻，太年轻，
　　　　还不到出嫁的年龄，
　　　我还太年轻，做坏事的人
　　　　才会叫我离开母亲！

先生，冷风在门外呼啸，
　　　吹得那树林萧条！
先生，等你夏天再过我家门，
　　　我长了一岁成大人！
　　　我还太年轻，太年轻，
　　　　还不到出嫁的年龄，
　　　我还太年轻，做坏事的人
　　　　才会叫我离开母亲！

天风来自四面八方

天风来自四面八方，
　　　其中我最爱西方。
西方有个好姑娘，

她是我心所向往！
　　那儿树林深，水流长，
　　　　还有不断的山岗，
　　但是我日夜的狂想，
　　　　只想我的琴姑娘。

鲜花滴露开眼前——
　　　　我看见她美丽的甜脸；
　　小鸟婉转在枝头——
　　　　我听见她迷人的歌喉；
　　只要是天生的好花，
　　　　不管长在泉旁林间哪一家，
　　只要是小鸟会歌唱，
　　　　都叫我想到我的琴姑娘！

往昔的时光

老朋友哪能遗忘，
　　　　哪能不放在心上？
老朋友哪能遗忘，
　　　　还有往昔的时光？
　　　　　合唱：
　　　　　　　为了往昔的时光，老朋友，
　　　　　　　　　为了往昔的时光，
　　　　　　　　再干一杯友情的酒，
　　　　　　　　　　为了往昔的时光。

你来痛饮一大杯，
　　　　我也买酒来相陪。
干一杯友情的酒又何妨？

为了往昔的时光。

合唱：

　　　为了往昔的时光,老朋友,
　　　　　为了往昔的时光,
　　　再干一杯友情的酒,
　　　　　为了往昔的时光。

我们曾遨游山岗,
　　到处将野花拜访。
但以后走上疲惫的旅程,
　　逝去了往昔的时光!

合唱：

　　　为了往昔的时光,老朋友,
　　　　　为了往昔的时光,
　　　再干一杯友情的酒,
　　　　　为了往昔的时光。

我们曾赤脚蹚过河流,
　　水声笑语里将时间忘。
如今大海的怒涛把我们隔开,
　　逝去了往昔的时光!

合唱：

　　　为了往昔的时光,老朋友,
　　　　　为了往昔的时光,
　　　再干一杯友情的酒,
　　　　　为了往昔的时光。

忠实的老友,伸出你的手,
　　让我们握手聚一堂。
再来痛饮一杯欢乐酒,
　　为了往昔的时光!

　　　　为了往昔的时光,老朋友,

　　　　　为了往昔的时光,

　　　再干一杯友情的酒,

　　　　　为了往昔的时光。

我的好玛丽

请给我取来好酒,

倒满那个银杯,

让我在离别之前,

向我的姑娘举杯。

船儿起落在江边,

大风呼啸吹得急,

船儿南行路途远,

我要同玛丽告别!

金鼓齐鸣,大旗飘扬,

雄师列阵,刀枪闪寒光。

远处传来喊杀声,

两军血战正酣!

不是风浪阻我走,

不是刀兵叫我留,

我在这儿迟疑,

全为了要同玛丽别离!

亚顿河水

轻轻地流,甜蜜的亚顿河,流过绿色的山坡,

轻轻地流,让我给你唱一支赞歌,
我的玛丽躺在你潺潺的水边睡着了,
轻轻地流,甜蜜的亚顿河,请不要把她的梦打扰。

你,在山谷里曼声长啼的斑鸠,
你,在刺树里乱吹口哨的乌鸫,
还有你,田凫和你那爱叫的祖先,
都不要惊吵我的玛丽的睡眠。

多么挺拔呵,甜蜜的亚顿河,你旁边的山,
你画的河道,又是多么曲曲弯弯,
每天太阳高照的时候,我都在那里漫游,
眼睛却盯着羊群和玛丽的甜蜜小楼。

多么愉快呵,你的两岸和岸下的绿谷,
林地里樱草花一簇又一簇,
每当柔和的黄昏弥漫草原的时辰,
喷香的桦树常把玛丽和我遮阴。

你清清的流水啊,亚顿河,流得多么可爱,
你流过的小楼就是我的玛丽所在!
你顽皮地拿她雪白的双足洗涤,
每当她为采花而把你的清波踩踢。

轻轻地流,甜蜜的亚顿河,流过绿色的山坡,
轻轻地流,让我给你唱一支赞歌,
我的玛丽在潺潺的水边睡着了,
轻轻地流,甜蜜的亚顿河,请不要把她的梦打扰。

睡不着,哦!

夏天是愉快时候,
　　各色鲜花茂盛,
山泉流过峭壁,
　　我想我真心的爱人。
　　　　合唱:
　　　　　　睡不着,哦,
　　　　　　　老睡不着,又疲倦,
　　　　　　尽在想我那亲人,
　　　　　　　一夜都没合眼。

我睡下就做梦,
　　我醒来就烦闷,
一夜都没合眼,
　　我心中想那亲人。
　　　　合唱:
　　　　　　睡不着,哦,
　　　　　　　老睡不着,又疲倦,
　　　　　　尽在想我那亲人,
　　　　　　　一夜都没合眼。

冷清的夜晚来临,
　　别人都已入眠,
我却把眼睛哭红,
　　由于想我那好青年。
　　　　合唱:
　　　　　　睡不着,哦,
　　　　　　　老睡不着,又疲倦,
　　　　　　尽在想我那亲人,

一夜都没合眼。

我的心呀在高原

我的心呀在高原,这儿没有我的心,
我的心呀在高原,追赶着鹿群,
追赶着野鹿,跟踪着小鹿,
我的心呀在高原,别处没有我的心!

再会吧,高原! 再会吧,北方!
你是品德的国家、壮士的故乡,
不管我在哪儿游荡、到哪儿流浪,
高原的群山我永不相忘!

再会吧,皑皑的高山,
再会吧,绿色的山谷同河滩,
再会吧,高耸的大树,无尽的林涛,
再会吧,汹涌的急流,雷鸣的浪潮!

我的心呀在高原,这儿没有我的心,
我的心呀在高原,追赶着鹿群,
追赶着野鹿,跟踪着小鹿,
我的心呀在高原,别处没有我的心!

约翰·安特生,我的爱人

约翰·安特生,我的爱人,
　　记得当年初相遇,
你的头发漆黑,

你的脸儿如玉；
如今呵,你的头发雪白,
　　你的脸儿起了皱。
祝福你那一片风霜的白头！
　　约翰·安特生,我的爱人。

约翰·安特生,我的爱人,
　　记得我俩比爬山,
多少青春的日子,
　　一起过得美满！
如今呵,到了下山的时候,
　　让我们搀扶着慢慢走,
到山脚双双躺下,还要并头！
　　约翰·安特生,我的爱人！

杜河两岸

美丽的杜河两岸开满花,
　　如何竟开得这样鲜艳？
小鸟怎么这样尽情歌唱？
　　唯独我充满了忧伤！
会唱的小鸟呀,你浪荡地出入花丛,
　　只使我看了心碎！
因为你叫我想起逝去的欢乐——
　　逝去了,永不再回！

我曾在杜河两岸徘徊,
　　喜看藤萝攀住了蔷薇,
还听鸟儿都将爱情歌唱,
　　我也痴心地歌唱我的情郎。

快乐里我摘下一朵玫瑰，
　　　红艳艳,香甜甜,带着小刺——
不想负心郎偷走了玫瑰，
　　　呵,只给我留下了小刺!

一次亲吻

一次亲吻,然后分手,
一朝离别,永不回头!
用绞心的眼泪我向你发誓,
用激动的呜咽我向你陈词,
谁说命运已经背弃,
当希望之光还未灭熄?
没有一丝微亮照耀着我,
只有绝望像黑夜笼罩着我。

我决不怪自己偏爱,
谁能抗拒南锡的神采?
谁见她就会爱她,
谁爱她就会永远爱她。
若是我俩根本不曾热爱,
若是我俩根本不曾盲目地爱,
根本没有相逢,也就不会分手,
也就不会眼泪双双对流!

珍重吧,你女中最高最美的,
珍重吧,你人中最好最亲的,
愿你享有一切愉快,珍宝,
平安,幸福,爱情,欢笑!
一次亲吻,然后分手,

一朝离别,永不回头!
用绞心的眼泪我向你发誓,
用激动的呜咽我向你陈词。

美丽的莱丝莉 *

呵,可曾见到美丽的莱丝莉
　　越过边境而去?
她走了,像当年的亚历山大,
　　去征服更多的疆域。

谁见她就会爱她,
　　一爱就会一生。
她一切都天生美丽,
　　可没第二个这样天生。

你是皇后,美丽的莱丝莉,
　　我们是你的臣民,
你是神圣的、美丽的莱丝莉,
　　男人们全向你献出了心。

魔鬼不会伤害你
　　和你将有的一切东西,
他只消一看你的秀脸,
　　就会说:"我不能委屈你。"

天使们会保护你,

---

* 莱丝莉实有其人,即艾尔郡的莱丝莉·贝利。她的父亲带她和另一女儿去英格兰,途经邓弗利
斯,看望了彭斯。后来彭斯骑马送他们继续上路,归途作了此诗。此诗除歌颂姑娘的美丽外,也
含有美好的人物为苏格兰增光的自豪感。

不让噩运冒犯你,

你同天使们一样美丽,

　　她们不许邪恶接近你。

回来吧,美丽的莱丝莉,

　　回到凯利堂尼①,

让我们夸口有一位姑娘,

　　谁也比不上她美丽。

这一撮民族败类

别了,苏格兰的雄声,

　　别了,我们古代的荣耀,

别了,甚至苏格兰的国名,

　　尽管武功曾是她的骄傲!

如今萨克河流上索尔威滨,

　　屈维河流进大西洋内,

只为标出英格兰的一个省份,

　　民族中竟有这一撮败类!

武力和欺诈不曾把我们征服,

　　历经多少世代的战争,

如今几个胆小鬼把大事全误,

　　为一点赏钱干了卖国的营生。

英国的刀枪我们鄙视,

　　自有勇士们守住堡垒,

英国的银子却把我们克制,

　　民族中竟有这一撮败类!

---

　　① 凯利堂尼,苏格兰的古名。

要是我早就看到会有一天，

    叛徒将把我们出卖，

我必定不顾白发高年，

    战死在布鲁斯、华莱士的坟外①！

现在我也要用最后一口气，

    大声告诉儿辈：

拿英国钱把我们做了交易，

    民族中竟有这一撮败类！

奴 隶 怨

在甜蜜的塞内加尔仇人们把我来抓，

    送到了弗吉尼亚，弗吉尼亚，哦；

硬把我从那美丽的海岸拉走，从此看不见它，

    而我是，唉，疲倦了，疲倦了，哦！

硬把我从那美丽的海岸拉走，从此看不见它，

    而我是，唉，疲倦了，疲倦了，哦！

那幽静的海岸上没有寒霜和冰雪，

    不像弗吉尼亚，弗吉尼亚，哦，

那里水长流，那里花不谢，

    而我是，唉，疲倦了，疲倦了，哦！

那里水长流，那里花不谢，

    而我是，唉，疲倦了，疲倦了，哦！

我被赶着背上大包，又怕狠毒的鞭抽，

    身在弗吉尼亚，弗吉尼亚，哦！

---

① 布鲁斯、华莱士都是苏格兰历史上的民族英雄。

想起了最亲的朋友们，我苦泪滴滴流，
　　而我是，唉，疲倦了，疲倦了，哦！
想起了最亲的朋友们，我苦泪滴滴流，
　　而我是，唉，疲倦了，疲倦了，哦！

英俊的织工

大车驰向海边，
穿过大树和花园，
那儿住着我中意的少年——
　　我那英俊的织工！

呵，来求婚的何止八九，
送我戒指又加丝绸，
我为了怕把心丢，
　　把它交给了织工。

我爹许下我的嫁妆，
愿给有田产的儿郎，
我却把手也加上①，
　　一同交给了织工。

鸟儿欢唱在树林，
蜂儿采蜜在花芯，
夏雨浇得庄稼青又青——
　　我爱我那英俊的织工。

---

① 西方习惯，男向女求婚，被说成是"求她的手"，此处给手表示以身相许。

高原的玛丽

岸呵,山呵,水呵,
　　你们把蒙高利古堡围住,
林子何等绿,花儿何等艳,
　　流水又从不混浊!
那里夏天到得最早,
　　那里它久留不离,
因为我在那里最后告别
　　我那甜蜜的高原玛丽。

欢乐的绿桦树长得何等秀美,
　　山楂花开得何等茂盛!
就在它们喷香的绿荫下,
　　我把她紧抱贴身。
黄金的时光长了翅膀,
　　飞越我们的躯体,
她对我比生命还要珍贵,
　　我那甜蜜的高原玛丽。

多少遍誓言,多少次拥抱,
　　我俩难舍难分!
千百度相约重见,
　　两人才生生劈分!
谁知,呵,死神忽然降霜,
　　把我的花朵摧残成泥,
只剩下地黑、土凉,
　　盖住了我的高原玛丽!

我曾热吻过的红唇,

已经变得冰凉，
那双温情地看我的亮眼，
　　也已永远闭上，
一颗爱过我的心，
　　如今无声地烂在地里！
但在我心的深处，
　　永生着我的高原玛丽。

邓肯·葛雷

邓肯·葛雷来求婚，
哈,哈,好一个求婚。
圣诞夜,全喝醉,人人欢笑,
哈,哈,好一个求婚。
麦琪把头抬得天样高，
两手叉腰,正眼也不瞧,
可怜的邓肯赶紧向后逃,
哈,哈,好一个求婚。

邓肯哀求,邓肯祷告,
哈,哈,好一个求婚。
麦琪像块顽石,无法动摇!
哈,哈,好一个求婚。
邓肯唉声又叹气，
眼睛哭得像胡桃，
说是要找瀑布向下跳,
哈,哈,好一个求婚。

时光和运气像浪潮,
哈,哈,好一个求婚。

失恋的痛苦真难熬,
哈,哈,好一个求婚。
他心想我怎能这样没出息,
为一个骄傲女人就把命丢掉?
去她的! 让她到法国去卖俏!
哈,哈,好一个求婚。

后来的变化让医生们去讲,
哈,哈,好一个求婚。
麦琪得了病,邓肯长得壮,
哈,哈,好一个求婚。
麦琪的心里像刀绞,
唉声叹气愁难消,
看呵,她眼睛里心事有多少,
哈,哈,好一个求婚。

邓肯是个漂亮的少年,
哈,哈,好一个求婚。
麦琪倒变得真可怜,
哈,哈,好一个求婚。
邓肯哪能睁着眼睛看她死,
爱惜之心早将怒气吞。
如今他俩愉快又温存,
哈,哈,好一个求婚!

给我开门,哦!

曲调:轻轻地开门

哦,开门,纵使你对我无情,
  也表一点怜悯,哦。

71

你虽变了心,我仍忠于情。
　　哦,给我开门,哦。

风吹我苍白的双颊,好冷!
　　但冷不过你对我的心,哦。
冰霜使我心血凝冻,
　　也没你给我的痛深,哦。

残月沉落白水中,
　　时间也随我沉落,哦。
假朋友,变心人,永别不再逢!
　　我决不再来缠磨,哦。

她把门儿大敞开,
　　见了平地上苍白的尸体,哦,
只喊了一声"爱"就倒在尘埃,
　　从此再也不起,哦。

洛　甘　河

当年洛甘河水流荡荡,
正是威利刚做我的郎。
但此后流走了漫长岁月,
洛甘河空自流向阳光。
如今河岸上花开一片,
我却只见冬天的黑暗荒凉,
因为我的郎给逼上了战场,
远离我,远离洛甘河的家乡。

一年又到愉快的五月,

山谷开满艳丽的鲜花。
花丛里蜜蜂嗡嗡响，
绿荫下鸟儿成了家。
清新的早晨阳光闪亮，
幸福的夜晚不禁泪下。
但是我却索然寡欢，
因为威利远离了洛甘河的家乡。

看那里一丛雪白的丁香，
黄莺安顿了她的一窝儿郎，
她有忠实的丈夫帮忙，
为解妻子的闷，他还把歌儿来唱；
我这儿也有小宝贝一大窝，
可没帮忙的丈夫来唱歌，
晚上守空床，白天意快快，
只因威利远离了洛甘河的家乡！

呵，你们这些该死的当权大人！
你们挑起了兄弟间的血海深仇，
你们弄得人人心里悲伤，
这一切灾难定要回到你们头上！
你们还忍心寻欢买笑，
不听寡妇的啼哭、孤儿的哀叫！
但愿和平早早带来快乐的时光，
威利返回洛甘河的家乡！

郎吹口哨妹就来

合唱：呵，郎吹口哨妹就来，
　　　呵，郎吹口哨妹就来！

73

哪怕爹娘气发疯，
呵，郎吹哨妹就来！

你要求爱得悄悄来，
后门不开不要来，
来了从后院上楼别让人见，
见了装作不是为我来，
见了装作不是为我来！

　　　合唱：
　　　　呵，郎吹口哨妹就来，
　　　　呵，郎吹口哨妹就来！
　　　　哪怕爹娘气发疯，
　　　　呵，郎吹口哨妹就来！

如果在教堂和市场碰上我，
你要装作无心看我就走过，
走过了可要让你的黑眼偷偷瞧，
瞧着了又当不知道，
瞧着了又当不知道！

　　　合唱：
　　　　呵，郎吹口哨妹就来，
　　　　呵，郎吹口哨妹就来！
　　　　哪怕爹娘气发疯，
　　　　呵，郎吹口哨妹就来！

有时候你该发誓赌咒不理我，
有时候不妨说我长得丑。
但是呵，就为假装也不许把别的姑娘勾，
我怕她们会把你的心来偷，
我怕她们会把你的心来偷！

合唱： 呵，郎吹口哨妹就来，

呵，郎吹口哨妹就来！

哪怕爹娘气发疯，

呵，郎吹口哨妹就来！

苏格兰人*

跟华莱士流过血的苏格兰人，

随布鲁斯作过战的苏格兰人，

起来！倒在血泊里也成——

要不就夺取胜利！

时刻已到，决战已近，

前线的军情吃紧，

骄横的爱德华在统兵入侵——

带来锁链，带来奴役！

谁愿卖国求荣？

谁愿爬进懦夫的坟茔？

谁卑鄙到宁做奴隶偷生？——

让他走，让他逃避！

谁愿将苏格兰国王和法律保护，

---

* 这是彭斯所作爱国诗中最著名的一首，写的是苏格兰国王罗伯特·布鲁斯在大破英国侵略军的班诺克本一役(1314)，之前向部队所作的号召。首先发表在一七九四年五月的《纪事晨报》。

诗中所提的华莱士是一位十三世纪的苏格兰民族英雄，也曾大败英军。但后为奸人出卖，被执处死，爱德华指英王爱德华二世。

彭斯一直念念不忘为苏格兰民族独立而斗争的志士，写此诗时爱国热情尤其澎湃。不仅如此，他还借古讽今，曾经明白写信告诉朋友说：启发他写这首诗的不只是古代那场"光荣的争取自由的斗争"，而还有"在时间上却不是那么遥远的同类性质的斗争"，即法国大革命，当时正方兴未艾，在苏格兰的彼岸如火如荼地展开。

拔出自由之剑来痛击、猛舞？
谁愿生作自由人，死作自由魂？——
　　　　　让他来，跟我出击！

凭被压迫者的苦难来起誓，
凭你们受奴役的子孙来起誓，
我们决心流血到死——
　　　　　但他们必须自由！

打倒骄横的篡位者！
死一个敌人，少一个暴君！
多一次攻击，添一分自由！
　　　　　动手——要不就断头！

一朵红红的玫瑰

呵，我的爱人像朵红红的玫瑰，
　　六月里迎风初开；
呵，我的爱人像支甜甜的曲子，
　　奏得合拍又和谐。

我的好姑娘，你有多么美，
　　我的情也有多么深。
我将永远爱你，亲爱的，
　　直到大海干枯水流尽。

直到大海干枯水流尽，
　　太阳把岩石烧作灰尘，
我也永远爱你，亲爱的，
　　只要我一息犹存。

珍重吧,我唯一的爱人,
　　珍重吧,让我们暂时别离,
我准定回来,亲爱的,
　　哪怕跋涉千万里!

不管那一套

有没有人,为了正大光明的贫穷
而垂头丧气,挺不起腰——
这种怯懦的奴才,我们不齿他!
我们敢于贫穷,不管他们那一套,
管他们这一套那一套,
什么低贱的劳动那一套,
官衔只是金币上的花纹,
人才是真金,不管他们那一套!

我们吃粗粮,穿破烂,
但那又有什么不好?
让蠢材穿罗着缎,坏蛋饮酒作乐,
大丈夫是大丈夫,不管他们那一套!

管他们这一套那一套,
他们是绣花枕头,
正大光明的人,尽管穷得要死,
才是人中之王,不管他们那一套!

你瞧那个叫作老爷的家伙
装模作样,大摆大摇,
尽管他一呼百诺,

尽管他有勋章绶带一大套，
白痴还是白痴！
管他们这一套那一套，
一个有独立人格的人
看了只会哈哈大笑！

国王可以封官：
公侯伯子男一大套。
光明正大的人不受他管——
他也别梦想弄圈套！
管他们这一套那一套，
什么贵人的威仪那一套，
实实在在的真理，顶天立地的品格，
才比什么爵位都高！

好吧，让我们来为明天祈祷，
不管怎么变化，明天一定会来到，
那时候真理和品格
将成为整个地球的荣耀！
管他们这一套那一套，
总有一天会来到：
那时候全世界所有的人
都成了兄弟，不管他们那一套！

如果你站在冷风里

呵，如果你站在冷风里，
　一人在草地，在草地，
我的斗篷会挡住凶恶的风，
　保护你，保护你。

如果灾难像风暴袭来，

　　落在你头上，你头上，

我将用胸脯温暖你，

　　一切同享，一切同当。

如果我站在最可怕的荒野，

　　天黑又把路迷，把路迷，

就是沙漠也变成天堂，

　　只要有你，只要有你。

如果我是地球的君王，

　　宝座我们共有，我们共有，

我的王冠上有一粒最亮的珍珠——

　　它是我的王后，我的王后。

印文纳斯的美丽姑娘

印文纳斯的美丽姑娘，

　　没有半点儿欢欣，

从早到晚她叹着命苦，

　　咸味的泪水遮住了眼睛。

"邓墨西荒原，邓墨西战场，

　　邓墨西动了不吉利的刀兵！

那一仗杀死了我慈爱的父亲，

　　呵，父亲外还有弟兄三人！

"染血的红土是他们的寿衣，

　　怒生的野草是他们的灵寝，

旁边还躺下一位最可爱的少年，

　　哪一个女人见过他这样的英俊？

"残忍的爵爷呀,愿噩运永降你身!
　　你准是一个吸血的畜生!
多少人对你毫无冒犯,
　　你却叫他们永远伤心!"

走过麦田来

可怜的人儿,走过麦田来,
　　走过麦田来,
她拖着长裙,
　　走过麦田来。
　　　合唱:
　　　　呵,珍尼是可怜的人儿,
　　　　　珍尼哭得悲哀。
　　　　她拖着长裙,
　　　　　走过麦田来。

如果一个他碰见一个她,
　　走过麦田来,
如果一个他吻了一个她,
　　她何必哭起来?
　　　合唱:
　　　　呵,珍尼是可怜的人儿,
　　　　　珍尼哭得悲哀,
　　　　她拖着长裙,
　　　　　走过麦田来。

如果一个他碰见一个她,
　　走过山间小道,

如果一个他吻了一个她，
　　别人哪用知道！
　　　合唱：
　　　　　呵，珍尼是可怜的人儿，
　　　　　　珍尼哭得悲哀。
　　　　她拖着长裙，
　　　　　　走过麦田来。

为了我们正统的国王

为了我们正统的国王，
　　我们离开美丽的苏格兰海港。
为了我们正统的国王，
　　我们才见到爱尔兰地方，
　　　　亲爱的，
　　我们才见到爱尔兰地方。

如今一切人事都已尽了，
　　一切都渺茫！
再见吧，我的爱人，我的故乡！
　　我必须越过海洋，
　　　　亲爱的，
　　我必须越过海洋！

他朝右一转拐了弯，
　　身在爱尔兰的海岸，
他用力抖一下马缰，
　　从此就永远他往，
　　　　亲爱的，

从此就永远他往。

兵士从战场回来，
　　　水手自海洋归航，
我却离开了爱人，
　　　从此就永远相忘，
　　　　　亲爱的，
　　　从此就永远相忘。

白天过去,黑夜临头,
　　　人们都进了梦乡。
想起他在远方,我就流泪,
　　　哭他那永恒的黑夜茫茫,
　　　　　亲爱的,
　　　哭他那永恒的黑夜茫茫。

自　由　树*

你曾否听说法兰西有棵大树?
　　　你知道它叫什么名字?
爱国的志士围着它跳舞——
　　　全欧洲都景仰它的名字!
它长在巴士底的废墟,
　　　那原是国王的监狱,
当时魔道的子孙横行,
　　　曾将法兰西的手脚捆紧。

这棵树长出了果子,

―――――――――――

*　此诗作者是否为彭斯,尚未最后弄清,较严格的编者将其列入"可疑类"。

人人都知道它的好处，
它把人从野兽的地位提升，
　　使他明白人之所以为人。
这果子如让农夫尝一尝，
　　他的伟大就超过贵胄，
他将拿出他全部的食粮，
　　不论多少都与乞丐共有！

这果子抵得了全非洲的财宝；
　　它特来将我们慰劳：
给我们带来最美丽的红光，
　　使我们满足，使我们健康，
它擦亮了人的眼睛，鼓舞了人的赤心，
　　它使人人都变成好友，不分显贵和贱民。
谁要敢把卖国的角色来扮，
　　它叫他永劫不返！

我祝福那位男子汉，
　　他曾对法国的奴隶长叹，
天不怕地不怕，他从大洋的西岸
　　偷来这树的一截枝干，
美丽的道德之神细心给它浇水，
　　现在她可以昂首相看：
这棵树已经开花结果，
　　枝叶广被，七色斑斓。

坏人们可不愿亲眼目睹
　　道德的事业如此兴旺，
宫廷里的蛆虫下令将它绑住，
　　看它长得茂盛就眼泪汪汪。
路易王立意将它劈砍，

那时树儿还非常娇柔，
　　为此守树人砸坏他的王冠，
　　　　还一刀砍下了他的狗头。

跟着有一群坏小子，
　　居然郑重立了志，
决心不让这树长大——
　　我知道他们还对天宣誓！
他们排开了队伍就起身，
　　活像一群疯狂的猎犬，
但很快他们就疲于奔命，
　　悔恨离开了家园！

美人名自由，玉立在树旁，
　　高声把她的儿子来号召，
她唱了一曲自由之歌，
　　他们听了一齐叫好。
在她的鼓舞之下，这新生的人民
　　很快就举起复仇之刀。
走狗们遁逃，志士们穷追，
　　还把那暴君惩个妙。

让不列颠去夸耀坚实的橡树，
　　还有她的白杨和青松！
老大的不列颠一度夸过海口，
　　在邻居中独占上风。
但现在你如在森林里团团搜寻，
　　你就会发现英国的真情：
从伦敦城一直找到屈微河，
　　这样的好树就不见一棵！

但是没有这棵树，
　　人生就只有不尽的忧伤，
悲哀已不胜，纠纷更难当，
　　绝无半点甜蜜可尝！
我们起早又摸黑，
　　都只为养肥有爵位的流氓！
若问我们的安慰何在？
　　进了坟墓也渺茫！

一旦有了许多这样的树，
　　世界的人民就会和平相处。
熔化了刀枪打好犁，
　　战争烽火也就平息。
我们都是一个事业里的弟兄，
　　四面八方都是笑容。
平等的权利，平等的法律，
　　将使一切岛屿都欢腾！

多么清洁美丽的果子——
　　谁不吃不得好死！
我愿意卖掉我的长靴，
　　只要能在此地尝到这果子！
让我们祈祷会有一天来到，
　　古老的英格兰也把这棵名树种好！
这未来的一天呵，让我们放开歌喉，
　　愉快地迎接自由！

讽 刺 诗

致好得出奇者,即古板的正经人

我的儿子,送你几句箴言,
　　合起来可称规律,
古板的正经人是笨虫,
　　古板的聪明人是蠢驴;
打得最干净的麦子,
　　也会有一些麸皮;
所以千万不要看不起人,
只因他偶然玩点把戏。

所罗门——《传道书》
第7章第16节①

I

呵,你们这些好人,
　　个个都高尚虔诚,
无事可干,除了细心寻找
　　街坊们的过失和毛病。
你们的生活像磨坊的石盘,
　　有足够的水力如意运转,
料斗里麦子加满又磨掉,
　　随着拍板不断地往返。

---

① 《旧约·传道书》此处本文如下:"不要行义过分,也不要过于自逞智慧,何必自取败亡呢。"

II

听我说,年高德劭的诸公,

　　我乃凡夫俗子的律师,

他们同严肃的智慧不打交道,

　　只奔轻佻的愚蠢之门,

他们不长心眼,随随便便,

　　玩倒霉的小把戏,犯可怕的大错误,

还有各种毛病和失策,

　　都由我在这里替他们辩护。

III

你们把他们的情况一对照,

　　就对两者的差别大摇其头,

但如能平心静气地想一想,

　　究竟什么使大人物不同凡流?

如果不算碰运气得到的,

　　你们自傲的那点纯洁,

只有你们善于掩盖的本领

　　才超过别人的一切。

IV

想想你们虽把七情六欲压住,

　　也不免常有放纵,

那些不受拘束的人

　　又怎能熬得住欲念沸腾!

你们的船顺风又顺流,

　　当然平稳快当,直放大海,

但如果顶风逆流向上走,

　　准会行驶得七斜八歪。

V

看社交和娱乐两位先生
　　坐在一起,高兴无忧,
不料过一会儿就转变气质,
　　成为淫荡和贪杯之流。
呵,愿他们能估量一下
　　造成了什么永恒的后果,
或者说说更可怕的下场,
　　在地狱里花大钱赌博!

VI

你们这些讲道德的高贵女士,
　　衣服紧扣,道貌岸然,
且慢把可怜的失足者责骂,
　　先来设身处地,把她扮演:
来了心爱的人,碰上方便的机会,
　　按捺不住,起了邪心——
不过,让我低声附耳说一句,
　　也许你们挑不起这等感情。

VII

所以要和气对待你们的兄弟,
　　更要体贴你们的姊妹,
纵然他们做了一丁点错事,
　　凡是人都不免偶尔走斜。
有一点至今难以弄明,
　　是什么激情使他们失误,
也难真正地看清,
　　他们后悔到什么地步。

VIII

只有制作我们的心的上帝，

    才能最有力地考验我们：

他知道每根心弦能发多少音，

    每条血管能载多少情。

那么在天平之前让我们住口，

    因为我们无法把它摆平，

也许算得出人家干了什么，

    却不知顶住没干的事情。

威利长老的祷词*

使敬神者一怒之下而去祷告。

——蒲伯

内 容 概 要

    威利是摩希林地方教堂的长老，一个上了年纪的单身汉，喜与人争，喋喋不休，以此出名，终成正统，然贪杯如故；又以好色著，虽经净化，貌似虔诚，实仍多欲。曾与当地绅士盖文·汉弥登先生发生争执，向该地长老大会控告，大会听了他及支持他的峨特教士的全部陈述后，认为罪状不能成立。所以如此，原因部分在于汉弥登有律师罗伯特·艾肯能言善辩，主要则由于汉弥登本人为人正直，在当地极受尊敬之故。威利败诉后，诗神偶过其家，听他正在祈祷，祷词如下：

主呵，我主坐镇在天上，

凡事随心所欲，

叫一人上天堂，十人下地狱，

---

    * 关于这首有名的讽刺诗，诗人自己曾经这样写道："这诗一出现，当地长老大会就大为惊慌，曾经专门开会三四次之多，查遍了全部的教义和教规，想看是否能利用一点神圣的炮火来对付冒渎神祇的诗人骚客。"（一七八七年八月二日彭斯致约翰·摩尔医生书）可见正像彭斯另外一些作品一样，这首诗曾在当时的实际生活中起过战斗作用。

　　　　　都只为主的荣光，
　　与他们自身无关:作恶,行善,
　　　　　全不相干。

我赞美主的威力无边!
主将千万人丢在黑暗的深渊,
唯独我在主的面前,
　　　　　受主的恩典。
论才干和品德,谁都承认
　　　　　我是此地的明灯!

我何幸,我的一代又何幸,
居然获得这特殊的恩宠?
我本来只配永世沉沦,
　　　　　因亚当罪孽深重①!
六千年前他犯了天条,
　　　　　我生前就有罪难逃!

自从我走出娘胎,
打入地狱本应该,
您本可将我丢进火焰海,
　　　　　烧得我苦苦叫哀。
铁柱上锁住了永不超生的鬼,
　　　　　哭号声叫人心摧!

但我却活在人间,还以贤德中选,
显示天主的恩泽无边。
我站在这里,做教堂的支柱,

---

① 指基督教《圣经》故事:夏娃食了禁果,亚当继之,上帝大怒,将他们逐出伊甸园,以后他们生下子女,即为今日人类之始。

比岩石还坚。
我是您子民的护卫和榜样，
　　　　　　并把他们导引如牛羊。

可是主呵，我又必须承认——
好些时，春意浓，心痒难受，
也曾经，见钱眼开，孽根不净，
　　　　　　恶性又冒头！
不过主呵，您记得我们本是尘世身，
　　　　　　从头起便是罪恶人。

昨夜晚，主知道，我同美琪相聚——
呵，我惶恐，求主宽恕！
但愿没闯大祸，不至于
　　　　　　毁了一生名誉！
我决不让无法无天的风流腿
　　　　　　再上她的小床去捣鬼。

除此外，还有一事要招：
莉西的女儿也来过——大约三遭。
不过，主呵，那一晚碰上她，
　　　　　　我早已黄汤灌饱。
不是酒，您的忠仆哪会出丑，
　　　　　　更不会将她引诱。

也许主故意叫淫欲生刺，
刺得您奴仆日夜烦恼，
免得他趾高气扬太骄傲，
　　　　　　自以为天生才高？
如果这样，多少刺我也将忍受，
　　　　　　直到您高抬贵手。

愿主赐福本地的教徒，
他们是您特选的子民。
但是，主呵，诅咒那倔强的一群，
　　　　　让他们把脸面丢尽！
他们曾使您的管事们蒙羞，
　　　　　而且当众出丑。

主呵，请给汉弥登应受的惩罚！
他骂街、打牌，又喝酒，
到处笼络，不论年长年幼，
　　　　　小恩小惠有一手！
这样就从主的牧师手上，
　　　　　把人心完全偷光。

为此我们要加以管教，
不料惹起一场大纠纷，
他一声喊，引来一群闲人，
　　　　　个个都嘲笑我们。
主呵，咒诅他的篮筐和伙房，
　　　　　让他的白菜、土豆烂光。

主呵，我迫切向您呼吁祈求：
一定要惩治艾尔城全体老教友！
主呵，高举您山岳似的右手，
　　　　　猛敲他们的秃头！
请主严厉对待，绝不容情，
　　　　　处罚他们的罪行！

还有，主呵，那油嘴滑舌的艾肯！
想起他我至今胆战心惊，

那一天他骂得我黄汗像雨淋，
　　　　　一害怕小便又失禁。
老峨特也张口结舌往外溜，
　　　　　双手抱住了头！

主呵，只等审判的日子一来到，
惩罚了他，还要重办他的雇主，
对他们绝不要踌躇，
　　　　　也不要听他们诉苦。
为了子民之故快将他们处死，
　　　　　不能有半点仁慈！

但是主呵，请记住我和我的一家，
赐我天上地下的一切红运，
让我有福有财无比光彩，
　　　　　荣华超过任何人！
一切荣耀归我主，
　　　　　阿门！阿门！

死亡与洪布克大夫

一 个 真 实 的 故 事

有的书从头到尾都是谎言，
有的大谎还没有见于笔端。
甚至教士们也在所不免，
　　　　　虽然传道如发狂，
有时却撒谎大如天，
　　　　　还归罪《圣经》身上。

但是我现在要讲的遭遇，
不久前发生在晚上某处，
却是千真万确，就如魔鬼住在地狱，
　　　　　　或都柏林城，
要是他搬家而成了我们邻居，
　　　　　　那我们更难安枕！

家酿的啤酒把我喝个开心，
不是醉，只是多喝了几盅，
走路虽不稳，却仍然小心，
　　　　　　免得跌进沟渠，
也避开小坡，大石，灌木林，
　　　　　　更怕碰上男鬼女巫。

月亮升起光四布，
照得远山也清楚，
我边走边看使劲数，
　　　　　　想弄清月亮有几个角①，
究竟是三个还是四五，
　　　　　　这一点至今难晓。

我绕过了山岗，
下到威利的磨坊，
依靠一根手杖，
　　　　　　总算没摔跤，
有时也不免鲁莽？
　　　　　　来一阵猛跑。

忽然碰到了一样怪东西，

---

① 　在苏格兰一带,月亮曾被认为有角,据说月圆时角向东,月缺时角向西。

使我毛发耸起，
它有一把镰刀锐利，
　　　　　　　挂在一个肩膀，
另一肩放了刺鱼叉子，
　　　　　　　又粗又长。

这东西身高两丈，
生得奇形怪状，
前无肚子发胖，
　　　　　　　后无臀部，
只有瘦削的一块骨板，
　　　　　　　平得像鞍木。

"晚上好！"我说，"你是否在割麦，
当别人忙于种菜？"
他听了停走少待，
　　　　　　　但不吭声。
我又说："朋友！你往哪里去来？
　　　　　　　可愿走上回程？"

他声音空洞，答道："我名叫死亡，
你可别怕。"我说："天帝在上，
你也许要我把命丧，
　　　　　　　但先听我说，伙计，
你可要接受劝告，小心受伤，
　　　　　　　瞧，这儿有刀不客气！"

他说："老兄，且把你的刀收起，
我不是存心来试它是否锋利，
要是有兴趣，那我可对不起，
　　　　　　　开个玩笑也没啥，

我愿意奉陪,既然已经说到题,

　　　　　唾沫都沾了胡子楂。"

我说:"好,好,这就一言为定,

来,让我们握手,彼此相信,

找个地方坐下,省点脚劲,

　　　　　请你聊一聊,

这阵子你到过多少街道多少门庭,

　　　　　有什么新闻可道?"

"行,行,"他边讲边摇头,

"说起来时间真已过了很久,

从我第一次掐断人的咽喉,

　　　　　或把气管压盖。

为吃饭总得找事有个奔头,

　　　　　死亡又何能例外。

"六千个年头已经跑掉,

自从我学会操起屠刀,

多少阴谋诡计都徒劳,

　　　　　没能把我降住,

直到洪布克行起医道,

　　　　　这一下几乎把我制服!

"村里的乔克·洪布克你可记得起来?

他那阴囊准是魔鬼的旱烟袋!

这家伙把勃肯①的医术学得不赖,

　　　　　又读熟各种药书,

连孩子们都对我把玩笑开,

---

① 勃肯,当时有医师威廉·勃肯,著有教科书名《家庭医学》。

96

　　　　　　　还捅我的屁股。

　　“你瞧我这儿有刀又有叉子，
　　曾经穿透过多少英雄汉子，
　　可是洪布克大夫把手一指，
　　　　　　　　　　祭起他的医道，
　　这两件玩意儿就连屁不值，
　　　　　　　　　　只能给魔鬼剃毛！

　　“远的不说，就在昨晚后半宵，
　　我对准目标猛掷飞镖，
　　以前不费力就能成百上千干掉，
　　　　　　　　　　这次可全不灵，
　　镖尖在骨头上一碰就滑掉，
　　　　　　　　　　再也没有声音。

　　“原来洪布克就在近旁，
　　他早已把那个部位加固设防，
　　等我捡起飞镖一端详，
　　　　　　　　　　锋刃完全钝挫，
　　已经刺不透白菜帮，
　　　　　　　　　　更别谈皮肉。

　　“我怒气冲天，抽出镰刀，
　　一起劲，几乎把自己摔倒，
　　这医生可纹丝不动，胆比天高，
　　　　　　　　　　顶住了我的气焰，
　　他像岩石屹立不倒，
　　　　　　　　　　就在我的面前。

　　“即使他不能亲手治疗的病人，

虽然他从未看过他们的尊容，
只要用菜叶子包把大便给他闻，
　　　　　　　他那鼻子可真管事，
一下子就能说出是什么病，
　　　　　　　该怎么治。

"他有医生的刀子锯子，
各种大小,厚薄,样子，
还有盒子,杯子,瓶子，
　　　　　　　一应俱全；
他能随口说一串拉丁名字，
　　　　　　　像 ABC 一样方便。

"他还有化石、地壳和古树的元灰，
远海运来的纯盐水，
蚕豆豌豆的精粹，
　　　　　　　各有多种，
金泉玉露也齐备，
　　　　　　　都随你点用。

"另外还有奇特的新药，
例如蒸馏过的阉鸡尿，
恙螨触须编织的细条，
　　　　　　　都经过提炼，
还有蠓蚊留下的碱膏，
　　　　　　　多得难言。"

我说:"如果你的消息没掺水，
这一来庄尼·吉特①会倒霉。

───────────────

① 庄尼·吉特,掘墓人名。

他那块好地上雏菊开得正美，
　　　　　　白的红的好茂盛；
可是人家会把它从中犁开，
　　　　　　叫庄尼从此不走运！"

这家伙发出一阵像哭的鬼笑，
接着说："你无须忙把犁套，
教堂墓园自会有人扫，
　　　　　　用不着发愁；
会有足够的墓穴和沟道，
　　　　　　不出三个年头。

"我杀人总叫他卧床善终，
由于失血过多或者呼吸不通；
洪布克另有一套章程，
　　　　　　这点我敢发誓；
我每收一命，他必夺十魂，
　　　　　　利用丸散和汤汁。"

"有一个老实的布匠，
他的老婆喜欢两手乱弹，
他给她买了两便士的药浆，
　　　　　　说是医她的头痛，
她喝了乖乖地往床上一躺，
　　　　　　从此再不出声。

"有一个地主得了结肠炎，
肚子里闹个翻天，
他唯一的亲儿子请来了洪半仙，
　　　　　　给了一大笔酬金，
也不过一对小羊的价钱，

就把家产抓在手心。

"有一个姑娘——你知道她的名字，
喝了什么坏酒，弄大了肚子，
为遮羞她没有法子，
　　　　　　只得找洪布克帮忙，
老洪把她送回了老家完事，
　　　　　　让她把丑名永藏。

"以上例子说明洪布克的行为，
就这样一天天同我作对，
就这样下毒动刀把人毁，
　　　　　　还因此而得重赏，
却不许我去收合法的分内，
　　　　　　全仗他那些土药丸！

"但是听着！我告诉你一个秘密，
当然还不要对人说起，
我有法子把这狂妄的东西
　　　　　　钉死像一条臭鱼！
我敢发誓，等下次我俩再见面时，
　　　　　　他已受到了惩处！"

正当他准备再往下讲，
老教堂的钟声已响，
原来已到晚半晌，
　　　　　　这就把我们惊动，
我走上我乐意的方向，
　　　　　　死亡也自有他的旅程。

圣　集[*]

道貌岸然的外衣
　掩着狡猾的贼眼；
暗藏毁谤的匕首，
　刃上毒汁四溅；
面具留一小孔，
　看着来者变换；
还有一件大袖宽袍，
　正好把教士装扮。

——《时髦的伪善》①

一

一个夏天，星期日清早，
　大自然露着笑脸，
我步行去看麦苗，
　呼吸空气的新鲜，
太阳从沼地升空，
　照得到处闪光，
野兔跳过田埂，
　云雀放喉歌唱，
　　唱得欢，那一天。

二

我边走边看，心头舒畅，
　这景色何等明媚！

---

* "圣集"在苏格兰是普通用语，指宗教性场合。——作者原注

① 剧本名，汤姆·勃朗所作，全名为《包在单子里抛扔的舞台情郎，或时髦的伪善》，一七〇四年伦敦出版。

忽见赶路的三个姑娘，

　　一溜儿走了上来。

两个披着晦气的黑衣，

　　一件还露灰色的衬料，

第三个走后稍离，

　　却穿得一身时髦，

　　　　好漂亮，那一天。

三

头两个像是孪生姊妹，

　　长相、身材、衣服都一样，

两张脸都是瘦长发黑，

　　憋足了怨气待放。

第三个又跑又跳，

　　动作轻快像羔羊，

一眼见我也在走道，

　　赶紧曲身把礼讲，

　　　　真客气，那一天。

四

我脱帽叫声"好姑娘，

　　你像是同我相识，

我也一定见过你的模样，

　　只是记不起你的名字"。

她笑着抓住我的手，

　　一面把话讲起：

"你忘了，为我你曾把十诫全抛丢，

　　违反了上帝的旨意，

　　　　无顾忌，那一天。"

五

"我名叫欢喜,你的相好,
　　你找不到谁比我更亲。
这两位一个叫伪善嫂,
　　另一个人称迷信精。
我今天去赶摩希林的圣集,
　　为的是想去逍遥一番。
如果你也愿意去挤挤,
　　这对老蟹可让我们足玩,
　　　　够开心,今天。"

六

我答道:"乐愿奉陪,
　　我马上回去换件上衣,
等会儿同你在圣集相会,
　　今天可真有好看的!"
于是我回家吃了早饭,
　　不一会儿就准备停当,
路上已经拥挤不堪,
　　游人来自四面八方,
　　　　一群群,那一天。

七

精明的农场主穿了马裤,
　　缓缓骑过步行的佃农,
高大的小伙子披上新呢服,
　　一步一跳过了田垄。
姑娘们赤脚轻步上前,
　　身上的绸缎亮晶晶,
随带干酪几大卷,

还有新烤的黄油饼，
　　特酥脆,那一天。

八

当我们的鼻子碰到捐款盘，
　　盘上堆满了小铜子儿，
旁有长老张着贪心眼，
　　我们赶紧捐出大铜子儿。
这样才进去把热闹瞧，
　　只见东西南北人如流，
有的拖椅带凳,有的拉块木条，
　　有的叨唠没个休，
　　　　乱嚷嚷,那一天。

九

这儿搭了一个风雨棚，
　　为了让绅士们不受淋，
那儿杰丝坐靠门，
　　几个土娟卖风情，
这儿一伙小妞儿喊喊喳喳，
　　奶峰高耸,胸背全外露，
那儿一群小织工来自基尔马纳，
　　到此只为找好处，
　　　　寻开心,那一天。

十

这儿有人想着亏心事，
　　有人护着自己的新衣，
一个骂人踩了他靴子，
　　一个祷告又叹气；
这边坐几个享天恩的信徒，

满脸圣气,眉头皱得紧,
　那边一帮汉子等得苦,
　　使劲地对姑娘们挤眼睛,
　　　想勾走,那一天。

十一

呵,还有那幸福的男子汉,
　眼看他心上最爱的姑娘
款步走来,扑登坐在身边,
　那骄傲得意就没法讲!
他把胳臂放在她背后椅子上,
　定定神,再把手儿往前伸,
等到挽住了她脖子,又让手掌
　摸上了她的酥胸,
　　　趁不防,那一天。

十二

现在全场的人坐下来,
　静静地等待开始。
莫迪已经上了圣台,
　大叫在劫难逃都该死!
如果老魔鬼也混在信徒中,
　把他过去的伎俩耍,
那他只要一看莫迪的面容,
　准保他立刻逃回家,
　　　太骇人,那一天。

十三

你听他把教义的主要之点,
　讲得如何声色俱厉!
有时平心静气,有时怒火高燃,

一会儿顿脚，一会儿蹦起！
呵，他那长下巴，翘鼻孔，
　　长老的姿势和尖叫，
哪个虔诚的人看了不激动！
　　有如贴上了起疱药膏，
　　　　热辣辣，那一天。

十四

忽然帐篷下讲道换了声音，
　　听众再也按捺不住，
有地位的人都站起身，
　　脚步朝外面带怒。
原来司密斯冷语把人伤，
　　讽刺了缺德的行为，
不爱听的教徒全朝酒店闯，
　　把瓶瓶桶桶都倒过来，
　　　　喝个光，那一天。

十五

空虚的才华有什么意思？
　　理智和道德又顶啥用？
英格兰派头，文雅的姿势，
　　都早已过了月份！
他像古代的异教徒，
　　安东宁尼和苏格拉底，
想规定道德的尺度，
　　却没有半点儿上帝的道理，
　　　　话全错，那一天。

十六

幸亏来了真正的解救药，

对付这有毒的万应丹。
原住河口的老比伯，
　　慢步走着上圣坛。
瞧，他懂得上帝所说的奥妙，
　　看事又谦虚谨慎，
这样常情就上了正道，
　　奔驰向前处处顺，
　　　　快如飞，那一天。

十七

下面轮到了小米勒，
　　这位正统派话语滔滔，
他心里明知全是胡扯，
　　自己也不信这老婆子的
一套，
但这家伙看上了一个教区，
　　为肥缺就随着别人唱，
尽管他也有人性人欲，
　　几几乎使他荒唐，
　　　　好几次，那一天。

十八

现在酒店里里外外都坐满，
　　到处是酒杯上的评论家；
这边大喊快把饼干端，
　　那边几乎把杯都碰炸。
人越挤越多，嗓门越叫越高，
　　摆了逻辑，又引《圣经》，
吵得不可开交，
　　到头来造成裂痕，
　　　　气呼呼，那一天。

十九

美酒才是幸福！它的好处
　　超过一切学校！
它把才华点亮，叫智慧成熟，
　　将知识塞满我们的头脑。
不论是淡啤酒还是威士忌，
　　还是更带劲的烈性酒，
只要多喝就准保得力，
　　能使我们心灵目秀，
　　　　不论黑夜，或白天。

二十

小伙子和姑娘们高高兴兴，
　　既注意灵魂，也留心身体，
他们围桌团团坐紧，
　　用匙子把加糖热酒搅一气，
谈这人的长相，那人的衣着，
　　评头品足一番。
还有几对躲在舒服的角落，
　　偷偷约好再寻欢，
　　　　不久后，某一天。

二十一

可是现在上帝的号角猛吹起，
　　连山谷也震响，
回声传来如霹雳，
　　黑脸罗素把话讲。
他不顾情面，字字像快刀，
　　把人的骨头都劈开。
谈的是地狱里魔鬼受煎熬，

让我们的"灵魂也骇坏",
　　怕死了,那一天。

二十二

一个无底无边的大黑洞,
　　里面硫磺猛烧火焰高,
远远站着就烫得痛,
　　最硬的岩石也化掉!
打盹的人听了,一下惊醒,
　　以为火焰在烧自己头颅,
过一会儿才看出真情,
　　原来是邻座在打呼噜,
　　　　睡着了,那一天。

二十三

这故事讲下去未免太长,
　　且不表还有多少曲折,
只说最后讲道已完,
　　大家又把啤酒桶围住,
杯里碗里一齐倒,
　　板凳之间来回传,
女人端出怀里的干酪和面包,
　　大块大块送午餐,
　　　　给得足,那一天。

二十四

走来一位媳妇标致又能干,
　　进门就往炉边靠,
抽刀又把干酪切成片。
　　闺女们还有几分害臊,
到处求男人饭前祷告谢上帝,

好容易才找到一位老好人，
　　他脱了帽子念念有词，
　　一串话儿长得像根绳，
　　　想套人，那一天。

二十五

唉！可怜那些没姑娘的男人，
　　还有那些没带吃的姑娘，
他们倒用不着饭前谢天恩，
　　也不怕油腻沾衣裳。
呵，媳妇们，可别忘了
　　你们也曾日夜想找男子汉，
怎能让姑娘们由于没干酪，
　　就弄得十分难堪！
　　　特别是，在今天！

二十六

现在打钟的老头使出劲，
　　拉绳鸣钟声远传。
有的人东倒西歪撞家门，
　　有的人想等下午再回转。
有的人走到道口停下来，
　　守候姑娘把鞋脱，
带着信心和希望，再加酒杯
　　浇爱情，有多少的话待说！
　　　真融洽，那一天。

二十七

呵，今天感化了多少罪男孽女，
　　使他们的灵魂向善！
铁石心肠也是血肉之躯，

到夜晚就由硬变软。
有的人充满了对上帝的爱，
　　有的人充满了白兰地酒，
今天开始的许多往来，
　　结局将是私把情偷，
　　　　　只等待，另一天。

致　虱　子

哈，往哪儿跑，你这爬虫？
仗着大胆乱动，
摇摇摆摆上了帽缝，
　　　　　进出纱巾和花边，
我敢说没什么可供吃用，
　　　　　在那等地点。

该死的丑恶东西，
好人、歹徒都把你厌弃，
你怎敢爬上她的玉体，
　　　　　一个贵人！
走，到别处去寻吃的，
　　　　　找一个穷人。

快，那儿有一个乞丐头发蓬松，
你可以去爬，钻，玩弄，
还有别的蹦跳的小虫，
　　　　　正好结成一帮。
　　反正梳子的牙齿不会来碰
　　　　你们深藏的地方。

喂,你且别动! 现在你避开人眼,
躲在帽带下边,舒服安全,
可是,天! 你却定要爬过帽檐,
　　　　奔向峰顶,
直到高踞在小姐的帽尖,
　　　　否则死不甘心!

瞧! 你居然敢把鼻子伸出来,
又黑又肥,像一粒大黑莓。
啊,如果我有水银、松香之类,
　　　　或者什么毒膏,
正好给你满满开一味,
　　　　叫你的屁股吃饱!

要是你出现在老太婆的破帽,
那不会出我意料,
躺在穷小子的背心里逍遥,
　　　　也不会叫我惊奇。
可是小姐新买的意大利帽,
　　　　那不是你撒野之地!

啊,珍尼,请不要摇头晃脑,
卖弄你的青春美貌,
你哪知这坏蛋已经爬高,
　　　　速度无比!
我怕你那挤眉弄眼的一套,
　　　　只会叫人把它注意。

啊,但愿上天给我们一种本领,
能像别人那样把自己看清!
那就会免去许多蠢事情,

也不会胡思乱猜，
什么装饰和姿势会抬高身份，
甚至受到膜拜！

即 兴 诗

包格海地主詹姆斯·格里夫赞

这里有地主一人,
躺在死人堆里等超生。
如果此人能进天堂,
我欢迎地狱,愿它永存!

写在一张钞票上的几行

诅咒你的权力,你这该死的一页薄纸!
是你造成了我的一切痛苦和悲哀!
由于没有你,我失掉了我的姑娘!
由于没有你,我连酒也喝不痛快!
我看见儿童在呻吟,孤苦无助,
由于该死的你束缚了别人的手足!
我看见压迫者脚踏抢来的财宝,
而对不幸的受难人发出残忍的冷笑!
我曾想借你的威势将这恶霸打倒,
但是一切都枉然,令人无限烦恼!
由于没有你,我今天离开这亲爱的海岸,
也许从此就永别了,古老的苏格兰!

挽费格生 *

薄命的奇才，天授的费格生！
　　谁个有心人能不掉泪，
想到生命的太阳未升就陨，
　　枉有你灿烂的诗才！

呵，为什么绝顶英才不得志，
　　在穷和愁的铁掌里呻吟？
为什么荣耀全归小人和白痴，
　　让他们把幸福享尽？

致一位画家

亲爱的——，让我进句忠言，
　　希望你不要觉得冒昧。
天使的像你已画够，
　　何妨试描一下魔鬼？
画不好天使非同小可，
　　画坏了魔鬼没有风险；
何况熟悉的东西最是好画，
　　难的是描绘陌生人的脸！

---

* 罗伯特·费格生（1750—1774），苏格兰杰出诗人之一，因家贫未能读完大学，以抄写法律文书为
　　生，一七七一——一七七三年间写了大量好诗，后精神失常，死于疯人院中，年仅二十四岁。彭斯
　　佩服其诗才，又感叹其身世，多次提到，参看诗札《寄奥吉尔屈利地方的威廉·辛卜逊》中三、四两
　　节。

致马希尔诗译注者 E 先生 *

呵,你是诗神惧怕的人,
散文也将你扫地出门,
听见了呻吟声吗？请停笔吧,
戴桂冠的马希尔在叫"救命!"

受任为税局小吏后口占

居然搜查起老婆子的坛坛罐罐!
　　天哪,这日子呵!
当心油瓶弄脏了桂冠!
可是,你又能说什么——
这些被称作老婆孩子的活人,
连石头也不能不为他们动情!

谢某君赠报 **

好心的先生,我把你的报纸读过了,
说真话,这上面对我全是新的报道,
不知先生怎会猜到我最关心的时事？

---

* 马希尔(Marcus Valerins Martialis,英文中通称 Martial,40?—104?),古罗马讽刺诗人,主要著作为
《警句诗集》12 卷。

** 原诗无题,一般编者加标题如下:《致一绅士,他寄赠作者一张报纸,并自愿继续免费寄报》。译者
简化之,如现标题。此诗虽系游戏笔墨,却透露了不少彭斯本人和当时社会的情况。诗写于一七
九〇年,当时报纸不如后世易见,得人赠阅是颇值感谢的,而彭斯虽身处乡下,仍关心国内外大
事,此亦证明。诗中所涉及的当时人事,下有译者简注,但读者完全可以不看,因诗人所提皆典型
事例,读者通过上下文即可知其用意。好的讽刺诗都有这种本领,以一时一地的实事入诗而仍有
普遍意义。在格律方面,此诗属双韵体,彭斯运用巧妙,以音韵烘托了内容的辛辣性。

这阵子我日夜不安,费尽心思,

想知道法国人①在搞什么名堂,

阴沉的荷兰佬又在干什么勾当,

那个坏透了的色鬼,约瑟夫皇帝②,

是否被爱神咬掉了他的御鼻?

俄国同土耳其③的一场争吵,

现在是否有了分晓?

瑞典人④是否继续挥军南征,

重步查理十二世⑤的后尘?

有没有人提到丹麦的大局,

波兰⑥订了租约又有何遭遇?

普鲁士的恶少是否在绞架高挂?

意大利的阉人⑦在唱什么曲调?

西班牙,葡萄牙和瑞士一帮,

说了或干了什么事儿特别荒唐?

我们家里的儿郎们是否笑嘻嘻,

在不列颠的朝廷里玩着老把戏?

乔治王⑧——但愿上帝把陛下庇护! ——

又在怎样盘算着议会里的票数?

滑头庇特⑨可还活在人间?

---

① 此诗作时,正是法国革命爆发(1789)后一年。

② 指神圣罗马帝国皇帝、奥地利大公约瑟夫二世(1741—1790)。他死于一七九〇年二月二十日,此诗当写于此日之前。

③ 俄国同土耳其:两国因边界纠纷而长期敌对,当时又在交战。

④ 瑞典人:瑞典国王古斯塔夫三世乘俄国忙于与土耳其作战之际,于一七八七年出兵攻打彼得堡。

⑤ 查理十二世:瑞典国王(1697—1718在位),用兵神速,与俄罗斯、挪威、丹麦等国战,相继获胜,被认为是军事天才。

⑥ 波兰:波兰在一七七二年遭受奥地利、俄罗斯、普鲁士三国联合侵略,各占其土地一部,是为第一次分割;一七九二年又遭受俄、普两国的第二次分割。此诗作于第二次分割的前夕。

⑦ 意大利的阉人:当时在意大利,为使少年歌者不倒嗓,有割去其睾丸的野蛮办法,故云"阉人"。

⑧ 乔治王:英王乔治三世,于一七八八年十一月忽然神志不清,但在一七八九年春又恢复理智,故下半行有"但愿上帝把陛下庇护"之语。

⑨ 庇特:威廉·庇特(1759—1806),两任英国首相(1783—1801;1804—1806),反对法国革命甚力,几度组织欧陆反法联军。

昏头查理①可曾赢到了钱？

老勃克②又炮制了什么新提案？

海斯丁③的脖子是否依然无恙？

关税、杂税、厘金、小费是否更多更乱，

连人的屁股都得花钱上捐？

王公大人、歌剧明星有什么热门新闻？

老鸨、骗子、拉皮条的又怎样走运？

那个花花公子,乔地·威——斯④,

是否还在猛追女人的裙子？

还是头脑略有变通,

已不是天字第一号的淫棍？

这些以及别的许多消息,

全靠足下我才能知悉,

现在谨将报纸奉还,

并祝老兄康健平安！

艾里斯兰,周一早晨。

华尔特·利德尔赞

这个奴才坏到了极顶,

他尸上的蛆也咒他永不超生。

一条饿蛇叫道:"他脑里只见灾荒。"

另一条蛇答道:"他的心乃是砒霜。"

---

① 查理:查理斯·詹姆士·福克斯(1749—1806),当时英国辉格党领袖,喜赌博。

② 勃克:艾德蒙·勃克(1729—1797),英国国会议员、演说家、作家,竭力主张弹劾华伦·海斯丁司(见下条)。

③ 海斯丁·华伦·海斯丁司(1732—1818),英国殖民者,驻印度的第一任英国总督,一七八八年因贪污罪受议会弹劾,一七九五年又被宣告无罪。

④ 乔地·威——斯:指王太子威尔斯亲王(1762—1830),即后来的乔治四世(1820—1830 在位),以荒淫著称。

题在环球酒店窗上(第四首)

如果你想议论朝政,
　而又无财无势,
记住要装聋作哑,
　让贵人们多听多视。

摩斯克诺地方威利·格兰姆赞

威利正要断气,忽听有人喊"捉贼!"
原来是大自然婆婆在质问死神:
"我怎么还能制造傻瓜呢?
你偷走了我最得意的模型!"

约翰·布施比墓志铭

此地躺着约翰·布施比——一个诚实人。
魔鬼,你且骗骗他看——如果你有本领!

拉塞尔上尉赞

拉塞尔觉得自己应该离开人世了,
热心的朋友商量用香膏护住他的心。
一个旁观者低声说:"不必这样麻烦,
他的心有毒,爬虫都不敢问津。"

咏动物诗

挽 梅 莉

哀悼吧，用韵文，或者散文，
让眼泪流下你的鼻缝，
诗人又遇上噩运，
　　　　想避免，全无效！
遭了最大的悲痛，
　　　　可怜的梅莉死了！

不是由于丢了财富，
才引起这样的愁苦，
使得诗人穿上丧服，
　　　　忍不住哀号，
而是失去了朋友和帮助，
　　　　由于梅莉死了！

梅莉曾陪他走遍全城，
一里之外就能把他辨认，
见了就亲热地叫一声，
　　　　立刻朝他直跑，
哪里去找这样忠实的友人，
　　　　如今梅莉死了。

我知道梅莉是懂事的母羊，

举止落落大方，
她从未因为贪婪，
　　　　钻过人家篱笆。
诗人只好独坐把门关，
　　　　自从梅莉死了。

他也曾漫步上山，
却遇到"咩咩"叫着的小羊，
一看原是梅莉所产，
　　　　跑来要点面包。
他禁不住泪洒衣衫，
　　　　为的梅莉死了。

梅莉可不是荒地野种之后，
毛粗又加身丑，
它祖先是曲维河对岸的牲口，
　　　　拿船接运来到。
再也剪不到羊毛这样轻柔，
　　　　如今梅莉死了。

诅咒那第一个起恶心的人
想出了那该死的长绳！
好心人看了都气愤，
　　　　还怕被它绊倒！
罗平的帽上挂着黑纱巾，
　　　　因为梅莉死了。

啊，杜河两岸的诗人，
　　你们在艾尔把风笛调正，
请来配合罗平的芦笛声，
　　　　一齐奏出哀调！

他的心从此冰冷，

    他的梅莉死了！

写给小鼠

一七八五年十一月耕地时犁翻鼠窝，小鼠惊走，见而赋此。

呵，光滑、胆怯、怕事的小东西，

多少恐惧藏在你的心里！

你大可不必这样匆忙，

    一味向前乱闯！

我哪会忍心拖着凶恶的铁犁

    在后紧紧追你！

我真抱憾人这个霸道的东西，

破坏了自然界彼此的友谊，

于是得了一个恶名，

    连我也叫你吃惊。

可是我呵，你可怜的友伴，土生土长，

    同是生物本一样！

我知道你有时不免偷窃，

但那又算什么？你也得活着呼吸！

一串麦穗里捡几颗，

    这点要求不苛。

剩下的已够我称心，

    不在乎你那一份。

可怜你那小小的房屋被摧毁，

破墙哪经得大风来回地吹！

要盖新居没材料，

连荒草也难找！
眼看十二月的严冬就逼近，
　　　　如刀的北风刮得紧！

你早见寂寞的田野已荒芜，
快到的冬天漫长又艰苦，
本指望靠这块避风地，
　　　　舒舒服服过一季。
没想到那残忍的犁头一声响，
　　　　就叫你家园全遭殃！

这小小一堆树叶和枯枝，
费了你多少疲倦的日子！
如今你辛苦的经营全落空，
　　　　赶出了安乐洞！
无家无粮，就凭孤身去抵挡
　　　　漫天风雪，遍地冰霜！

但是鼠呵，失望不只是你的命运，
人的远见也一样成泡影！
人也罢，鼠也罢，最如意的安排
　　　　也不免常出意外！
只剩下痛苦和悲伤，
　　　　代替了快乐的希望。

比起我，你还大值庆幸，
你的烦恼只在如今。
我呢，唉，向后看
　　　　一片黑暗；
向前看，说不出究竟，
　　　　猜一下，也叫人寒心！

老农向母马麦琪贺年

附赠礼品麦子一把

恭贺新禧,麦琪,
请收下这点麦子喂肚皮!
你如今虽然骨瘦腿疲,
　　但我见过你从前
跑起来能同小雄马相比,
　　草场上一骑当先。

现在你精神萎靡,动作僵硬,
身上的毛也白得像草根,
我可见过你膘肥身灵,
　　灰色的斑纹闪亮光!
那时候逗你得分外机警,
　　哪怕只试一趟。

你原是众马之首,
高大,强壮,活溜,
没有更敏捷的小腿踏上地头,
　　像你当年!
那时你一跳就越过溪流,
　　身轻似燕。

说来已过了二十九个年头,
自从你离开我的岳丈老头,
他把你算在女儿的嫁妆里头,
　　外加五十大洋。
　　虽然钱数不多,但你是好马,

鞍子也还像样。

当我第一次去看我的珍妮，
你还跟着你妈妈练蹄，
显得机灵又滑稽，
　　　但从不捣乱，
而是善良，安静，好脾气，
　　　特别好管。

那一天，你跑得格外高兴，
驮着我的新娘来临，
她文雅、大方地把你骑乘，
　　　带着少女的娇羞。
我敢说凯尔全乡再也难寻
　　　更美的一对朋友。

虽然你如今走路蹒跚，
颠簸像条打鲑鱼的破船，
那一天你可是勇往直前，
　　　腿健又加气足。
把别的马都跑得浑身打战，
　　　落后认输！

当年你我一起年轻爱闹，
碰到集市的马食粗糙，
你就要又蹦又叫，
　　　撒头向大路猛冲，
镇上人赶紧四散奔逃，
　　　骂你发了马疯。

等你吃饱麦粒，我也喝足烧酒，

我们就飞驰大路,跑个顺溜!
婚礼后赛马你没有对手,
　　　不论比气力或速度。
别的马都抛在后头,
　　　只要你肯起步。

那些屁股小小的猎马,
短程也许能把你比下,
但跟你跑六哩越野,
　　　就会气急声嘶。
不用鞭打脚踢,只消一根树丫,
　　　你就领会意思。

拉犁你也最肯出力,
四马之中你走在最里,
你和我常在三月天气,
　　　连续八个钟头,
一次耕十亩田地,
　　　一同把汗流。

你从不摇晃、猛刹或乱挣,
只把尾巴一甩动,
丰满的胸部向前挺,
　　　使出全身力气,
就将小土包一下犁松,
　　　翻过来只见湿泥。

当冰霜连天,雪积道阻,
气候要把种地人困住,
我往你槽里多添麦子一束,
　　　把盆盛得满满,

我知道麦琪吃了不会睡糊涂，
　　老等天气变暖。

你拉车也是好样，
最陡的山坡也敢上；
从不前跳后仰，
　　停下又吐粗气；
只把脚步稍稍放长，
　　车子就跑得顺利。

现在拉犁的都是你的儿郎，
四匹大马仪表堂堂，
另有六匹母马送上市场，
　　都是你所养抚，
它们卖了三十二块银洋，
　　还算把它们低沽。

多少次我俩同干苦活，
跟那疲惫的世界争夺！
多少个日子里我感到焦灼，
　　怕我们倒地不起；
没想到几十个春秋度过，
　　还能干它一气！

忠实的伙伴，你不要以为
如今老了就啥也不配，
说不定还有饿死之悲，
　　我保证直到最后，
存着满满的一斗麦穗，
　　供你享受。

我俩一起熬过了苦年头，
现在又一起摇晃着走，
我一定小心拉着你的绳扣，
　　去到一块好地，
让你在那里吃个足够，
　　而且不用费力。

叙 事 诗

两 只 狗

一个故事

故事发生在苏格兰的一个岛上，
名叫古老王城的地方，
在一个晴朗的六月天，
下午沉闷得昏昏欲眠，
两条狗在家闷得发慌，
就出门会合，一同游荡。

第一条狗名叫凯撒大有来头，
他是老爷太太心疼的爱狗，
一看他的毛发、身材、耳朵、嘴巴，
就知道苏格兰不是他的老家，
他来自海外的遥远地方，
水手们去打鱼把他看上。

他颈上挂有铜圈刻着金字，
表明他是狗中的学者和绅士，
但是他虽门第甚高，
魔鬼也会因此得意，他可毫不自傲，
常常同穷人的杂种狗厮混，
花上大半天追逐、舐吻，

不论在市场、磨坊、铁铺或教堂，
不论对方是怎样癞皮卷毛又肮脏，
他都一见就心花怒放，
结了伴随地撒尿，处处闲逛。

另一条是庄稼汉的看家狗，
庄稼汉爱胡说八道，爱吟诗饮酒，
他把这条狗看成朋友和伙伴，
把狗取名乐斯是为了一时喜欢，
他记得高原古歌里有狗也叫此名，
那歌儿年代多久，上帝也难弄清。

乐斯是一条聪明忠心的好狗，
跳墙越沟，本领难求！
他的白毛脸显得又快活又诚实，
到处都赢得无数新的相识；
他胸前雪白，背上一层厚毛，
乌黑发亮，好一件漂亮长袍！
还有那尾巴摇得高兴，
翘起来，弯一下，真是带劲。

不消说这两条狗是相好的知己，
见了面亲亲密密，谈得投机，
先用鼻子交际一番，彼此闻了又吻，
再来相帮挖地，逼得老鼠逃遁，
接着在山上大跑一气，
一路上打闹逗乐，笑笑嘻嘻，
最后种种的花样都已玩腻，
两狗才夹了尾巴屁股着地，
坐下来闲话家常，
谈一谈"创世主的得意儿郎"。

凯　撒

诚实的乐斯，我常常想问
你们穷家狗怎样把日子来混；
绅士们的生活我倒清楚，
就不知穷哥们怎样把岁月来度。

我们老爷逼来血泪斑斑的租金，
还有煤、粮和其他种种钱货收进。
日上三竿才起身，铃儿一响群奴应，
他叫一声来了车，努努嘴来了马，
他又拿出一个真丝的钱袋，
这钱袋长似我尾，口上半开，
里面拥挤着的东西探头探脑——
原来是黄澄澄带花纹的财宝。

从早到晚，厨房里辛辛苦苦：
烤的烤、炒的炒、煎的煎、煮的煮，
都只为绅士们的口腹之好；
接着仆人们也来把肚子塞饱，
装下了肉汤、菜羹和小吃种种，
真是浪费得叫人心痛。
管打猎的听差是个最无用的小东西，
吃起饭来可十分神气，
一顿夜餐所花的钱，
佃户家要过多少天！
穷哥们究竟拿什么来填肚，
我可完全没法儿猜度。

乐　斯

凯撒,他们的情形真是困难,

有时候泡在水里去挖河岸,

有时候浑身臭泥去修长堤,

或者搬运石块,弄得力尽筋疲——

就这样养活他自己和他老婆,

还有大小儿女一大窝,

一切全仗他一双大手,

好容易使全家踏踏实实,穿暖吃够。

一等他们遇到重大的不幸,

给人退了佃或者生场病,

那光景的凄惨可以预料,

一拖久就要又冻又饿、死路一条!

但是我却不懂是怎么一回事,

他们大多是欢欢喜喜的一家子,

虽然生活是这样的艰苦,

可养出了结实的小子和伶俐的闺女。

凯　撒

可是瞧一下你们怎样受人白眼,

怎样给人又打又骂,有苦难言!

天呀,老爷们才不关心

这些掘土挖沟的畜生,

遇着了啐一口抬头走过,

就像我碰着路旁的蜗牛、田螺。

每逢我们老爷坐堂收租,

我把可怜的佃户们看个清楚

（但每次看了都叫我悲伤）。
他们身无分文，却逃不过我们的账房，
他顿脚，他威胁，他臭骂，
抓了人，还要将他们的衣服剥下。
佃户们低头站着，恭恭敬敬，
还得忍耐听完，胆战心惊！
阔人们日子过得真舒泰，
穷人们活得比鬼还要坏！

乐　斯

他们虽然活在穷困的边上，
却不像人们所想的懊丧；
穷困的景象他们已经见惯，
来了并不叫他们悲叹。
时运和机缘总会转换，
他们好坏也有吃有穿，
虽然长久的劳作使他们疲惫，
甜美的是偷闲小睡。

他们把一生中最大的安慰
寄托于忠实的妻子和成长的儿辈。
最大的骄傲是学话的儿童，
他们的笑声使炉火也格外欢腾。

只消两个铜子的烧酒，
穷人们就喝得快乐无忧。
他们放下了私人的事情，
来把教会和国家的大政关心。

一谈到牧师的行为和贵人的恩宠，

他们的怒火就立时上冲；
或者互相传告着快有哪种新税，
猜不透伦敦的大佬们又捣什么鬼。

冰冷脸孔的万圣节一来到，
他们就欢庆丰收十分热闹。
农村的居民不论贫富长幼，
都聚在一起，玩乐嬉游。
爱神频送秋波，才子口若悬河，
忘了世上还有忧愁和灾祸。

等到新春快乐元旦到，
他们就顶着冷风把门窗关好。
烧酒掺奶热腾腾，
温暖了所有的良朋；
瓶装的鼻烟和喷香的烟斗，
殷勤相敬手递手。
青年人走着放言高论，
老年人坐着清谈浅斟，
这欢乐的光景叫我也情不自禁，
高吠了几声表示我的欢欣。

不过你的话更有道理，
有些人就是爱玩鬼把戏。
许多诚实可靠的老好人
忽然一旦倒了运，
连根带叶给拔走，
都只因某个骄横的狗头，
为了满足他的贪心，
想同地主拉得更紧。
那地主也许正忙于当议员去京城，

为了不列颠的利益出卖了灵魂。

凯　撒

不,不,朋友,你哪知底细!
为了不列颠的利益! 这话我可怀疑!
不如说,让首相们牵着鼻子走,
赞成或反对,都只凭别人提个头;
歌剧院里露个脸,装个样,
吃喝嫖赌,押了地皮还卖家当,
说不定一时兴起装风雅,
飘然而去加莱与海牙,
游历一转,胡闹一番,
学习一点新鲜,见识一下世面。

到了维也纳和凡尔赛,
把他老爹的心肝肚肺都出卖,
然后扬长而去马德里,
弹了吉他又成斗牛迷,
接着奔向意大利,
石榴花下大嫖妓,
最后出现在德国混浊的温泉,
要将自己泡成个小白脸,
也治一身花柳病,
威尼斯美女送的好人情。

为了不列颠的利益! 不如说为了不列颠的灭亡!
由于派别之争,家族之仇,声色犬马之荒唐!

乐　斯

啊呀,老兄,亲爱的老爷们,
原来偌大的家业就是这样断送!
难道我们辛辛苦苦,摸黑起早,
挣来的钱就只让他们白白花掉?

呵,盼只盼他们能离开京城,
安居在乡下拿打猎跳舞来排遣闲情,
这样会对每个人都有好处,
不论是大地主、小佃户或者穷老粗。
再说老爷们虽然乱闯乱嚷,百无禁忌,
他们可谁也不真是心怀恶意,
只不过有时破坏一点树林,
有时骂几句他们的夫人,
有时开枪打死几只野兔和山禽,
但是对穷人并无半点不良之心。

凯撒少爷,你能否告诉我,
有权有势的人怎样快活地把日子消磨?
他们一不怕饿、二不怕冻,
任何恐惧也不在他们眼中。

恺　撒

天哪,只要老兄到我处住几天,
你就不会对绅士们还有半点艳羡。

不错,他们不会挨饿,不必流汗,
不怕夏天的闷热,冬天的酷寒;
不用损筋伤骨去干苦活,

到头来弄得满身病痛，天天吃药。
但是人类虽有大学、中学一大把，
实际都是可笑的大傻瓜。
一看没有真正的忧愁，
就为烦恼自己硬找理由，
其实如果不自寻烦恼，
烦恼也就一天天减少。

一个种地的庄稼汉
种完了一亩地也就理得心安；
一个织布的乡下姑娘
织完了一丈布也就睡得甜香。
可怜的是那些老爷太太，
闲着无事反而万般无奈，
游来荡去，打了呵欠又伸懒腰，
毛病一点没有，心情实在糟糕，
白天索然寡味，晚上没精打采，
躺在床上不断地翻转去又滚过来。

他们纵然打猎、赛马和跳舞，
在众人面前驰马上大路，
别看那热闹、神气和打扮，
他们的心里可没有半点喜欢。

男人们分成狐群狗党，
对骂了一通又同灌黄汤。
到晚上他们狂饮再加乱嫖，
第二天生趣毫无，只想上吊！

太太们手牵手成群结队，
既亲热，又温文，称姐道妹，

可是听她们彼此在背后刻薄，
就知男盗女娼真是一丘之貉！
到下午她们把精美的点心来吃，
手捧小小的茶杯，笑话别人的阴私；
到了漫长的夜晚她们又紧皱眉头，
专心一意把纸牌来斗，
押下宝去，输掉了农民的整座谷仓，
偷起牌来，活是个无法无天的流氓。

老弟，当然也有个别的例外，
但总的说来，这就是所谓的老爷太太。

话到这里太阳已经西沉
夜晚带来了幢幢黑影，
甲虫懒洋洋地拖长叫声，
耕牛立在田野里低头沉吟。
这时两只狗起身摇摇耳朵，
他们庆幸是狗而非人，
就这样珍重道别分了手，
相约几天后再来碰头。

佃农的星期六晚 *

——献给 R. 艾肯先生

雄心休笑他们有益的劳动，
土气的欢乐，卑微的身世；
伟人也无须带着冷嘲

---

* 此诗的"题解"因文字比较长，故置于篇末。

来听穷人们的短短家史。

——格雷①

1

我的亲爱的、尊敬的朋友，

　　这不是诗人为求赏而捧场，

自尊使我鄙视自私的追求，

　　我只望能得好友的重视和夸奖。

为你我吟唱简单的苏格兰诗句，

　　表一表乡下人家的情景：

强烈的乡土爱，无邪的风俗图；

　　艾肯呀，你如生在茅屋也难免这等处境，

天才会埋没，却远比现在开心！

2

十一月冷风猛吹，声如呜咽，

　　冬天的短促日子已近尾梢。

满身泥水的牲口卸了大犁，

　　几行乌鸦在飞向老巢，

困乏了的佃农也停止干活，

　　一周的劳动今晚告终，

他收拾好铁锹和大小锄头，

　　盼望明天能够休息放松，

拖着两腿通过野地，向家园移动。

3

他终于看见了那座孤立的茅屋，

　　在一棵老树的荫庇之下，

久等的孩子们争着来接，

---

① 此处彭斯所引四行出自十八世纪后半叶英国名诗人多玛斯·格雷的名诗《墓园挽歌》(1750)。

139

对着爹爹又跳又叫，
　　壁炉虽小而火旺，炉前石板闪亮光，
　　勤俭的妻子笑脸相迎，
　　学话的小儿子爬到了他身上，
　　这时候他已毫无忧心，
忘了一整天的劳动和苦辛。

4

接着大孩子们也回了家，
　　他们在附近农庄帮工，
一个驾犁，一个看羊，一个打杂，
　　专跑小镇听使用，
大女儿珍妮已经长成俊姑娘，
　　青春娇艳，明眸闪着爱怜，
回家来把新买的裙子给父母瞧，
　　或者递上她辛苦挣来的工钱，
帮助困难的一家人度过穷年。

5

兄弟姐妹高高兴兴地团圆，
　　彼此问候近来的情形，
欢聚的时光不知不觉地飞逝，
　　各谈四处的奇怪见闻。
钟爱的父母看着儿女充满希望，
　　想想日后大有奔头，
妈妈手拿针线和剪刀，
　　把旧衣更新，细心整修，
爹爹不时插话，提出劝告和要求。

6

劝他们一定要听话，

将男女主人的吩咐全办到，
　一定要勤快地干本身的活，
　　切不可嬉笑游戏，即使无人知道，
"还有，啊，一定要敬上帝，
　早晚礼拜各一趟，
　　为了不致受诱惑而入歧途，
　　务求上帝的指引和相帮，
只要虔诚，上帝决不会不厚赏。"

7

听，有人轻轻在敲门，
　珍妮闻声早知情，
　　就说是邻居的小伙子，
　　野地相遇，顺道把她送家门，
留心的妈妈看出了女儿眼闪光，
　两颊泛红把头低。
　　她小心翼翼地把他的名字问，
　　珍妮好歹说出，怕个半死，
妈妈安心了，幸喜此人不是浪子。

8

珍妮叫声欢迎把门开，
　进来的高大青年吸住了母亲眼睛，
　　女儿也开心，知道他此来没闯祸，
　　父亲谈起了马、犁、牲口种种，
小伙子也按捺不住心头欢喜，
　只因害臊，手脚不知摆哪里，
　　母亲可心里有数，看得明白
　　他为什么又腼腆来又讲礼，
原来是她的闺女也有人家瞧得起。

9

美哉爱情！如此挚爱何处寻？

美哉幸福！几曾见这真正的狂欢！

我跋涉人生道上已多年，

饱经风霜，愿为诸君进一言：

"如果上帝有心让我们当神仙，

在人世的苦海里喝杯天上酒，

就让他叫一对老实诚挚的年轻人

彼此紧抱，互诉衷情意悠悠，

当晚风吹拂，在那雪白的梨树下头！"

10

有无披人皮的坏东西——

歹徒！恶棍！弃绝于爱情和真理，

居然敢处心积虑，用狡猾的圈套，

趁不防糟蹋天真的珍妮！

该死的鬼蜮伎俩！欺骗勾当！

难道廉耻、道德、良心全已失踪，

没有怜悯，没有仁慈，没有想到

父母把心爱的女儿看如命根？

难道就忍心看姑娘失身，双亲急疯！

11

好了，现在简单的晚饭搬上了桌子，

苏格兰的主食，那滋养的麦粥，

唯一的自养母牛贡献了牛奶，

它就在板壁后面舒服地反刍；

主妇为了欢迎小伙子，表示庆贺，

特别拿出了她久藏的乳酪，

一再切给客人，客人也一再夸奖，

赢得主妇也话语滔滔，

说这酪跟亚麻同发，放了一年才尝！

12

愉快的晚餐完毕，他们严肃起来，

围着壁炉一圈坐定。

父亲用家长的庄重姿势，翻开

祖父珍爱的传代《圣经》，

然后恭敬地脱下帽子，

露出了白发越来越稀，

他从那些曾经响彻天堂的圣曲里

小心挑了一段歌词，

郑重宣布："让我们向上帝敬礼！"

13

他们唱起简单的歌词，

可贵的是声音出自内心，

也许响起了邓第的慷慨悲歌，

也许震鸣着殉道的舍身精神，

也许艾尔金的冲天激情

谱写了苏格兰的圣曲高昂，

比起来意大利的颤音显得低沉，

耳朵虽受用，却无心灵的向往，

尽管颂上帝，但缺少融洽的热望。

14

父亲权充牧师，读出了《圣经》的一章，

关于亚伯拉罕是上帝之友的道理；

或者摩西号召永恒的战争，

对付亚玛力的野蛮后裔；

或者爱作诗的国王躺地呻吟，

　　由于受到上天的愤怒惩罚；

或者约伯的埋怨和呼号，

　　或者以赛亚火辣辣的怒骂，

还有别的先知借神圣的竖琴发话。

15

也可能讲的是基督教的教义，

　　如何无辜者替罪孽人流了血，

如何那天上第二位的圣子

　　在世上无一处可以放头安睡；

如何他的圣徒到处流浪，

　　把他的圣教传播八方；

如何一位放逐到拔摩的先知，

　　看见太阳里站着大神堂堂，

降下了上帝旨意，要巴比伦灭亡。

16

接着跪下，面对永恒的天主，

　　圣徒、父亲、丈夫开始了他的祷告：

希望"雀跃而起，如生胜利之翼"①，

　　但愿一家人今后总能团聚一道，

永远沐浴在上天的阳光里，

　　不再叹息，不再流痛苦的眼泪，

共同来唱诗歌颂创世主，

　　互相做伴，彼此更加亲爱，

听凭岁月随着永恒的圆轮翻飞。

17

相形之下，自傲的教会何等渺小！

---

① 引自蒲伯《温莎森林》。——作者原注

纵有堂皇的仪式,人工的台阁,

对满堂的信徒装作百般虔诚,

　　可缺了向道的真心一颗!

神灵拂袖而去,空剩下一场盛典,

　　几支浮夸的颂歌,若干锦绣的圣衣!

倒是在远离嚣尘的茅屋里,

　　上帝喜听出自灵魂的言辞,

于是把一家穷人列上了超生册子。

18

末了分散走上了回家的路,

　　农家子弟各自上床去安寝,

剩下父母还把最后的祷告做,

　　向着上帝热切地表衷情:

既然天力能叫鸟类归林各有栖,

　　能使百合开花春色娇,

一定也能远张智慧眼,

　　保他们一家大小都安好,

首先一条:人人心善行天道。

19

这种景况正是苏格兰的伟大所在,

　　使她国内有人爱,国外有人敬。

公侯不过仰帝王鼻息,

　　"好百姓才是上帝最高贵的成品"①;

在登向天国的道德历程中,

　　茅屋比宫殿行进得快,

王侯的威势又何用? 无非护住了

　　鬼蜮般的用心,无忌惮的厉害,

---

① 原诗用引号,未注出处。实则此行见于蒲伯:《人论》,第 4 札,第 248 行。

把人中败类的罪恶全遮盖!

20

呵,苏格兰,我亲爱的祖国!

　　为你我向上天提出最热烈的愿望,

愿你那勤劳坚毅的土地之子

　　永享健康、安定和称心如意的兴旺!

呵,还愿他们保持生活的淳朴,

　　不受奢风恶习的玷污!

怕什么王冠被夺,王位被砸,

　　只要有良善的人民起来卫护,

就有火的长城把心爱的岛国保住!

21

啊,上帝! 是您使爱国的血潮

　　奔腾在伟人华莱士痛苦的心坎,

他敢于尊严地顶住暴君的威势,

　　又尊严地死,再树光荣的榜样。

(您是爱国者特有的上帝,他的朋友,

　　启示者,保护神,犒赏使!)

啊,千万不要把苏格兰的国土遗弃,

　　永远要培育爱国者战斗和写诗,

代代相传,为她增光,替她效死!

---

　　* 对这首诗意见不一,选集里常包括它,但也有论者认为它有两大毛病:一、从内容上说,有点美化苏格兰佃农的生活;二、从语言上说,苏格兰方言的特征不显,倒是颇有一些一般十八世纪英语诗的辞藻。

　　但是仔细一读,便知论者太苛。诗人写苏格兰佃农在周末一家子团聚的欢乐情景十分具体、生动,然而生活艰辛的黑影仍然存在,第 2 节里就已清楚交代,而第 10 节又插了一段像珍妮那样的姑娘可能遭遇的不幸命运,也说明了对于当时佃农家庭来说,世道是凶险的。至于浓厚的宗教感，也是当时苏格兰社会实有的，在加尔文教派的影响之下，当时苏格兰人对于宗教是十分认真的，有严峻的是非之感。彭斯要表明的则是穷人远比富人虔诚，因此而有十七节里的鲜明对比，而且他指出虔诚的穷人才是苏格兰国家的真正的卫护者，是"苏格兰的伟大所在"（第19节第1行），这又正是彭斯常有的思想，诗人所写都有现实根据，诗里的父亲就是他自己父亲的写照。十八世纪英语诗的修辞术确有痕迹，如以物代人（第19节里的"茅屋"与"宫殿"代表穷人与统治者），但并无不当；所用的九行体也非苏格兰民间文学的产物，而是十六世纪英国诗人斯宾塞所创立的诗体，但彭斯把它运用得很熟练，写人、写景、写场面无不胜任，特别是把苏格兰乡下的风俗习惯写得真实动人。

综上所述，此诗仍是佳作。

对于我国读者，可能第13—15几节中的地名和宗教典故是陌生的，因作注释如下：

第13节：第3行：邓第，苏格兰地名。

第5行：艾尔金，苏格兰古地名，今改茂利。

这一节表明苏格兰人信教虔诚，因此唱圣歌也因有真感情而慷慨激昂。

第14节：此节典故都出自基督教《圣经·旧约》。

第2行：亚伯拉罕，犹太人始祖，犹太教创始人。事迹见《创世记》。"上帝之友"指他接近上帝，奉行其意旨。

第3行：摩西，远古时犹太人领袖，传说他率领他们脱离埃及人的奴役。事迹见《创世记》。

第4行：亚玛力，远古时犹太人的敌人。《出埃及记》第十七章有云："又说，耶和华已经起了誓，必世世代代和亚玛力人争战。"

第5行：爱作诗的国王，出处待查。

第7行：约伯，古犹太人族长，遭受各种灾难，虽然不免"埋怨和呼号"，但不变其信上帝之诚，事迹见《约伯书》。

第8行：以赛亚，古犹太人先知，事迹见《以赛亚书》。他痛恨世间恶人邪行，因此常作"火辣辣的怒骂"。

以上都是《旧约》中的故事，父亲常择其一朗读给全家听。

第15节：此节典故都出自《新约》。

第2行：无辜者，指耶稣。

第3行：天上第二位的圣子，仍指耶稣。

第5—6行：耶稣死后，他的十二个门徒到处传他的教。

第 7 行:拔摩,希腊一岛名。被放逐到拔摩的先知,指圣徒约翰。

第 8 行:太阳里站着大神,事见《启示录》第 10 章,其文云:"我又看见另有一位大力的天使,从天降下,披着云彩,头上有虹,脸面像日头,两脚像火柱,他手里拿着小书卷是展开的,他右脚踏海,左脚踏地,大声呼喊,好像狮子吼叫,呼喊完了,就有七雷发声。"

第 9 行:要巴比伦灭亡,事见《启示录》第 18 章,其文云:"以后我看见另有一位有大权柄的天使从天降下,地就因他的荣耀发光。他大声喊着说,巴比伦大城倾倒了,倾倒了,成了鬼魔的住处,和各样污秽之灵的巢穴,并各样污秽可憎之雀鸟的巢穴。"后来巴比伦成为奢侈淫逸的大城市的代表。

以上都是《新约》中有关耶稣及其门徒言行的故事,也是父亲向全家讲道的内容。

汤姆·奥桑特

一个故事

小贩们收摊离开街道,
贪杯的邻居碰上了同好,
赶集的人渐渐走散,
天色不早,都把路来赶;
这时候,我们捧一杯啤酒,
开怀痛饮,无虑无忧,
忘了苏格兰的里程特别长,
还有沼泽、水塘、山坡、断墙,
隔在酒店和老家之间,
老家门后守着老婆的铁青脸,
阴沉得像暴风雨就要来到,
她暂按心头火,只待发作大开炮!

汤姆刚从艾尔镇半夜骑驴上归途,
这事他心里已有数。

148

（古老的艾尔镇别处哪能比，
出好人、出美女天下第一！）
　　呵，汤姆，如果你聪明一点，
就该听了你老婆凯蒂的金玉良言！

她早说你是二流子不干正经，
只一味贪杯、吹牛、打扰四邻，
从正月到除夕整整一年长，
哪一天你赶集不灌黄汤？
要你送麦去磨面，
你就在磨坊里喝光了身上的钱，
要你牵驴去打掌，
你就同铁匠有说有笑大醉火炉旁；
尽管安息日是上帝的规定，
你也同卖酒妇痛饮到天明。
你老婆早就预告，总有一朝，
你会葬身在杜河的滚滚波涛，
要不就在黑夜给鬼魂抓走，
在阿罗微古老阴森的教堂后头！

　　呵，温存的太太们！真叫我眼泪汪汪，
想起你们苦劝男人不要荒唐，
枕畔无数箴言，何等情重，
你们的丈夫却只当耳边风！

　　言归正传。一个赶集天的晚上，
汤姆坐在酒店里好生舒畅，
紧靠着壁炉，一杯又一杯，
啤酒的泡沫向上冒，神仙也愿来作陪，

何况下头还坐着鞋匠名约翰，
原是多年相识互相信赖的老酒伴；
汤姆爱他胜弟兄，
两人长日醉醺醺。
这一夜就是这样又说话来又歌唱，
酒味一杯更比一杯香。
汤姆又同那女店主谈得分外投机，
谁知有多少私情、多少甜蜜的默契！
鞋匠讲的故事一个比一个怪，
酒店老板边听边笑像发呆。
哪管它门外大风在怒号，
门里的人就像不知道！

　　忧愁之神看见了人们这等快乐，
一着急，就淹死在酒杯的一个角落。
时间的翅膀载着欢乐向前飞，
就像蜜蜂运宝把家回，
帝王虽有福，难比汤姆乐开怀，
他把人生的一切忧患都打败！

　　但是欢乐犹如那盛开的罂粟花，
枝头刚摘下，艳色即已差，
它又像雪片落河上，
顷刻的晶莹，永恒的消亡；
它又像那北极光，
一纵即逝，不知去何方；
它又像那美丽的霓虹，
在风暴里消失无踪。
时光的流逝谁也拉不住，
眼看汤姆就该动身去上路，

那正是黑暗到顶的二更天，
他万般无奈向驴上颠，
这样的黑夜真少有，
罪犯也不敢把路走。

　　狂风吹呀吹得要断气，
跟着就是一阵哗啦啦大雨下得急，
黑夜里猛见几道金光闪，
雷声霹雳人打战。
那样的夜晚连吃奶孩子也懂事，
他知道魔鬼正在把人吃。

　　汤姆抱住驴背坐得紧，
这驴子叫梅琪,会跑会驮大有名。
汤姆骑着它冲过烂泥和水塘，
风雨雷电都不能将他挡。
他紧扣头上天蓝新呢帽，
口哼古老的苏格兰小调，
一面又四边紧瞧小心听，
单怕有鬼不声不响将他惊：
不料阿罗微教堂已来到，
那里僵尸和枭鸟夜夜在嘶叫。

　　这时汤姆越过了小溪，
这里曾有小贩陷在雪里断了气；
汤姆也冲过桦树底下的大石案，
这里醉鬼查理撞破脑袋死得惨；
汤姆也冲过树丛和土台，
这里猎人曾见婴儿被谋害；
离他不远,还有树旁一口井，
那里蒙戈的老娘吊了颈。

前面杜河里淘涌着滚滚波涛；
后面树林里怒吼着千军万马的风暴；
闪电劈打一棵一棵的大树，
雷声逼近，一步紧似一步——
这时从阴森的树林里忽见一片亮光，
灯火照明了整座阿罗微教堂，
从每个窗洞射出刺眼的光辉，
还有笑声来自快乐的舞会。

　　呵，勇敢的麦酒之神！
有你来壮胆，谁能骇我们！
两个铜板买啤酒，喝了什么也不怕；
一杯烧酒落了肚，胆大敢把鬼王拿！
汤姆的脑袋里蒸腾着刚才的美酒，
说实话，他对于鬼怪既不怕来也不愁。
倒是梅琪大吃一惊将步停，
无奈汤姆手打脚踢逼它前进，
等它走到灯光明亮处，
好家伙！原来是一场天魔舞！

　　男巫女妖跳得欢，
跳的不是法国来的新花样，
苏格兰的独舞、快步和旋转，
调子都熟悉，精神更饱满。
东边窗下有个座，
坐着尼克老妖魔①，
他今夜现形为凶恶的黑毛癞皮狗，
在场专管把各种音乐来伴奏。

————————

① 即撒旦，魔鬼之别名。

152

他把花笛一狂吹，群妖舞步就急转，
转得天昏地暗，连屋顶也闹穿。
四围放着无数棺材敞着盖，
带血的尸首一大排，
哪个妖魔出了一个怪主意，
还叫死人手拿烛火高举起。
我们英勇的汤姆借了烛光，
看清了这边的圣餐桌上，
摆着谋杀犯绞死后的骨头，
还有无名儿童的骷髅。
再加上一个才处决的小偷，
刚从绞绳割下，拖着长舌张血口；
桌上还有五把斧子，生满血锈；
五支短剑，刺过无数的咽喉；
一条带子，勒死过一个幼婴；
一把刀子，戳死过一个父亲，
杀父的是他亲生长子，
刀柄血迹里还沾着白发几丝。
此外还有许多悲惨可怕的事情，
光写出名目就要给法庭查禁。

　　汤姆又惊又怕，赶紧看究竟，
那一片笑呵，乐呵，玩得正起劲：
笛子越吹越响，
舞步越跳越欢：
妖魔们急转、交叉、分开、合拢、把手牵，
直跳得女妖一个个流汗冒热烟，
纷纷把外面的破衣都脱掉，
只穿贴身汗衣一阵狂跳！

呀,汤姆呀! 汤姆!
如果跳舞的是年轻姑娘,
年方二八,体态轻盈口脂香,
如果她们的汗衣不是那块油抹布,
而是雪白透明绣花绳边的细夏布,
那我也愿立刻脱下我唯一的呢马裤,
天气再冷也不怕光屁股,
这裤子原是蓝绒缝成料子好,
但为了瞅一下姑娘,马上可送掉!

可是这里却只见风干瘪嘴的老妖婆,
又瘦又丑,牛马见了也要躲,
她们支着拐杖东倒西歪地使劲跳,
叫人看了把昨天的晚饭都吐掉!

不过汤姆这人可真有一手,
他在那晚参加跳舞的群魔里头,
挑中了一个高大结实的母夜叉。
(她的威名远震海滨所有的人家,
一扬腿就踢死农民几头好牲口,
猛发作又撞翻海上无数大渔舟,
地里的大麦玉米她常拔,
这一带乡下人听了就害怕。)
今晚她上身只剩一件粗布短背心,
原是她多年前做闺女买的时新,
虽然论长度现在已经难蔽体,
她对这唯一的好衣还是很得意。
啊,虔诚的祖母一定觉得很稀奇,
当年她买衬衣送给小南尼,
花去她全部家产两镑整,
怎么今天会出现在跳舞的女妖身!

154

这里我的诗神必须打住，
太高的诗境它也飞不上去。
且不表南尼如何蹦了又跳，
（她身段灵活，体质也好，）
也不表汤姆怎样瞧得发呆，
只觉得眼花缭乱眼界大开。
单说那撒旦摇头摆尾身乱扭，
猛吹笛子，满脸出油，
引得那妖魔一个个腾空怪跳，如醉如狂，
这时汤姆早将戒心抛得精光，
他脱口大叫："好哇！好个半截汗衫！"
叫声未绝，刷一下灯火全暗，
汤姆一看不妙，赶紧策着梅琪向前冲，
魔鬼的全部人马早已齐出动！

好比一群愤怒的马蜂
为报破巢之仇向讨厌的牧童猛攻；
好比一群眼睛发红的猎犬
朝着到口的野兔一个劲儿急蹿；
好比菜场里高喊一声"捉贼！"
众人就汹涌如潮到处乱追——
就这样梅琪向前奔，妖巫在后赶，
那一片哭叫怒吼叫人胆战心寒！

啊呀，汤姆呀！啊呀！
这一下你可真叫是苦不堪言！
在地狱里他们会把你像咸鱼用油来煎！
你的凯蒂在家里等了一场空，
她就要变成寡妇把眼睛哭个通红！
梅琪呀，梅琪，拼了性命也要快跑，

赶紧抢到那河上的大石桥①!
只要冲到桥中间,你就可以不再怕,
妖精们遇河即止,见了流水只能发傻。
但是桥头未到事情已不妙,
梅琪得赶紧把身后的妖精先甩掉:
原来南尼这女妖跑在最前打先锋,
紧跟着这匹忠心的好驴向桥冲,
她恶狠狠腾空而起,要将汤姆一把抓,
没想到梅琪浑身是胆,本领到家——
只见它猛一跳就将主人安全驮上桥,
不想却永远丢下了尾巴一条,
原来那女妖死命抓住它后身,
从此可怜的梅琪尾巴断了根!

　　好了,这个真实故事不论谁在听,
每个成人,每个母亲的儿子记分明:
每当好酒叫你实在嘴馋,
每当你胡思女人的短汗衫,
想想这代价! 别为了一时的欢娱,
就忘记汤姆·奥桑特的好母驴!

---

① 人所共知的事实是:追人的妖巫,或任何其他鬼怪,追到河流的中间即必须停止,不得再进。附带也可奉告夜行人一声,如果半夜遇鬼追赶,前进不论如何危险,也比后退安全。——作者原注

诗　札

致拉布雷克书

——写给一位苏格兰老诗人
一七八五年四月一日

在这迎春和紫荆开花的时候，
　　山鸡放开了歌喉，
　　大清早野兔满山走，
　　　　　　　我的诗笔忽也有神，
　　因此未相识先把信投，
　　　　　　　冒昧处请谅下情。

四旬斋的前夜此地曾有盛会，
　　织袜子、谈闲天，津津有味，
　　人人都笑逐颜开，
　　　　　　　这些事不待细表，
　　最后我们敞开了胸怀，
　　　　　　　引吭高歌真逍遥！

好歌不知唱了多少首，
　　有一首至今萦绕我心头，
　　它唱的是夫妻夜谈在小楼，
　　　　　　　听得我内心感动思悠悠，

男的恩来女的爱，
　　　　人生如此才风流！

我从未见过任何诗人，
　　能写丈夫的深情如此传神，
　　因此我忙将作者的姓名问：
　　　　　蒲伯、斯梯尔，还是皮亚蒂？
　　这才知原来是好脾气的老兄，
　　　　　就住在缪寇克村里。

我一听十分高兴，
　　立时要知道诗人的生平，
　　你的相识就异口同声，
　　　　　齐夸你的天才，
　　说是你诗品之高无匹伦，
　　　　　生花妙笔真精彩。

他们说只要敬你一杯酒，
　　诗句就源源不断像河流，
　　庄重的和诙谐的全都有，
　　　　　还加机智的警句。
　　寻遍苏格兰的乡村和城楼，
　　　　　如此诗人难遇！

听完站起我发誓，
　　哪怕当掉犁头和鞍子，
　　哪怕去外乡流浪死，
　　　　　尸骨不收野鸟食，
　　我也愿出钱买杯酒，
　　　　　只要能听你谈诗。

恕我先谈自己情况：

　　自从初识之无的时光，

　　我就写下了诗句一行行，

　　　　　　虽都是独自低吟，

　　难登大雅之堂；

　　　　　　可似乎也还动听。

实际上我算不了什么诗人，

　　只不过偶然爱上了押韵，

　　更谈不上任何学问，

　　　　　　可是，那又有什么打紧！

　　只要诗神的秋波一转，

　　　　　　我就要浅唱低吟。

批评家们鼻子朝天，

　　指着我说，"你怎么敢写诗篇？

　　散文同韵文的区别你都看不见，

　　　　　　还谈什么其他？"

　　可是，真对不住，我的博学的对头，

　　　　　　你们此话可说得太差！

你们学院里的一套奇文，

　　偷人养汉也带上拉丁的雅名，

　　如果大自然规定叫你们愚蠢，

　　　　　　你们的文法又顶啥用？

　　还不如拿犁把地耕，

　　　　　　或将石块往家运。

这一撮迟钝又自傲的大笨蛋，

　　上了大学只使脑筋更混乱！

　　上学是个骡，毕业变个驴，

真相便是这般!
只因懂得了半句希腊语,
还妄想把文艺之宫来高攀!

我只求大自然给我一星火种,
我所求的学问便全在此中!
纵使我驾着大车和木犁,
浑身是汗水和泥土,
纵使我的诗神穿得朴素,
她可打进了心灵深处!

呵,给我兰姆赛①的豪兴,
给我费格生的勇敢和讽刺,
给我新朋友拉布雷克闪耀的才智,
假如我能有此缘分!
我就有了所需要的一切,
胜过天下的学问!

如果足下已有了够多的朋友,
(虽然真正的朋友颇为难求,)
只要你认为名额已满,
小弟决不相强;
但如果你还想结交个赤心汉,
请将我的名字写上。

我不愿替自己吹牛,
说起来只有错误和荒谬,
虽然也有些好心的朋友,
曾经一再把我夸;

---

① 艾兰·兰姆赛(Allan Ramsay,1684—1758),比彭斯略早的苏格兰诗人。

但也有一些对头，
　　　　想要把我臭骂。

有一样毛病常是我的罪名，
　　说什么——上帝饶恕！——我喜欢女人！
　　常在跳舞和赶集的时候，
　　　　　姑娘们把我的口袋掏光；
　　不过她们也给我好处，
　　　　　这个她们也看得平常。

不论在摩希林的马会或市场，
　　同你相见将是我莫大骄傲！
　　只要我们能会面，
　　　　　长谈一夜不可少！
　　让我们交换作诗的心得，
　　　　　忘却人生的烦恼。

让我们碰杯用大碗，
　　拿热腾腾的烧酒把它们倒满，
　　然后坐下来一口喝干，
　　　　　让欢乐充满心头！
　　我敢说酒过三杯就情投意合，
　　　　　新交胜过老友。

滚开！贪图荣华富贵的东西！
　　他们不稀罕文采、礼貌和道理，
　　甚至瞧不起爱情和友谊——
　　　　　一切全得让位给钱币！
　　他们呀，我不愿看他们的嘴脸，
　　　　　更不想听他们的梦呓！

但是你们却喜欢朋友的交谊，

　　心里流荡着温暖的好意，

　　行事为人只按照一条道理：

　　　　　　"互助第一！"

　　你们呀，快来同我喝酒，同我拥抱，

　　　　　我的朋友，我的兄弟！

现在我得把这封长信结束，

　　我的笔已经写秃；

　　希望你能遗我几行，

　　　　　　　它将使我眼睛放光。

　　只要我一天能唱能吟，

　　　　　　我永远是你热情的朋友和仆人。

寄奥吉尔屈利地方的威廉·辛卜逊

来信收到了，快活的威利，

我诚恳地感谢你，

但我不会中计，

　　　　　信你的奉承话，

除非我神志昏迷，

　　　　　或者妄自尊大。

我相信你是好意，

并非对我嘲讥，

也不是旁敲侧击，

　　　　　取笑我可怜的诗神，

不过你说话太离奇，

　　　　　叫我无法不留心。

我不会糊涂到这种地步，

妄想把艾兰依附①，

或同吉勃菲搀扶②，

　　　　攀登荣誉的高峰。

更不会对费格生生妒，

　　　　争他那不朽的名声。

（呵，费格生！你灿烂的不世之才，

用在枯燥的法典上岂不浪费！

诅咒爱丁堡的绅士之辈，

　　　　你们真是铁石心肠！

分半点你们赌输的钱财，

　　　　他就不会断粮！）

但当脑里浮现一曲传奇，

或者姑娘们把我的心迷，

虽然这些都会带来不吉利，

　　　　（呵，可怕的吟诗病！）

我仍要吹起我土气的芦笛，

　　　　这样才感到称心！

现在老柯拉③满脸生春，

她有了自己的骚客诗人，

他们决不让风笛蒙上灰尘，

　　　　于是尽情吹奏，

直到处处都响彻歌声，

────────────

① 即阿兰·兰姆赛。

② 吉勃菲（William Hamilton of Gilbertfield，1665？—1751），名威廉·汉弥尔登，是吉勃菲地方的地主，以写动物诗、诗札、爱国诗出名。

③ 柯拉（Coila），苏格兰的诗神，此处即指苏格兰。

赞颂她的成就。

以前没有诗人肯花时间，
来把柯拉的名字写进画卷；
她像是一个岛国千里遥远，
　　　　靠近新荷兰①，
也许处在大洋咆哮的涡旋，
　　　　　比麦哲伦海峡更南。

兰姆赛和大名鼎鼎的费格生，
提高了福斯和泰河的名声，
雅罗和屈维河也有人哦吟，
　　　　名扬苏格兰大地，
只有欧文、露加、艾尔和杜河不幸，
　　　　　没有诗人来睬理。

伊力苏、蒂勃、泰晤士和塞纳河，
在诗歌里唱得何等欢乐！
威利呀，你我何不抵足而坐，
　　　　仰起头来！
一定要叫我们的小溪大河，
　　　　　能同它们比美！

我们要唱老柯拉的平原流水，
她那一片红草的荒野，
她那河岸和山岗，幽谷和高崖，
　　　　华莱士用兵的地方，
他曾在那里为国扬威，
　　　　　大败英吉利豺狼。

_____

① 新荷兰，当时指澳大利亚。

164

提起华莱士的英名，
苏格兰人哪个能不血液沸腾！
我们无畏的祖先都大步上阵，
　　　　　　同他一起战斗，
不停地出击，哪怕血染全身，
　　　　　　或把生命抛丢。

呵，柯拉的河岸和森林多么甜蜜！
当红雀在花丛里把喜歌唱起，
欢乐的野兔彼此猛追一气，
　　　　　　寻求爱情的乐趣，
还有斑鸠在山上长啼，
　　　　　　一声声好不忧郁！

就连荒凉的冬天我也爱，
尽管狂飙把枯树猛摇摆，
奥吉尔屈利的山上一片白，
　　　　　　冰霜三寸厚；
也不怕风卷雪花把天盖，
　　　　　　黑夜代替了白昼！

呵，大自然，你一切的表象
有灵性的人都欣赏，
不论是夏天的温暖，
　　　　　　处处草绿花鲜，
或是冬天的狂风激荡，
　　　　　　黑夜长如年！

没有诗客能寻到缪斯女神，
除非他学会独自一人

徘徊在潺潺的流水之滨，
　　　　　但又不推敲太多；
甜蜜呵，漫步中凄然低吟
　　　　　一支动心的山歌！

随世人去劳劳碌碌，
又推又挤，互相争夺，
我只要能描出大自然的面目，
　　　　　就甘愿退让，
任凭那些吵吵嚷嚷之徒
　　　　　守住他们的钱囊。

再会吧，我的写诗的兄弟！
我们相识未免太迟！
现在让我们把头碰起，
　　　　　做一对亲热的诗友，
让妒忌那丑鬼腾空吊死，
　　　　　永在地狱停留！

只要高地人憎恨捐税，
只要放羊人爱吃羊杂碎，
只要地球转动不脱轨，
　　　　　日夜照常流逝，
你有一个可信赖的朋友同辈，
　　　　　名叫罗伯特·彭斯。

大　合　唱

爱情与自由:大合唱 *

朗　诵

当黄叶落在地上，
或像蝙蝠般飘荡
　　遮住了北风猛吹的天空；
当冰雹像鞭子般抽打，
寒霜长起了利牙，
　　冷气一阵阵刺得脸痛：
在这样一个夜晚，
　　有一群天不怕地不怕的游荡人，
欢聚在南锡大娘的小酒馆，
　　当了破衣服,大杯来痛饮；
欢欢喜喜,热热闹闹,
　　大谈天下事,大唱流浪歌,
拍拍打打,蹦蹦跳跳,
　　险些儿震破了店主的大铁锅。

先说靠火最近坐了一位红衣汉,
身上挂着背包,袋里藏着饼干,
　　老行伍的打扮真干净,

---

* 　作者原题,一般版本作《快活的乞丐》。

怀里还抱着一个老姘头，

她热乎乎裹着毛毯喝烧酒，

　　仰着脸儿直向老兵挤眼睛，

老兵一见忙把嘴来亲，

　　亲得一声声人人都听见，

那女的索性张口就等吻，

　　真像要饭的伸碗叫可怜，

左吻一下，右吻一下，

　　宛如赶车的狠狠打皮鞭？

吻够了，老兵摇头摆尾露大牙，

　　站起身来高声把那歌词编：

歌

曲调："军人乐"

我是战神之子，百战老兵，

到处脱衣让人看伤痕，

这一枪为了女人，那一刀来自法军，

当时两国交锋，好一片金鼓声。

　　　　拉蒂独独……①

我刚学会打仗，队长就一命归阴，

正是魁伯克城外胜负难分；

等我精通武艺，又是一场血战，

攻下了古巴堡垒，好一片金鼓声！

最后我又跟寇将军炮轰直布罗陀，

留下了一腿一手作为英勇的证明，

但如果国家需要，艾爷挂帅，

---

① 此行有谱无词，下同。

我就用断腿也要去追那一片金鼓声。

如今我仗着木腿木手去讨饭，
身上的军服早已破烂，
可是只要我还有背包、酒瓶和女人，
快乐就不减当年从军听那一片金鼓声。

白发老人受风霜，本也无妨，
林间石旁暂为家，更不打紧！
只等当光了背包，喝干最后酒一瓶，
就去大战阴兵，迎那地狱的一片金鼓声！
　　　　拉蒂独独……

朗　诵

他唱完，只听一片热烈的喝彩，
直把那酒店的屋顶要震开！
老鼠赶快向后躲，
跑到最远最深的黑洞藏起来。
角落上一个小小的提琴手，
提高了细细的嗓门尖声叫"再来！"
这时站起了大兵的姘头，
她一摆手叫人安静就放开了歌喉：

歌

曲调："大兵相好"

我曾是年轻姑娘，多久以前已经记不清，
我喜欢如意的年轻男人，一直到如今。
我的父亲原是轻骑兵，
难怪我见了大兵就相亲。
　　　　唱呵，拉地达……

我第一个爱人英俊又威武，
他的职务是隆隆打战鼓，
长长的腿儿红红的脸，
难怪我见了大兵就热恋。

但不久虔诚的牧师就把他顶掉，
我不爱军装，却恋上了道袍，
牧师他牺牲了灵魂，小妹我施舍了肉体，
从此我就失足，对我的大兵不起！

我很快厌腻了那满嘴上帝的畜生，
而把整个团队当作我的老公：
金边帽、银边帽、射击手、吹鼓手，
只要是大兵我就纵情风流！

仗一打完，穷得我上路去讨饭，
流浪了多年才在市集上遇着旧欢。
他破烂的军装上依然飘着团队的彩带，
我一见大兵就心头大快！

如今我已活了一生，也不知多少年头，
但依然会唱一支歌、喝一杯酒，
只要双手还能把酒杯拿紧，
我就要祝你长寿，我的英雄，我的大兵！
　　　　　　　　　唱呵，拉地达……

朗　诵 *

角落里坐了一个小滑稽，

＊　从此起到下一个朗诵，共三十六行，仅见于阿罗微手稿(1786?)，为彭斯亲笔，但似系后来所加。

同一个女流氓喝得正投机，
他们完全不管别人吵，
两人之间忙不开交。
等到酒醉人迷情绵绵，
这小子才站起做个鬼脸，
回身吻一下女人的大嘴，
然后装作正经把笛子吹：

歌

曲调："西门老爵士"

聪明爵士把酒喝醉成了糊涂，
坏蛋爵士坐堂审案变了糊涂，
我看他们只是想学糊涂，
唯有我才称得上真是糊涂。

祖母替我买了本大书，
我就上学去住宿。
读书像是跟我的才能不合，
但对傻瓜又能希望什么？

只要有酒我什么都干，
勾引女人占去我才能一半。
除此以外你又怎能苛求
一个公认的笨蛋木头？

有一次我被人绑着当牛，
因为我骂街又喝酒。
有一次我被人在教堂大骂，
因为我同一个姑娘扯扯拉拉。

可怜的安特鲁爱翻跟斗，
别人可不要说他丢丑。
听说当朝的赫赫首相，
也在大殿上翻个不休。

你看对面有个俨乎其然的青年，
为逗大伙儿乐，拼命地做鬼脸，
他笑我们走江湖不够文雅，
还不是因为同行出冤家！

现在我可要赶紧讲完下个结论——
说实话，我真口渴难忍！
有些人糊涂得自己还不知情，
天哪！那他可比我更加愚蠢！

朗　诵

接着说话的是一个胖胖的母夜叉，
她擅长探囊取财本领到家，
曾经摸到手无数的钱包，
因此也被人把凉水灌饱。
她的爱人是个高原大汉，
但是呵！诅咒那绞绳和判官！
如今她是又流泪来又长叹，
哭她那漂亮的约翰，她的高原大汉！

歌

曲调："呵，假如你死了，丈夫"

我的爱人生在高山，
平原的法律他正眼不看，
对于老家他永远忠心，

我的英俊的约翰,漂亮的高原大汉!
合唱:

唱吧,唱得响,漂亮的约翰,我的高原大汉!
唱吧,唱得欢,漂亮的约翰,我的高原大汉!
走遍天涯海角,也寻不着一个男人
比得上我的约翰,我的高原大汉!

身穿方格花呢的男裙,
腰佩嵌宝镶金的短剑,
赢得了多少女人的喜欢,
我的英俊的约翰,漂亮的高原大汉!
合唱:

唱吧,唱得响,漂亮的约翰,我的高原大汉!
唱吧,唱得欢,漂亮的约翰,我的高原大汉!
走遍天涯海角,也寻不着一个男人
比得上我的约翰,我的高原大汉!

我们游了内地又到海岸,
名公贵妇哪有我们狂欢!
平原上的庸人们他谁也不怕,
我的英俊的约翰,漂亮的高原大汉!
合唱:

唱吧,唱得响,漂亮的约翰,我的高原大汉!
唱吧,唱得欢,漂亮的约翰,我的高原大汉!
走遍天涯海角,也寻不着一个男人
比得上我的约翰,我的高原大汉!

他们把他放逐到大洋彼岸,
但是树上的花儿还未开满,
我就又珠泪双流,拥抱了
我的英俊的约翰,漂亮的高原大汉!

合唱：

　　　　唱吧,唱得响,漂亮的约翰,我的高原大汉!

　　　　唱吧,唱得欢,漂亮的约翰,我的高原大汉!

　　　　走遍天涯海角,也寻不着一个男人

　　　　比得上我的约翰,我的高原大汉!

天哪,他们终于又将他抓走,

放在黑暗的牢房受难。

恶棍们不得好死! 他们绞杀了

我的漂亮的约翰,我的高原大汉!

合唱：

　　　　唱吧,唱得响,漂亮的约翰,我的高原大汉!

　　　　唱吧,唱得欢,漂亮的约翰,我的高原大汉!

　　　　走遍天涯海角,也寻不着一个男人

　　　　比得上我的约翰,我的高原大汉!

如今我成为寡妇,整天长叹,

痛哭那永逝的欢乐,眼泪不干,

除了借酒浇愁,只有无限凄惨,

当我想起我的约翰,我的高原大汉!

合唱：

　　　　唱吧,唱得响,漂亮的约翰,我的高原大汉!

　　　　唱吧,唱得欢,漂亮的约翰,我的高原大汉!

　　　　走遍天涯海角,也寻不着一个男人

　　　　比得上我的约翰,我的高原大汉!

朗　诵

一个又矮又瘦的提琴手,

向来为赶集和赛会演奏,

现在缠住了一个又高又大的胖妞,

　　　　他的额角刚到她的奶头,

他抱她就像抱了一个大筛，
　　　　　还不住灌她如火的烧酒。

他一手叉腰，两眼看天，
为调嗓门先把"哆来咪发"练，
然后这小小的亚波罗
　　　　　便把声音放尖，
用那不快不慢的拍子，
　　　　　开始了他的自唱自演：

歌

曲调："一声口哨百愁消"

让我踮起脚替你揩去眼泪，
跟我走吧，做我的相好，
你将活得毫无恐惧，
管保你一声口哨百愁消。

合唱：我靠拉琴为生，
　　　　　为太太小姐把天下名曲都奏到，
　　　　　她们最喜欢的甜蜜的歌
　　　　　便是《一声口哨百愁消》。

我们出现在婚礼席间，打麦场上，
吃吃喝喝真叫妙，
痛快地玩吧！准叫悲哀老人
也一声口哨百愁消！

我们到处打打闹闹，
坐在人家墙头上，太阳底下把情调。
闲来无事，更是一切随心——

真叫是一声口哨百愁消。

只要我三生有幸,能得你的恩情,
只要我能拉着我的提琴,
我就不怕饥寒、凶险和风暴:
永远会一声口哨百愁消!

合唱: 我靠拉琴为生,
　　　为太太小姐们把天下名曲都奏到,
　　　她们最喜欢的甜蜜的歌
　　　便是《一声口哨百愁消》。

朗　诵

那位胖美人不仅迷住了可怜的提琴手,
她的姿容还打动了一位壮汉。
他上前一把抓住琴手的胡须,
抽出生锈的长刀就要往下砍,
一面破口大骂,发誓赌咒,
高叫定要把那小子劈成两半,
除非他答应从今以后
永远同那胖美人分手!

琴手骇得眼睛翻白,
赶紧下跪求饶,
脸上是又害怕来又难受,
这样才算把一桩公案了。
他眼睁睁看壮汉将女的一把拉住,
自己的伤心无处可诉,
只得装出在偷偷发笑,
听那壮汉向女人唱起小调:

歌

曲调:"补锅"

我的好姑娘,我干的是铜匠活,
我的职业是补锅。
走遍基督教的天下,
处处都做铜活。
我也曾为了饷银去从军,
英勇的队伍册上有名,
但只要念头一动,我就开了小差去补锅,
任他们怎样搜寻,也寻不到小弟我!

呸!那小虾米算个什么!瞧他那皮包骨头!
他只会满嘴胡诌,扮演小丑。
请看我身上的围裙,袋里的榔头,
手艺人的幸福我俩共同来享受!
这口锅是我信心所寄,希望所求,
让我指锅对酒来赌咒:
从今以后,我一定叫你衣食不愁,
否则我死也不再喝酒!

朗　诵

铜匠胜利了,那美人脸也不红,
就往他的怀里一躺,
一半因为深受爱情的感动,
一半也因为灌饱黄汤。
琴手先生无可奈何,
只得将男子汉大丈夫来装,
反而拿起酒瓶一饮而尽,
祝贺他们那夜的姻缘和健康,

表示自己的豪爽。

这时爱神之子对另一女人射了一箭，
同她开了个不大不小的玩笑，
提琴手立刻向她进攻，
在鸡笼后面两人忙个不了。
这女人原来相好的是荷马的一位同行，
这诗人一见这样反倒高兴得忘了腿疮，
站起来跌跌撞撞一阵乱跳，
自愿让他们今夜成对成双，
　　　　分文也不要赔偿。

诗人原是自由自在的风流客，
酒神门下谁也不及他癫狂！
虽然人生的忧患他尝遍，
他的心可从未在命运手里受过伤。
他只有一个愿望——永远快乐无忧，
他什么也不需要——只不过爱喝烧酒，
他什么也不怨恨——除了悲哀颓唐，
这样缪斯就替他写下诗行，
　　　　让他当众歌唱：

歌

曲调："不管那一套"

合唱：不管这一套那一套，
　　　也不怕再多几十套，
　　　我虽丢了一个老婆，
　　　但还有两个也足够逍遥！

我是一个诗人，

上等人看不起我这一套，
但是老百姓处处欢迎荷马，
我也到一城，一城叫好。

我从未饮过缪斯的喷泉，
也没登过诗神的堂奥，
但我自有灵感的来源——
流不尽的啤酒，冒不完的酒泡！

对于美人我最为崇拜，
甘愿做她们的奴隶到老；
但是每人各有崇高的意志，
最大的罪恶在将别人阻挠。

人生难逢狂欢的盛会！
让我们互相热爱，不误今朝！
谁能规定跳蚤能咬人多久？
全看我们的兴致和爱好！

美人们叫我神魂颠倒，
她们的手段真有一套。
好吧，赶紧准备一切，等她们来到！
我还是喜欢婆娘们，不管人说哪一套！

合唱：不管这一套那一套，
　　　也不怕再多几十套，
　　　只要为姑娘们的幸福，
　　　我就流尽鲜血也不管那一套！

朗　诵

诗人这样唱着，南锡大娘的酒店

响起一阵如雷的鼓掌，

每人都手舞足蹈，大笑大叫，

他们吃空了背包，当光了衣裳，

几乎连屁股也无法掩藏，

都只为口渴难当，要喝黄汤。

喝了酒，快活的人们兴致更高，

再三把诗人来央告，

要他放下背包，给大伙儿再挑

一个最精彩的民间小调。

诗人一听大高兴，立时跳起，

站在他的两位美人之间，

左右一看，只见众人睁眼观望，

早已等得不耐烦，只待跟着合唱。

歌

曲调："快活的人儿，再倒一杯酒"

君不见酒吐芬芳杯生烟，

君不见衣裳虽破乐无边，

你唱我和人人欢，

要把那快活的歌儿奏三遍！

合唱：

滚开！靠法律保护的顺民！

自由才是光荣的盛宴，

法庭只为懦夫而设，

教堂只给牧师方便！

名位何物，财宝何用？

沽名钓誉总成空！

只有欢乐才是生活，

且莫问身在何时、何国！

合唱：

      滚开！靠法律保护的顺民，
      自由才是光荣的盛宴，
      法庭只为懦夫而设，
      教堂只给牧师方便！

      靠一点小本领，说一些小故事，
      我们白天到处漫游。
      晚上睡在仓库和马厩，
      香香的干草上，还有女人并头。

合唱：

      滚开！靠法律保护的顺民！
      自由才是光荣的盛宴，
      法庭只为懦夫而设，
      教堂只给牧师方便！

谁敢说仆从如云的香车
就比我们走得更加轻快？
谁敢说明媒正娶的夫妻
就比我们相处更加恩爱？

合唱：

      滚开！靠法律保护的顺民！
      自由才是光荣的盛宴，
      法庭只为懦夫而设，
      教堂只给牧师方便！

人生原是无所不包，
哪用我们自寻烦恼！
说什么得体的文雅礼节！
这样的话最无气节！

合唱：

　　　　滚开！靠法律保护的顺民！
　　　　自由才是光荣的盛宴，
　　　　法庭只为懦夫而设，
　　　　教堂只给牧师方便！

　让我们祝贺背包、行囊和粮袋，
　让我们祝贺游荡的人们，
　让我们祝贺褴褛的汉子和女人，
　让我们一齐高呼：阿门！
　合唱：
　　　　滚开！靠法律保护的顺民！
　　　　自由才是光荣的盛宴，
　　　　法庭只为懦夫而设，
　　　　教堂只给牧师方便！

威廉·华兹华斯

（1770—1850）

华兹华斯是"湖畔诗人"的领袖，在思想上有过大起大落——初期对法国大革命的热烈向往变成了后来遁迹于山水的自然崇拜，在诗艺上则实现了划时代的革新，以至有人称他为第一个现代诗人。

他是诗歌方面的大理论家，虽然主要论著只是《抒情歌谣集》第二版（1800）的序言，但那篇小文却含有能够摧毁十八世纪古典主义的炸药。他说诗必须含有强烈的情感，这就排除了一切应景、游戏之作；诗必须用平常而生动的真实语言写成，这就排除了"诗歌辞藻"与陈言套语；诗的作用在于使读者获得敏锐的判别好坏高下的能力，这样就能把他们从"狂热的小说、病态而愚蠢的德国式悲剧和无聊的夸张的韵文故事的洪流"里解脱出来；他认为诗非等闲之物，而是"一切知识的开始和终结，同人心一样不朽"，而诗人则是"人性的最坚强的保卫者，是支持者和维护者，他所到之处都播下人的情谊和爱"。

这样崇高的诗歌理论过去何曾有过？但光有理论不足以服人，需要新的诗歌来体现它！

华兹华斯的天才在于：他不仅创立理论，而且本人就实践理论。他与柯尔律治合作的《抒情歌谣集》这本小书所开始的，不只是他们两人的文学生涯，还是一整个英国浪漫主义诗歌运动。

对于中国读者，华兹华斯却不是一个十分熟悉的名字。能读英文的人当然都看过他的若干小诗，如《孤独的割麦女》，但不懂英文的人却对他的诗没有多少印象，原因之一是他的诗不好译——哲理诗比叙事诗难译，而华兹华斯写得朴素、清新，也就更不好译了。原因之二是，他曾被评为"反动的浪漫主义"的代表，因此不少人未读他的作品，就已对其人有了反感。还有一个原因可能是：他那类写大自然的诗在我国并不罕见，他的思想也类似老庄，因此人们对他无新奇感。

　　但他是值得一读的。除了历史上的重要性之外,他有许多优点,例如写得明白如话,但是内容并不平淡,而是常有神来之笔,看似普通的道理,却是同高度的激情结合的。法国大革命就曾深深激动了他,使他后来写下这样的名句:

　　　　幸福啊,活在那个黎明之中,
　　　　年轻人更是如进天堂!

——《序曲》第十一章

他的山水诗极其灵秀,名句如:

　　　　我好似一朵孤独的流云

——《"我好似一朵孤独的流云"》(顾子欣译文)

十分引人遐思!他的爱情诗,如这里选译的与一位名叫露西的姑娘有关的第三、四首,也是极其真挚,极其动人,无一行俗笔,用清新的文字写出了高远的意境。他能将复杂深奥的思想准确地、清楚地表达出来,民歌体的小诗写得精妙,白体无韵诗的运用更在他的手里达到了新的高峰,出现了婉转说理的长长诗段。用这样的诗段他写出了长诗《丁登寺旁》,表达了大自然给他的安慰和灵感;接着又经营多年,写出了一整本诗体自传,题名《序曲——一个诗人心灵的成长》,开创了自传诗的新形式。在十四行诗方面,他将弥尔顿的豪放诗风发扬光大,用雄迈的笔调写出了高昂的激情,例如这样的呼喊:

　　　　啊,回来吧,快把我们扶挽,
　　　　给我们良风,美德,力量,自由!
　　　　你的灵魂是独立的明星,
　　　　你的声音如大海的波涛,
　　　　你纯洁如天空,奔放,崇高……

这也是过去以写爱情为主的十四行诗中罕见之笔,也说明两位爱好自由的大诗人如何心心相印!

　　总之,华兹华斯诗路广,意境高,精辟,深刻,令人沉思,令人向上;而又一切出之于清新的文字,确是英文诗里三或四个最伟大的诗人之一。只是他后期诗才逐渐枯竭,所作变得冗长沉闷,又使人无限惋惜。

写于早春[*]

我躺卧在树林之中,
　听着融谐的千万声音,
闲适的情绪,愉快的思想,
　却带来了忧心忡忡。

大自然把她的美好事物
　通过我联系人的灵魂,
而我痛心万分,想起了
　人怎样对待着人。

那边绿荫中的樱草花丛,
　有长春花在把花圈编织,
我深信每朵花不论大小,
　都能享受它呼吸的空气。

四围的鸟儿跳了又耍,
　我不知道它们想些什么,
但它们每个细微的动作,
　似乎都激起心头的欢乐。

萌芽的嫩枝张臂如扇,
　捕捉那阵阵的清风,
使我没法不深切地感到,

---

[*] 这首诗里的名句是"人怎样对待着人",诗人感到自然界是和谐快乐的,而人则不善待人,社会里充满了压迫和互相残害。

它们也自有欢欣。
如果上天叫我这样相信，
　　如果这是大自然的用心，
难道我没有理由悲叹
　　人怎样对待着人？

反 其 道

起来，起来，朋友，丢开你的书本，
否则准成驼背！
起来，起来，朋友，舒展你的眉头，
何必多愁又受累？

山头上的太阳，
柔润而又新鲜，
在长长的绿色田野，
洒下了黄昏的甜蜜光线。

书！只带来沉闷和无穷烦恼，
不如来听听林中的红雀，
它唱得何等甜美！我敢担保，
歌声里有更多的才学。

再听画眉唱得多欢！
它也是一个高明的教士。
踏进事物的灵光里来吧，
让大自然做你的老师。

她有无数的现成财宝，
能向我们的头脑和心灵赐福，

自然地流露出健康的智慧，
还有真理让人鼓舞。

绿色树林里的一个灵感，
会教给你更多道理，
关于人，关于人的恶和善，
超过所有圣人能说的。

大自然带来的学问何等甜美！
我们的理智只会干涉，
歪曲了事物的美丽形态，
解剖成了凶杀。

够了！再不需科学和艺术，
把它们那贫乏的书页封住！
走出来吧，只须带一颗赤心，
让它观看，让它吸取。

“我有过奇异的激动”*

我有过奇异的激动，
我不怕把它说出，
但只说给多情的人，
我曾有过的遭遇。

那时候我爱的姑娘
每天都像玫瑰一样鲜艳，

---

* 本诗与下面一诗都同一位叫露西的姑娘有关，虽然有一首未出现过她的名字。主要的内容就是
她生时如何纯真，却不幸早死了。这组诗一共五首，这里选了两首。但是露西究竟是何人，同诗
人究竟有什么来往，虽经学者多人考证，仍无结论。

我在一个月明的夜晚，
骑马走向她的家园。

我看着头上的月亮，
它把广阔的草原照耀，
我的马快步而上，
已到我喜爱的小道。

现在过了果园，
接着就爬小山，
月亮朝着露西的屋檐，
越来越近地下降。

我甜甜做了一梦，
这是大自然赐的恩福，
但我的眼睛没有移动，
紧紧把下降的月亮盯住。

马儿继续前进，蹄声响亮，
不停地一直向前，
突然间那下降的月亮，
一头栽在她的屋子后面。

多么熟悉而奇怪的念头，
一下子钻进了情人的头脑！
"啊，慈悲的天，"我对自己喊叫，
"也许露西已经死了！"①

---

① 这首诗的初期手稿中最后还有一节如下："我把这事告诉了她，/她轻快地笑了起来。/当我回想起那个晚上，/我的双眼就充满了泪水。"诗也不坏，但迹近蛇足，华兹华斯把它删了，诗就更有余味。从这一点，也可看出他写诗时有很好的自我判断力，舍得割爱，而诗境更高。

"沉睡锁住了我的心"

沉睡锁住了我的心，
　　我已无人间的恐惧；
她也化物而无感应，
　　再不怕岁月来接触。

如今她无力也不动，
　　不听也不看，
只随地球日夜滚，
　　伴着岩石和森林转。

"每当我看见天上的虹"

每当我看见天上的虹，
　　　我的心就跳。
初生时这样，
长成人也这样，
老了也不会不同——
　　　否则不如死掉！
婴儿是成人的父亲。
但愿我一生的时间
前后有天生的虔诚贯串！

伦敦，一八〇二年

弥尔顿！你该活在这个时候，
英国需要你！她成了死水一潭：

教会,朝廷,武将,文官,

庙堂上的英雄,宅第里的公侯,

都把英国的古风抛丢,

失了内心的乐。我们何等贪婪!

啊,回来吧,快把我们扶挽,

给我们良风,美德,力量,自由!

你的灵魂是独立的明星,

你的声音如大海的波涛,

你纯洁如天空,奔放,崇高,

你走在人生大道上,面对上帝,

虔诚而愉快,还有一颗赤心

愿将最卑微的职责担起。

丁登寺旁*

一七九八年七月十三日

五年过去了,五个夏天,加上

长长的五个冬天! 我终于又听见

---

* 此诗原题为:《一次旅行时重访怀河两岸,在丁登寺上游数英里处吟得的诗行》,译者将其缩短而得今名。原诗为白体无韵诗,每行有轻重相间的十个音节,成为五个音步,行末无脚韵。这是莎士比亚用来写剧本、弥尔顿用来写史诗的诗体,其特点之一是诗句常不停顿于一行之末,而越入次行或更次行,形成诗段,适宜于表达大片思想感情,能表现其起伏曲折。

华兹华斯在此诗中说明大自然在他身上产生了什么作用,从孩提到成人历经三个时期的变化,如何从直接的爱好进到感官的"嗜好",终于在自然中找到自己"整个道德生命的灵魂",最后提到他妹妹陶乐西对他的影响,并进而瞻望将来。这一个主题十分重要,包含了华兹华斯的中心思想,但不易入诗,容易写得枯燥,教条。华兹华斯的成功在于:一方面他透彻地表达了他的思想,包括它的细致的曲折起伏;另一方面,又能写得清新,动听,形象美,韵律美,而语言却极普通,不怕用日常名词——如"一种精神""一种能力""美好的形体""无名小事""事物""所怕的东西"等——并且有能力用这样的语言写出不朽的警句——如"看清了事物的内在生命""眼前这一刻包含了将来岁月的生命和粮食""瀑布的轰鸣日夜缠住我,像一种情欲""人生的低柔而忧郁的乐声"等,他将谈理和抒情、写景和回忆、感觉和道德真理结合在一起,而贯穿其中的则是想象力和激情。他没有让诗在韵律、辞藻等方面的限制妨碍了达意,倒是通过写诗的过程更加明确和完善了自己的思想。这样的诗,以前不曾有过。这是华兹华斯最完美的作品之一,也是英国诗史上最辉煌的成就之一。

这水声,这从高山滚流而下的泉水,
带着柔和的内河的潺潺。
　　　　　　　　——我又一次
看到这些陡峭挺拔的山峰,
这里已经是幽静的野地,
它们却使人感到更加清幽,
把眼前景物一直挂上宁静的高天。
这个日子又来到了,我能再一次站在这里,
傍着这棵苍翠的槭树,俯览脚下
各处村舍的园地,种满果树的山坡,
由于季节未到,果子未结,
只见果树一片葱绿,
隐没在灌木和树林之中。我又一次
看到了树篱,也许称不上篱,
而是一行行活泼顽皮的小树精;
看到了田园的绿色,一直绿到家门;
一片沉寂的树林里升起了袅袅炊烟,
烟的来处难定,或许是
林中有无家的流浪者在走动,
或许是有隐士住在山洞,现在正
独坐火旁。
　　　　这些美好的形体
虽已久别,倒从来不曾忘怀,
不是像盲人看不见美景,
而是每当我孤居喧闹的城市,
寂寞而疲惫的时候,
它们带来了甜蜜的感觉,
让我从血液里心脏里感到,
甚至还进入我最纯洁的思想,
使我恢复了恬静:——还有许多感觉,
使我回味起已经忘却的愉快,它们对

一个良善的人的最宝贵的岁月
有过绝非细微、琐碎的影响，
一些早已忘却的无名小事，
但饱含着善意和爱。不仅如此，
我还靠它们得到另一种能力，
更高的能力，一种幸福的心情，
忽然间人世的神秘感，
整个无法理解的世界的
沉重感疲惫感的压力
减轻了；一种恬静和幸福的心情，
听从温情引导我们前进，
直到我们这躯壳中止了呼吸，
甚至我们的血液也暂停流动，
我们的身体入睡了，
我们变成一个活的灵魂，
这时候我们的眼睛变得冷静，由于和谐的力量，
也由于欢乐的深入的力量，
我们看得清事物的内在生命。
    也许这只是
一种错觉，可是啊，多少次
在黑暗中，在各色各样无聊的白天里，
当无益的纷扰和世界的热病
沉重地压在我的心上，
使它不住地狂跳，多少次
在精神上我转向你，啊，树影婆娑的怀河！
你这穿越树林而流的漫游者，
多少次我的精神转向了你！

而现在，依稀犹见昔日思想的余光，
带着许多模糊朦胧的记认，
还多少有一点怅然的困惑，

心里的图景回来了；

我站在这里，不仅感到

当前的愉快；而且愉快地想到

眼前这一刻包含了将来岁月的

生命和粮食。至少我敢这样希望，

虽然我无疑已经改变，早不是

我初来这山上的光景；那时节我像一头小鹿，①

腾跳山岭间，遨游大河两岸，

徘徊在凄寂的溪水旁边，

去大自然指引的任何地方，与其说是

追求所爱的东西，更像是

逃避所怕的东西。因为自从

我儿童时代的粗糙的乐趣

和动物般的行径消逝了之后，

大自然成了我的一切。——我无法描画

当年的自己。瀑布的轰鸣

日夜缠住我，像一种情欲；大块岩石，

高山，深密而幽暗的树林，

它们的颜色和形体，当时是我的

强烈嗜好，一种体感，一种爱欲，

无须思想来提供长远的雅兴，

也无须官感以外的

任何趣味。——这个时期过去了，

所有它的半带痛苦的欢乐消失了，

连同所有它的令人昏眩的狂喜。我再不为这些

沮丧，哀伤，诉怨；我得到了

别的能力，完全能抵偿

_____

① 从这第 67 行起的一大段，说的是对大自然的三种反应：第 73—74 行，儿童时期心情；第 67—72 行与第 75—85 行，青春时期和 1793 年即五年前初访此地的心情，第 85—111 行，现在心情；逐渐地由官感反应进到热情向往，最后又进到思想上受到教益。三个时期合起来，表现了诗人在感觉、情感和道德上的成长。

所失的一切,因为我学会了

怎样看待大自然,不再似青年时期

不用头脑,而是经常听得到

人生的低柔而忧郁的乐声,

不粗粝,不刺耳,却有足够的力量

使人沉静而服帖。我感到

有物令我惊起,它带来了,

崇高思想的欢乐,一种超脱之感,

像是有高度融合的东西

来自落日的余晖,①

来自大洋和清新的空气,

来自蓝天和人的心灵,

一种动力,一种精神,推动

一切有思想的东西,一切思想的对象,

穿过一切东西而运行。所以我仍然

热爱草原,树林,山峰,

一切从这绿色大地能见到的东西,

一切凭眼和耳所能感觉到的

这个神奇的世界,既有感觉到的,

也有想象所创造的。② 我高兴地发现:

在大自然和感觉的语言里,③

我找到了最纯洁的思想的支撑,心灵的保姆,

引导,保护者,我整个道德生命的

灵魂。

　　　　　　　也许即使

我没有得到这样的教育,我也不至于

遭受天生能力的毁蚀,

---

① 这一行极受后来诗人丁尼生的赞赏,被称为英语中最雄伟的诗行,由于写出了消逝中有永恒。

② 这里的意思是:诗人先是凭感觉去认识大自然,后来又能凭想象力去创造事物,亦即发挥自己敏感的主观能动性。这就是"创造性敏感"论,是英国浪漫主义的一个重要观点。

③ 感觉的语言,指感官对大自然所做出的反应。

因为有你陪着我在这美丽的
河岸上；你呀，我最亲爱的朋友，
我的亲而又亲的朋友，在你的声音里
我听见了我过去心灵的语言，
在你那流星般的无畏的双眼里
我重温了我过去的愉快。但愿我能
在你身上多看一会儿我过去的自己，
我的亲而又亲的妹妹！我要祈祷，
我知道大自然从来不曾背弃
任何爱她的心，她有特殊的力量
能够把我们一生的岁月
从欢乐引向欢乐，由于她能够
充实我们身上的心智，用
宁静和美感来影响我们，
用崇高的思想来养育我们，使得
流言蜚语、急性的判断、自私者的冷嘲、
硬心汉的随口应对，日常人生里的
全部阴郁的交际
都不能压倒我们，不能扰乱
我们的愉快的信念，相信我们所见的
一切都充满幸福。因此让月光
照着你在路上独行吧，
让雾里的山风随意地
吹拂你吧，在以后的年月里，
当这些按捺不住的狂喜变成了
清醒的乐趣，当你的心灵
变成了一切美丽形体的大厦，
当你的记忆像家屋一般收容下
一切甜美的乐声和谐音；啊，那时候，
纵使孤独、恐惧、痛苦、哀伤
成为你的命运，你又将带着怎样亲切的喜悦

想起我,想起我今天的这番嘱咐

而感到安慰! 即便我去了

不能再听见你的声音的地方,

不能再在你那无畏的眼里看见

我过去生活的亮光,你也不会忘记

我俩曾在这条可爱的河岸

并肩站着;不会忘记我这个长期崇拜

大自然的人,重来此地,崇敬之心

毫未减弱,而是怀着

更热烈的爱——啊,更深的热诚,

更神圣的爱;那时候你更不会忘记

经过多年的流浪,多年的离别,

这些高大的树林,耸立的山峰,

这绿色的田园景色,对我更加亲切,

半因它们自己,半因你的缘故!

序曲(选段)*

[开场白](第 1 章第 1—14 行)

啊,清风带来了祝福,

它轻轻拂着我的脸,

像是特意从绿野和蓝天

给我送来了喜悦。

---

* 《序曲——一个诗人的心的成长》作于一七九九——一八〇五年间,但诗人不断修改,一八五〇年
诗人死后才第一次发表。一八〇五年的初稿也于一九二六年经学者编辑出版。人们通过两个版
本的比较,看出诗人在思想和诗艺上的变化发展。

　　这是一个十分重要的大作品。第一,它开创了长篇自传诗的新形式。第二,它的内容丰富,
从诗人的童年、青年、上大学一直写到参加法国革命及以后的岁月,有具体记述,也有抒情和说明
自己思想变化的哲理篇章。第三,写得充满激情,语言在清新中见雄迈。

　　诗共 14 章。我们在这里根据一八五〇年版选择了六个片段,不足以示其全貌,但包括了对法
国革命初起时的赞颂和对“时间短”的说明,属于最有名的段落。每段前的小标题是译者加的。

何用问它来意！这风来得及时，
令我分外感激。我刚逃出了
曾经长期困居的庞大城市，
把抑郁换成了今天的自由，
自由得像小鸟，到处为家。
什么房舍将接待我？什么溪谷
将收容我？在什么树下成家？
什么清澈的溪流将低吟，
用它的潺潺给我催眠？
整个大地在前面等着我。

[**在巴黎**]（第 9 章第 110—124 行）

　　　　　　　至于我自己，
不值同这伟大的主题①
连起来谈（虽然又不得不谈），
因为我无足重轻；夜复一夜地
我去那些堂皇的场所，碰见
来自城里高贵门第的常客，
他们摈绝俗流，自成社会，
精于诗画，长于礼节，
由于这些或更深的原因，绝口不谈
时局，不论好坏，一律避免，
我感到这是一种限制，令人厌烦，
逐渐离开了这些人，进入
一个嘈杂的世界，不久就变成
一个民主派，把我整个的心，
全部的爱，都给了人民。

　　　　　（第 9 章第 501—532 行）

　　　　　但是我更痛恨

---

① 伟大的主题，指法国革命。

197

绝对专制,一人的意志
变成了众人的法律,还有一批人
享有不公正的特权,站在
君主与人民之间,只为君主效劳,
对人民则骄横无比,我对此
越来越恨,掺和着怜和爱,
爱的是不幸的大众,对他们
寄以希望,所以也就有爱。
有一天我们碰见一个饥饿的姑娘,
臂上有绳系着一头牛,她跟在后面
拖着沉重的脚步,那牛在小巷里
到处低头寻找吃的,
姑娘的苍白双手忙着
织毛活,然而心不在那里,
神情凄凉。这景象激动了我的朋友,
他说:"正是为了反对这类事
我们才战斗的。"同他一样,我相信
现在升起了一种仁慈精神,
什么也挡不住它,将在短期内
使这样悲惨的穷困不再存在,
我们将看见大地无阻碍地
实现它的意愿,用产品去报偿
温顺的、卑微的、有耐心的劳动儿女。
一切排斥性的规定永远废止,
浮华的典礼、淫佚的制度、残酷的权力,
不论谁建立的,独夫或是寡头,
一律取消,而最后,
最高最重要的一点是:
让人民用他们强有力的手
创制他们自己的法律,全人类的
美好日子将从此开始。

[法国革命的黎明]（第 11 章第 105—144 行）

啊，希望和欢乐的愉快行动！

强大的盟军站在我们一边，

而我们因有爱而坚强。

幸福啊，活在那个黎明之中，

年轻人更是如进天堂！呵，那岁月，

风俗、法律、制度的原本是

琐碎、陈腐、肃杀的旧习气

也一下子从整个国家的传奇色彩取得了吸引力！

理智女神也竭力放出魅力，

似乎这是维护她的权利的

最上之策——最易于推进

正在以她的名义开展的事业。

不只几个特选的地方，而是整个地球

充满了美好的希望（而像

天堂的花园里也曾

在某些时刻强烈地感到的那样），

希望的玫瑰比盛开的玫瑰还要宝贵。

面对这样前景，哪个人能不因这想不到的

快乐而振作，不论什么气质？

沉静的奋起了，生性活泼的狂喜了。

有些人从小就喜欢做梦，

幻想的玩侣，能使一切

敏捷的、深思的、健壮的力量

为自己所用；他们以君临的姿态，

周旋于感性世界的最堂皇的对象之间，

可以任意处置所见的一切，

像是他们身上有秘密的权力

只等他们去行使；——另外有性格温和的人，

他们注视各种细微的变化，尽力使

自己的思想适应它们，一些温和的计划家，
从不越出他们和平天性的范围。
现在这两种人——高傲的和谦虚的——
都找到了他们可以任意支配的帮手，
拿到了他们可以任意团捏的材料，
就看他们有多少本领能够施展；
这不是在乌托邦里，不是在阴暗的地下活动处，
不是在秘密的岛屿——天知道在哪里！
而在这个世界上，我们所有人的
世界——最终在这里
我们将寻到快乐，或一无所得！

[时间之点]（第 12 章第 208—225 行）

我们生命里存在时间之点，
它们有突出的重要性，
保有一种更新的能力。
当我们困于伪说和狂言，
或更沉重更恶毒的妄见，
或卷进琐务和社交的循环，
它们就向我们的心灵提供滋养，暗中医治。
这能力使人生增加愉快，
它深入，又帮助我们攀高，
已高的更高，跌倒的扶起再攀。
这神奇能力的藏身之处
在人生的某些断片，它们提供
最深刻的智慧，指出终点和方法，
实现心灵的当家做主——而外界的感觉
只是忠顺的仆役。这样的时刻
散布一生，最初的开始
是在童年。

[更高超的心灵] (第 14 章第 100—111 行)

永恒的和临时的都给他们
鼓舞:他们在最小的示意上
建立最大的事业;永远注视着,
愿意行动,也接受行动,
他们不需特别的召唤
就会起来;生活在日常世界上,
他们不迷惑于感官印象,
却有冲动的活力能够及时
同精神世界谈得契合,
也同时间里各个世代的人谈,
过去,现在,将来,一代又一代,
直到时间的消失。

华尔特·司各特

（1771—1832）

　　司各特生于苏格兰首府爱丁堡，在那里上大学，又在他父亲的律师事务所学习法律，一七九二年通过律师考试。他很小就喜欢听民谣和口头流传的边境故事，注意收集有关苏格兰历史的传闻，终于写成《末代行吟者之歌》，于一八〇五年出版。此后他写了一系列的叙事诗，中间颇多佳作，富于浪漫情调，音韵铿锵，也善于刻画历史人物，但缺乏触动读者情感深处的力量，因此等到青年诗人拜伦崛起，出版了更有感染力的叙事诗，司各特乃改用散文写历史小说，在这个新的文学领域里取得巨大成功，不仅独步英国，而且影响了许多欧陆小说家，成为浪漫主义潮流里最有影响的作家之一。

　　中国读者早知司各特之名，主要是由于林琴南在清末译了他的长篇历史小说《撒克逊劫后英雄略》（即《艾凡赫》）。但是没有多少人知道他也是一个大诗人。

　　其实他的诗至今还值一谈。他善于用韵文说故事；正是因为他先能把叙事诗写得成功，才能后来把历史小说也写得出色。同时，他也善于抒情，若干穿插在叙事诗中的短歌小曲往往就是完美的抒情诗。

　　这里选了两节诗。第一节来自《末代行吟者之歌》。这名字就充满浪漫情思，而行吟者一上来就表达对祖国的热爱，对只顾自我、不爱故土的人的鄙视，快人快语，如此诗人少见。第二节来自《玛密安》（1808），经常单独成篇，在各种选本出现，写得既有故事，又富气势，其用词，其韵律，都加强了气氛，提高了戏剧性，而叙事扼要，用笔精练，又显示边境民谣的本色。

末代行吟者之歌（选段）

[可怜虫]（第6章第1节）

世上可有这样死了灵魂的人，
  他从未对自己说过一声：
  这是我的祖国，我的故乡！
他的心从不沸腾，
当他的脚步走近家门，
  尽管经历了异域的流浪。
如有这样的人，盯住他，
行吟者不因他而诗兴勃发，
不管他名气多大，官位多高，
又有多少世人稀罕的财宝；
名、位、金钱种种，
帮不了只顾自己的可怜虫，
他活着得不了荣光，
他死了身魂两丧，
本是尘土，回归尘土，
无人敬，无人歌，也无人哭！

玛密安（选段）

洛钦瓦（第5章第12节）

啊，年轻的洛钦瓦来自西方，
整个边境数他的马壮，
除了宝刀他不带武器，
只身上路闯禁地，
他忠于爱情，不怕战争，

从未见过洛钦瓦这样的英俊。

他不为水停,不为山阻,
没有桥他就游渡,
但没等他到达芮堡的大门,
他的姑娘已经答应了别人,
那人轻爱情,怕战争,
却要娶走洛钦瓦的艾琳。

洛钦瓦径直进了芮堡的大厅,
只见聚集了新娘的一家和客人,
新娘的父亲开腔了,一手按着剑,
(而胆小的新郎不发一言,)
"洛钦瓦爵爷此来是和还是战,
还是为了舞会和婚宴?"

"我久爱令爱遭你拒,
高涨的情潮今已枯,
此来非为叙旧欢,
只想饮一杯,舞一场,
苏格兰多的是神仙女,
谁不想做洛钦瓦的当家妇?"

新娘拿杯吻,勇士接过来,
一饮而尽把杯摔。
她羞脸先看地,长叹不胜悲,
口上露着笑,眼里含着泪,
老夫人正要阻拦,他已接过玉手,
说道:"来同洛钦瓦把舞步走走!"

啊,英武的他! 啊,娇艳的她!

哪个大厅里见过这样的一对花！
老爵爷顿脚，老夫人唠叨，
呆立的新郎弄着缎带和呢帽，
底下伴娘们议论开来，
"只有洛钦瓦才把表姐配！"

偷捏一下手，暗传一句话，
等到跳近门口见有马，
他轻轻一下把姑娘向上送，
自己接着对鞍子飞腾，
"到手了！从此越过关山，
千骑也难把洛钦瓦追赶！"

芮堡里一片上马声，
亲戚朋友全出动，
山上谷里都寻遍，
丢失的姑娘再不见！
这样忠于爱情，不怕战争，
可有第二人能比洛钦瓦的英俊？

华尔特·萨维其·兰陀

(1775—1864)

兰陀是十九世纪浪漫派散文大家,所作《想象的会话》至今有名。他也写诗,有几首小诗写得十分简洁而又余音不绝,这里选译的三首就是。第一首《七五生辰有感》表示"不与人争",实际上他常卷入争端;一看"无人值得我争",就知道口气仍是骄傲的。"生命之火前我把双手烤烘"则更近实况,因为他既爱自然,又爱艺术,确是热烈地生活过的。结句表示年纪已老,死而无怨,有一种古希腊式的宁静。

七五生辰有感

不与人争,无人值得我争,
　　爱的是自然,其次是艺术。
生命之火前我把双手烤烘,
　　火焰低落了,我准备离去。

谈 死 亡

死亡高站我的身后,低下脸
　　对我的耳朵念念有词,
它那奇特的语言我只懂一点:
　　其中无一个怕字。

为 什 么

为什么欢乐总不停留，
而让忧愁占据心头？
我答不了。自然传下了话：
听话！人也就听了话。
我眼见了，却不懂为什么，
刺儿存在，而玫瑰脱落。

乔治·戈登·拜伦

(1788—1824)

拜伦是贵族,但不是当权派,倒是有正义感,反对暴政,初入上议院即替破坏机器的手工业者辩护,后因个人婚姻上的纠纷不见容于英国上层社会,出走意大利,在那里参加烧炭党的抗奥活动,等到希腊人民起而反抗土耳其异族统治,又驰去援助他们,积劳成疾,死于一小岛上,年仅三十六。这样的经历使他的歌颂自由、讽刺伪善的诗篇具有特别的说服力,它们恰好宣泄了当时欧洲有志青年的共同情绪,于是拜伦主义成为一种澎湃于全大陆的情感力量,一个诗人而有如此广大的外国青年引为同志,竞相效法,在世界文学史上实不多见。

这当中,拜伦的诗艺也起了作用。他是一个说故事的能手,又是一个卓越的讽刺家,在这两方面都留下了大部头作品,而两者的结合则产生了长达十六章、一万六千行的讽刺史诗《唐璜》。他又善于抒情,特别善于将抒情糅入叙事与讽刺,因此凡他所作,都具有强大的感染力。

过去人们对拜伦的批评集中于两点:一、情感有些浮泛,有明显的自我戏剧化;二、诗艺不够精湛,经常依赖修辞术。自我戏剧化是有其事的,从而产生了"拜伦式英雄",但不能据此而引申出他的情感一律浮泛的结论,因为事实上他的多数作品说明他是有深刻的爱憎以至悲剧感的。修辞术则是许多诗人所共用,只是有用得高低之别,拜伦是运用的高手,在《哀希腊》等诗内取得了巨大的效果。但是重要的是,他的文字效果主要来自他的真情实感,其强烈实是感情的强烈,而且他不拘成法,妙语泉涌,不断有新的意象和情景使人惊讶,这一切合起来所造成的正是当时浪漫主义所追求的艺术效果。

与别的浪漫主义者不同的,是拜伦还有古典主义的文雅与节制。他所服膺的大师是十八世纪的蒲柏,而蒲柏是诗艺完美的楷模。同蒲柏一样,拜伦在写诗时注意提炼口语体文字的精粹,这一点随着他艺术的成熟而愈显,《审判的幻景》《唐璜》中许多段落是用绝好的口语写成的绝好的闲谈。

《恰尔德·哈罗尔德游记》的一二章是拜伦的成名之作,但是更成熟的却是写于四五年后的三、四两章,我们从第三章选了描写滑铁卢战役前夕舞会的一大段和品评几位启蒙主义大师——卢梭、伏尔泰、吉朋——的几个片断,前者固然是名篇,后者也是极可珍贵的诗体的人物写照,要言不烦而每行都有警句,表明拜伦抓住了他们思想的灵魂。

恰尔德·哈罗尔德游记(选段)

卢　梭①

这儿有自我折磨的狂生卢梭,
生下哭一声,以后也没交好运;
替苦难做使徒,为情欲增魅惑,
还借悲惨发表滔滔的宏论;
疯子他能扮成美人,
丑行邪念他能涂上天仙的异彩,
全仗下笔多彩如霓虹,
妙语闪耀不绝,使人们敞开
流泪,流得伤心又痛快。

伏尔泰与吉朋

洛桑! 费尔尼! 你们沾了荣耀,
靠伟人的居留得了传世的美名。
他们本是凡人,靠走了一条险道,
才赢得千古不朽的声名。
他们是巨大的心灵,誓与天争,
大力神一般,用大胆怀疑去思想,
哪怕招来雷击! 还有雄心
再将天火盗取! 只怕老天难堪,

---

① 本节及下面三节译自第 3 章第 77 及 105 到 107 节。

未必能把人和人的探索欣赏。

一个是火,善变,见异思迁,
孩子般喜怒无常,却又机智灵敏,
时喜时忧,贤者而兼狂狷,
史家,诗人,哲学家,集于一身,
又在人间繁殖了无数子孙,
教他们各种手法,各有所长,
而本人最长冷嘲,能像一阵冷风
吹倒前面的一切阻挡,
今天拉下一个蠢材,明天震撼一个国王。

另一个深刻,沉着,想得彻底,
年复一年蜜蜂般将智慧酿造,
闭门沉思,把学问逐渐累积。
他精炼武器,笑里藏刀,
用俨然的讥笑笑倒了俨然的宗教,
真乃嘲讽之王!这绝妙的一手
刺得敌人们又怕又恼,
信徒们为报复把他往地狱一丢,
这倒能叫所有怀疑派立刻闭口。

波西·别希·雪莱

(1792—1822)

　　雪莱是浪漫派大诗人,在我国与拜伦并称。由于他的理想主义和正义感,很早就与家庭、学校、教会不合,被牛津大学开除之后又因私生活为社会不容,远走意大利,不久在海上遇难身亡,年方三十,但已写下了大量优秀作品,成为英国最重要的诗人之一。

　　他的诗有一些特点:

　　首先,他写诗十分严肃,绝少游戏笔墨。他认为诗人是"未受承认的人类的立法者"。这就是说,凡人类社会的大事,都要由诗人来决策。这似乎有点像古希腊柏拉图主张要由哲学家来统治国家一样地迂阔(而雪莱受柏拉图哲学影响处是不少的),但他是认真说这话的,也是身体力行的。他小时反教会,后来反暴政,向往理想社会,鼓吹革命。这一切,都表现在他的诗里,诗就是他的武器。就以在下面选译的几首诗来说,《奥西曼提斯》的反暴政的主题是十分明显的。奥西曼提斯即公元前十三世纪的埃及王雷米西斯二世,他在平沙无垠的大漠之上树起了庞大的狮身人面像,来纪念自己的威权和业绩。然而雪莱却描写他的所谓盖世功业早为时间所吞没,倒是迫于他的淫威不得不为他刻像的匠人的艺术传了下来。一切写得很具体,没有一句评论而评论自在,而且有对照和讽刺,最后的两行则又使我们感到无尽的回味。

　　这是一首卓越的十四行诗。另一首十四行诗《一八一九年的英国》则几乎是那一年英国现状的鸟瞰图。画面极广(从国王、贵族、大臣到受苦受难的人民,又从军队、法律、宗教到议会政治),涉及具体事件(整个一八一九年是英国历史上极为动荡的一年,特别是由于发生了军警在曼彻斯特城屠杀和平集会的群众的"比德卢"惨案,第七行指的就是这个),然而又透视历史,指出:

　　　　把这些埋葬了,将有神灵跳出坟头,

　　　　一身光芒,来照耀这暴风雨的时候!

这是雪莱的预言,也是雪莱对革命的憧憬。

《致——》是一首爱情诗,但起句却一扫普通爱情诗的俗气:

> 有一个被人经常亵渎的字,
>> 我无心再来亵渎;
> 有一种被人假意鄙薄的感情,
>> 你不会也来鄙薄。

结语把爱情同高远的理想结合在一起:

> 犹如飞蛾扑向星星,
>> 又如黑夜追求黎明。

雪莱也曾放声悲歌。以"啊,世界!啊,人生!啊,时间!"为起句的《悲歌》就是十分有名的例子,几乎可以在所有英国浪漫派诗选里遇见。在这里,有对于时间易逝的感喟,而且诗人力求扩大意境,把世界、人生、时间连在一起;诗句的音乐性也很感人。

另一首《哀歌》更出色。它只有短短八行,前七行写各种风声:粗暴的风,狂野的风,摇撼着森林和大海的狂飙,都在发出声音,而在这一番描写之后,却来了这样出人意料的最末一行:

> 号哭吧,来为天下鸣不平!

它把自然界的风声同人间的不平之鸣连在一起了。诗人不是在抒发个人的哀叹,而是在最关键的位置上点出了诗的主题:要求伸张社会正义。

同样善于运用结语的例子还有《悼万尼·戈特温》一诗。如果说前四行是一种在中外诗歌里都常见到的男女离别的场面,那么最后的两行却又是在柳永式或彭斯式的离别诗里所难于找到的:

> 苦难啊,苦难,
> 这广阔的世界里,竟处处碰到你!

这是一种自然的,却又饱含深意的联系,把一个姑娘的不幸(万尼是自杀的)同世界上的众多苦难连在一起,这就使个人的遭遇获得了更加深远的社会意义。

雪莱诗的音乐效果也起了重大作用。他的诗几乎首首可诵,可歌;他是一个歌唱的诗人，而不是像他的好朋友拜伦那样，常常以口语入诗。有一首情诗《致琪恩》，特别显示了雪莱在创造诗的音乐美方面的非凡成就。

高远的理想，鲜明的自然的形象，随着诗情变化的音乐效果，在有名的《西风颂》里得到了和谐的统一，而此外还得加上一个因素，即严谨的格律。雪莱诗有时不尽协律，但在《西风颂》里，他又一度驾驭了一个对诗人提出了十分严格要求的诗体。单从押韵来说，这诗的每一大节的脚韵安排是aba、bcb、cdc、ded、ee，也就是说前后的诗行之间有呼应，有推进，最后又有小结。五个大节都如此，于是全诗形式完整而又逐步推进，首尾形成一种很有戏剧性的向前的运动。雪莱遵守了这个韵脚安排，然而却又在另外一方面突破了这诗体的束缚，即为了要写出西风的非凡威力，他的诗句不仅跨行，而且越节。这不只是因为写诗的高手总是要从束缚中找自由，而还因为雪莱要充分利用这诗体的特点来表达他的主题，那就是：西风摧枯拉朽，有着巨大的破坏力，但又到处促进新生，因此它既是"破坏者"，又是"保护者"。在前面三大节中，雪莱写西风首先猛扫地球，接着激荡长空，最后摇撼大海，而在作了这一番地、空、海的大翻腾之后，诗调忽然一变——诗人自己出来向西风诉说自己的心情了：

> 如果我能是一片落叶随你飘腾，
> 如果我能是一朵流云伴你飞行，
>
> 啊，卷走我吧，像卷落叶，波浪，流云！
> 我跌在人生的刺树上，我血流遍体！

这是来自灵魂深处的痛苦呼声，而把这种迫切心情毫不掩饰地表达出来，并且进而把个人同大自然打成一片，这正是浪漫主义诗人的本色。然而雪莱的呼喊并不是为了自己，他是要执行诗人作为"人类立法者"的崇高职责，要在这旧物还未尽摧、新芽已经出现的大变革关头，做一把号角，将一个预言传布在人群之中：

> ……啊，西风，
> 如果冬天已到，难道春天还用久等？

一百多年来，当革命者在旧社会的黑暗深渊里感到心情沉重，不少人是吟咏着这两句诗而又重新抬起头来的。

除抒情诗外,雪莱还写了大量叙事诗,哲理诗,时事讽刺诗,两个重要的多幕诗剧,一个以《希腊》为题的"抒情诗剧"等。在这类长诗里,雪莱更多地写反抗,写起义,写理想社会,开辟了新境界。在《解放了的普鲁米修斯》这个诗剧里,就有一段有名的关于未来共产主义式的社会的描绘。在《希腊》一剧里,他也纵观古今,写出了这样富于感情的合唱曲:

> 伟大时代在世界重现,
> 　黄金岁月再来。……
>
>
> 啊,如果人间终须有死亡,
> 　切莫重演特洛伊的故事!……
> 且住! 难道恨和死定要重来?
> 　且住! 难道定要人杀人?
> 且住! 莫把那预言的苦酒
> 　定要喝个一滴不剩。
> 世界已经对过去厌弃,
> 让它就从此安息!

这里出现了一种新的沉痛之感,那最后一节里的几个"且住!"比《西风颂》里的"我跌在人生的刺树上"的呼喊更震撼我们,因为那里毕竟只是一个孤独灵魂的叫声,而这里却有从古希腊以来的人世沧桑的大背景,对几千年历史的沉思给了诗人以更成熟的智慧,因此当他展望新的黄金时代的时候,他也更加脚踏实地,更加沉着了。

奥西曼提斯[*]

> 客自海外归,曾见沙漠古国
> 有石像半毁,唯余巨腿
> 蹲立沙砾间。像头旁落,
> 半遭沙埋,但人面依然可畏,

---

[*] 奥西曼提斯即公元前十三世纪的埃及王雷米西斯二世。他的坟墓在底比斯地方,形如一庞大的狮身人首像。

那冷笑,那发号施令的高傲,
足见雕匠看透了主人的心,
才把那石头刻得神情惟肖,
而刻像的手和像主的心
早成灰烬。像座上大字在目:
"吾乃万王之王是也,
盖世功业,敢叫天公折服!"
此外无一物,但见废墟周围,
　　　寂寞平沙空莽莽,
　　　伸向荒凉的四方。

一八一九年的英国

垂死的老王又疯又瞎,国家之耻!
孽子孽孙的公侯是世人的笑料,
笑他们来自污水又归于污泥。
大臣们不开眼,不动心,不用脑,
只蚂蟥般叮住这英国的衰弱身体,
吸饱了血,才昏昏然不打自掉。
田地荒芜,人民受饿又遭刀砍。
军队乃两刃的剑,一刃劈死自由,
另一刃又威胁着挥剑的好汉。
法律嗜血而拜金,为绞杀先引诱。
宗教无耶稣,无上帝,有经而不看。
议会维护着历史上最残暴的法案——
把这些埋葬了,将有神灵跳出坟头,
一身光芒,来照耀这暴风雨的时候!

西 风 颂

一

啊,狂野的西风,你把秋气猛吹,
不露脸便将落叶一扫而空,
犹如法师赶走了群鬼,

赶走那黄绿红黑紫的一群,
那些染上了瘟疫的魔怪——
啊,你让种子长翅腾空,

又落在冰冷的土壤里深埋,
像尸体躺在坟墓,但一朝
你那青色的春风妹妹回来,

为沉睡的大地吹响银号,
驱使羊群般的蓓蕾把大气猛喝,
就吹出遍野嫩色,处处香飘。

狂野的精灵!你吹遍了大地山河,
破坏者,保护者,听吧——听我的歌!

二

你激荡长空,乱云飞坠
如落叶;你摇撼天和海,
不许它们像老树缠在一堆;

你把雨和电赶了下来,
只见蓝空上你骋驰之处

忽有万丈金发披开，

像是酒神的女祭司勃然大怒，
愣把她的长发遮住了半个天，
将暴风雨的来临宣布。

你唱着挽歌送别残年，
今夜这天空宛如圆形的大墓，
罩住了混浊的云雾一片，

却挡不住电火和冰雹的突破，
更有黑雨倾盆而下！啊，听我的歌！

三

你惊扰了地中海的夏日梦，
它在清澈的碧水里静躺，
听着波浪的催眠曲，睡意正浓，

蒙眬里它看见南国港外石岛旁，
烈日下古老的宫殿和楼台
把影子投在海水里晃荡，

它们的墙上长满花朵和藓苔，
那香气光想想也叫人醉倒！
你的来临叫大西洋也惊骇，

它忙把海水劈成两半，为你开道，
海底下有琼枝玉树安卧，
尽管深潜万丈，一听你的怒号

就闻声而变色，只见一个个

战栗,畏缩——啊,听我的歌!

四

如果我能是一片落叶随你飘腾,
如果我能是一朵流云伴你飞行,
或是一个浪头在你的威力下翻滚,

如果我能有你的锐势和冲劲,
即使比不上你那不羁的奔放,
但只要能拾回我当年的童心,

我就能陪着你遨游天上,
那时候追上你未必是梦呓,
又何至沦落到这等颓丧,

祈求你来救我之急!
啊,卷走我吧,像卷落叶,波浪,流云!
我跌在人生的刺树上,我血流遍体!

岁月沉重如铁链,压着的灵魂
原本同你一样:高傲,飘逸,不驯。

五

让我做你的竖琴吧,就同森林一般,
纵然我们都叶落纷纷,又有何妨!
我们身上的秋色斑斓,

好给你那狂飙曲添上深沉的回响,
甜美而带苍凉。给我你迅猛的劲头!
豪迈的精灵,化成我吧,借你的锋芒,

把我的腐朽思想扫出宇宙，
扫走了枯叶好把新生来激发；
凭着我这诗韵做符咒，

犹如从未灭的炉头吹出火花，
把我的话散布在人群之中！
对那沉睡的大地，拿我的嘴当喇叭，

吹响一个预言！啊，西风，
如果冬天已到，难道春天还用久等？

悼万尼·戈特温*

离别时我听她声音发颤，
　　却不知她的话来自碎了的心。
我径自走了，
　　未曾留意她当时的叮咛。
　　　苦难啊，苦难，
　　　这广阔的世界里，竟处处碰到你！

致——

有一个被人经常亵渎的字，
　　我无心再来亵渎；
有一种被人假意鄙薄的感情，

---

* 万尼·戈特温实是万尼·伊姆莱，乃女权运动先驱者玛丽·伍尔斯通克拉夫特同她以前的情人
吉尔勃特·伊姆莱所生，后玛丽嫁戈特温，她也被收留在后父家，因此算是雪莱妻子玛丽·戈特
温之姊，她自悲身世，于一八一六年九月最后见了雪莱一面之后，于十月自杀。雪莱此诗当时并
未发表，是后来在遗稿里发现的。

你不会也来鄙薄。
有一种希望太似绝望，
　　　又何须再加提防！
你的怜悯无人能比，
　　　温暖了我的心房，

我拿不出人们所称的爱情，
　　　但不知你肯否接受
这颗心儿能献的崇敬？
　　　连天公也不会拒而不收！
犹如飞蛾扑向星星，
　　　又如黑夜追求黎明，
这一种思慕远处之情，
　　　早已跳出了人间的苦境！

悲　歌

一

啊，世界！啊，人生！啊，时间！
登上了岁月最后一重山！
　　　回顾来路心已碎，
昔日荣光几时还？
　　　啊，难追——永难追！

二

日夜流逝中，
有种欢情去无踪，
　　　阳春隆冬一样悲，
心头乐事不再逢。

啊,难追——永难追!

哀　歌

号啕大哭的粗鲁的风,
　　悲痛得失去了声音;
横扫阴云的狂野的风,
　　彻夜将丧钟打个不停;
暴风雨空把泪水流,
树林里枯枝摇个不休,
洞深,海冷,处处愁——
　　号哭吧,来为天下鸣不平!

希腊(选段)①

合　唱　曲

伟大时代在世界重现,
　　黄金岁月再来。
大地脱下冬衣,
　　犹如蛇换旧蜕。
天笑了,帝国与宗教只剩微光,
像是梦已逝而影未亡。

山头昂立着新的希腊,
　　海水更加宁静。

---

① 一八二一年希腊人民举行了反对土耳其统治的起义,雪莱闻讯,仿古希腊悲剧家埃斯库罗斯的
《波斯人》一剧的体裁,写了一个以《希腊》为题的诗剧作为庆祝。剧本身并非雪莱最优秀的作品,
但其中的合唱曲,尤其是这里所译的最后一曲,表现了诗人对人类复兴的理想,至今盛名不衰。

班尼河涌流如泉，

　　天空闪着晨星。

月桂女神笑盈盈，她喜见

阳光下群岛在海上安眠。

更高的楼船破浪而进，

　　载着后世的珍奇；

另一代的曲子在奏鸣，

　　多情的歌手哭泣了就死寂；

新的探险者毅然航归家乡，

虽然异域有迷人的姑娘。

啊，如果人间终须有死亡，

　　切莫重演特洛伊的故事！

也不要在自由人的欢乐里，

　　又掺上杀父娶母的狂与耻！

尽管会有更神秘的人面兽，

叫行人把死之谜猜个透。①

另一个雅典将兴起，

　　像霞光照亮整个天空，

把那盛世的灿烂光华，

　　传向辽远的后代子孙，

凡上天能给、人间能收的一切

都将留存——只要光明不灭。

时间与爱神从长眠中跃起，

---

① 此节特洛伊故事指的是古希腊诸邦与特洛伊的战争。杀父娶母事指希腊神话中俄狄浦斯之所
为，他曾解答狮身人面兽所出的谜，救了底比斯人，后误杀父亲并娶了母亲，发觉后自刺双目，流
浪而死。但当时人面兽问的是生之谜，此处雪莱故意改为死之谜，表示以后会有人被死亡的神秘
所吸引。

光彩和善良胜过倒下的众神，
也比那升天的一人幸运，①
　　更无论还在迷信的人群。
新的祭坛上不要金和血，
　　只须献出真诚和纯洁。

且住！难道恨和死定要重来？
　　　且住！难道定要人杀人？
且住！莫把那预言的苦酒
　　定要喝个一滴不剩。
世界已经对过去厌弃，
　　让它就从此安息！

致 琪 恩 *

——随赠六弦琴一架

爱丽尔致蜜兰达：
请把这音乐的仆人收下，
看在送它的是你的仆人；
请教它你会的全部和声，
不是任何别人，只有你

---

① 雪莱对此有注：倒下的众神指古希腊、亚洲和埃及的神，升天的一人指耶稣。雪莱以为耶稣虽系
完人，然由于受到教会利用，因此也不幸。

* 此诗是雪莱写给琪恩·威廉斯的。琪恩的丈夫爱德华·威廉斯是雪莱在意大利时期的好友，后
来雪莱航海遇难，爱德华同行，也葬身鱼腹。对一个朋友之妻表达爱慕之情，是颇难下笔的，雪莱
乃运用了一种文学手法，即假托琪恩为莎士比亚（诗中的"大手笔"即指他）的剧本《暴风雨》中的
女主角蜜兰达，将爱德华比作同蜜兰达结婚的腓迪南王子，而自比为受蜜兰达之父普洛士帕罗差
遣的小精灵爱丽尔，表明他如何长期默默地追求着蜜兰达，一直暗中保护着她，而今日赠琴，所祈
求的无非是她能对他"今天赐一笑，明天歌一曲"而已。
　　由于用了上述文学手法，此诗写得风流蕴藉，吐露了爱情而又不过分，甚为得体，可见雪莱这
位浪漫派并不老是捧出赤裸裸的感情，而是也能写得很文明的。
　　诗又表达了音乐的力量。雪莱的诗本来就以音乐性著称，在这里他更是通过节奏、脚韵、双
声、叠韵等的运用，把六弦琴善于"弹奏一切和谐的乐音"一点写得酣畅、生动。但他又强调一点，
即琴只在知音者手里才达到最好效果，"感得深才奏得妙"，而把"最神圣的绝唱"留给琪恩独赏。
换言之，音乐当中，要有真感情。

才能使欢乐之神奏起，

乐极了又自悲身世，

将喜歌变成了哀诗。

得到你的王子腓迪南的恩准，

并奉了他亲自的命令，

可怜的爱丽尔献这无言的薄礼，

它代表有言也说不出的心意。

他本是你的护神，几番死生，

一直把你的快乐追寻，

只在你寻到了幸福，

爱丽尔也才能有福。

像大手笔的诗句所吟，

他从普洛士帕罗的仙洞出行，

引你渡过海洋的无路之路，

走向那不勒斯的王座，

他腾空飞在你的船前，

像一颗流星活现。

你死了，月亮顿时无光，

昏倒在阴暗的地方，

但不及爱丽尔心里凄凉，

由于不见了你这姑娘。

等你重新活在人世，

爱丽尔又来服侍，

像隐形的生辰之星，

引你穿越生命的海程。

自从你和王子相爱，

变化不断而来，

只有爱丽尔追踪你的脚步，

听你随意吩咐，

如今他卑微然而快乐，

往事也就全都忘却。

不幸他已不是无拘的精灵，
由于犯错而锁在肉身，
这一下犹如进了坟墓，
不得不向你求助：
为了报他的忠心，解他的忧郁，
能否今天赐一笑，明天歌一曲？

乐器师精心做了此琴，
弹奏一切和谐的乐音，
他为此伐了一树，
树在阿本宁山的风雪高处，
那里森林摇晃着进入冬眠，
众树都睡得神仙一般香甜，
有的梦见昨天的秋阳，
有的梦见快来的春光，
有的梦缀满四月的花朵和雨点，
有的梦唱出了七月的闺怨，
所有的梦都梦见了爱神，
这时候死去该有何等风情！
树儿梦中被伐，毫不觉痛，
现在以更美的形体重生。
乐器师在天堂最美的星下，
雕制了这架心爱的吉他，
教它能对所有的知音，
发出相应的歌声。
它能温柔如你的话语，
用多情的声调吐露：
深山老林藏智慧，
幽谷清风送安慰。
它学到了所有乐曲，
不论来自天空或泥土，
来自森林或山岗，

还有喷泉的流响，

山峰的清脆回声，

溪水的柔和清音，

鸟和蜜蜂的旋律，

夏天海洋的低语，

雨的拍打和露水的呼吸，

以及黄昏的歌；它熟悉

那难得听到的神秘声音

在做着日常的巡行，

飘过无边际的白天，

唤起我们世界处处的火焰。

这一切它懂得而不透露，

除非来人能够以情相诉，

触动它身上的音乐之神，

问得好也答得灵，

感得深才奏得妙，

除非早有旧恨待表，

休想从它身上探询

昔日的秘密神韵！

遇有高手来弹弄，

琴儿才放声而歌颂，

但把最高最神圣的绝唱，

留给我们亲爱的琪恩独赏。

解放了的普鲁米修斯（选段）*

未来的社会

瞧，宝座上再无王侯，人们昂首阔步，

---

* 选自第 3 幕第 131—135、153—163、193—204 行。

像神仙般自由结伴，没有诌媚，
没有践踏，人的额角上再不刻写仇恨、
轻蔑、恐惧，既不自怜也不自鄙……

史人也洒脱、美丽、仁慈，一如
那向大地洒下光和露水的蓝天，
体态轻盈，光彩夺目，再没有
旧风俗打下的污渍，完全纯洁；
谈吐生智，而过去她们不敢思想，
真情坦露，而过去她们不敢感觉，
她们变了，过去不敢做的全实现了，
这一变使人世成了天堂；再没有骄傲、
猜疑、妒忌、恶意中伤，再也不胸藏
怨恨，让它那最毒的毒汁
破坏爱情的疗治创伤的甜味。

可憎的面罩脱下了，人又重新变得
自由，不受管辖，不受限制，真正的
人，平等，没有阶级、种族、国家，
没有恐惧、迷信、等级，每人都是
自己的王，公正，温和，聪明，可是人
就没有热情？——有的，但无内疚，
无悲痛，这些本是人的意志所造成；
也超脱不了机缘、死亡、变化，
但能驾驭它们，使它们不能再阻碍
人心飞越天上最高的星，
进入那隐约可见的无限空间。

威廉·莫里斯

（1834—1896）

一个巨人在十九世纪后半叶崛起于英国,他一身而兼北欧古语言学者、诗人、小说家、翻译家、家具制作者、室内装饰家、书法家、印刷字体设计者、特殊精装本出版者、杂志主编、社会主义活动家。而且不管什么行业,几乎凡他手指所触,都造就第一流的成绩。以诗而论,主要作品之一《地上乐园》(1868—1870)就是长达四卷的巨制。这当中,抒发情感,描写风物,讲述故事,无一不精,就连卷首那段"歉词",也为人引用至今,半因其措辞洒脱,半因其韵律带有中古的行吟余音:

> 我无法歌唱天堂或地狱,
> 我无法减轻压在你心头的恐惧,
> 无法驱除那迅将来临的死神,
> 无法招回那过去岁月的欢乐,
> 我的诗无法使你忘却伤心的往事,
> 无法使你对未来重新生起希望,
> 我只是个空虚时代的无用诗人,

（朱次榴译文）

当然,这只是在作诗,事实上,这位诗人一点也不是"无用"的,他关心实际,而且随着时间的推移,越来越多地参加各种活动,大量的文艺创作和工艺制作之外,又卷入了政治斗争。一开头是自由主义民主派,从一八八三年起又变成社会主义者,一八八五年第一次因政治活动被捕,一八八七年"血腥的礼拜天"事件中他同失业工人并肩游行,遭到警察镇压,幸免于难。

他的诗歌创作也有相应的发展。

前期,他主要写叙事诗,神往于中古的英雄美人,成名之作《为吉尼维亚辩护及其他》(1858)写的是亚瑟王的王后同他部下一个武士恋爱的历史故事;接着而来的《地上乐园》是古代故事和中古传奇的大合集,一共二十四篇,颇多动人之作,而在故事与故事之间作为插曲的每个月份的赞歌则是优美的抒情诗。稍后,他又出版了《西格特与尼布龙根族的败亡》(1877),诗风一变,用古朴、刚劲的句子写北欧英雄的悲壮故事,叙事艺术达到了新的高峰。

《洪水中的干草堆》就是叙事诗。它篇幅不长,然而充满了戏剧性,三个主要人物的性格都鲜明突出。过去蒲柏曾纯熟地运用来写社会讽刺诗的双韵体现在居然也能用来写战斗,而且脚韵虽双双连续出现而不使人感到机械或刺耳,故事一直在迅捷开展,就现出莫里斯的功力。

后期,他主要写以工人斗争为主要题材的短诗,如《为社会主义者唱的歌》(1884—1885),其中不少是在街头游行示威或与警察冲突后立即下笔的,笔锋还带着热腾腾的斗争气息。也有用中古民歌为底本的仿作,如《我的与你的》:

> 世乱盖源于两字,
> 无非你我各为私,

所宣传的仍然是社会主义的道理。在这等地方,莫里斯继承了宪章派诗歌的传统,但克服了他们的标语口号化,由于他诗才更高,更会运用语言,特别在韵律方面远比他们丰富而多变化。即使他写失败,写死亡,气氛也是悲壮而不凄惨:

> 是谁在行进——从西向东来到此地?
> 是谁的队伍迈着严峻缓慢的脚步?
> 是我们,抬着富人送回来的信息——
> 人家叫他们醒悟,他们却如此答复。
> 别说杀一人,杀一千一万也杀不绝,
> 杀不绝,就别想把白昼之光扑灭。

——《死之歌》(飞白译文)

除了短诗,后期也有一个较大作品,即一千二百行的长诗《希望的香客》(1886),主题是巴黎公社的斗争。在当时的著名诗人中,没有另一个曾花这样的大力,用这样多的篇幅去写巴黎公社。在艺术上,此诗也有特色,仍然是两行一韵的双韵体,但是每行长达十四五个音节,有一种奔腾向前的气势,语

言则是略带古朴的口语体,素净而亲切,写得实在,又写得充满激情,例如描述初听公社已经建立时的心情:

> 终于来了那盼而又盼的一天,我知道了生命的价值,
> 因为我看到了从未见过的景象——一整个民族人人欢欣,
> 我这才知道我们常说的未来前景,
> 自己曾在悲伤和痛苦中宣传过的,但心里也曾怀疑,
> 不知道这是产生于对当今的绝望还是对将来的希冀——
> 而现在我亲眼看到了,实实在在,就在身边。

可惜的是,这首诗没有最后完成,有些地方还需加工。但是无论如何,我们已经看到一个有共产主义理想又有卓越诗才的第一流诗人出现在英国诗坛之上了。

斗争和对将来共产主义式社会的展望也使他在后期写了两部长篇散文幻想故事,即《约翰·波尔之梦》(1888)和《乌有乡消息》(1891)。它们也是至今有人爱读的优秀作品。

但是不论前后期,有一些东西又是贯穿始终的。莫里斯自称是"梦幻者",此话并不错,只不过他梦的是一个能够产生真正艺术品的安乐而有创造性的社会。他在牛津上学的时候,受到老师罗斯金的影响,后来又参加了先拉斐尔派的活动,曾经研究十四世纪的教堂建筑,为它们的朴实坚固而又很美的石工所吸引。中古的日常用品也是十分耐用,而在造型上又是十分的美。回头来看十九世纪下半叶的英国,他发现环境恶化了,日常用品质地单薄、造型庸俗,建筑和建筑的内部装饰都表现出低级趣味。他不明白:为什么同样是一个匠人,在十四世纪能创造美的物品,到了十九世纪就不能?在读了马克思的《资本论》之后,莫里斯找到了一个答案,那就是:因为现代工人是雇佣劳动者,受资本家的剥削,劳动只是一种苦役,从中得不到愉快,哪里谈得上尽心去创造美?他提出过一个有名的定义,说"艺术者,人在劳动中的愉快之表现也"(《人民的艺术》,1819)。同时,他认为艺术制成品应对全社会有用,人们在使用中也感到愉快。他也曾想凭几个人的努力去同商业化的工艺制作抗衡,为此组织了一个公司,自己动手来设计和制作墙纸、挂毯、纺织品、家具等,也得到了成功,但是很快他的图案就为资本家的工厂模仿了,在模仿的过程里又庸俗化了。所以最后他断定了一点,即必须改革整个社会制度,才能有真正

的艺术。他追求的是美,而结果找到了社会主义。这是发展,也是连续,前后是一贯的。

而他所谓美,也不是那种娇弱的阴柔之美——尽管他初期诗作里的花月描写也是十分出色的——而是一种北欧勇士式的阳刚之美:高大,英挺,勇敢,坚决,有至死不改的信念,又有动手干实事的本领。

他崇拜十四世纪的汉子与北欧森林和海边的英雄,都因为他们是这种抗拒命运的不屈者;而到了十九世纪末期,人们似乎都缩小了软弱了,但他仍在斗争的人们——伦敦街头示威的工人、巴黎公社里的战士——当中寻找新一代的英雄。其实,他自己就是这样的一个英雄人物,在外表上也是昂藏六尺的丈夫,美髯公,行动敏捷,目光如炬。他的工作、斗争和人品赢得了萧伯纳那样一个不轻易赞许别人的青年改革家的衷心佩服;十九世纪八十年代后期,萧曾同他一起在伦敦街头游行过;十年以后莫里斯逝世了,萧作了这样的悼词:

> 一想起莫里斯,我就满心愉快。我同他的交往使我完全满意;如更有
> 所求的话,那就是太不知道感恩了。他虽死犹生;只有你自己死了,才会
> 真正失去他。在此之前,让我们庆幸能有他的存在吧。

希望的香客(选段)*

> 这样一天一天过去,
> 我变得忧郁,沉思,于是有一个晚上,
> 我们坐在房里,傍炉拉杂而谈,
> 但主要是谈战争以及战争会带来的种种,
> 因为巴黎已接近陷落,各种希望油然而生,
> 在我们信共产主义的人中间;我们谈到了该做的事,
> 当德国人走了,在疮痍满目的法兰西,
> 只剩下两类人对立:叛卖者和被叛卖者。

---

* 《希望的香客》是写巴黎公社的长诗,这里几段写三个有共产主义理想的英国人——一对夫妇和另一个男子——越海而去巴黎助战的情况。诗人用多音节的长长诗行写出了公社所激起的空前希望和国际主义感情,同时又富于人情味,使人感到亲切。

那盼望已久的日子终于降临巴黎:邪恶的侏儒发狂,
举刀一砍,想要摧毁巴黎,却不料刀断人亡;
巴黎自由了,城里再无敌人和白痴,
而今天的巴黎,明天会变成全部法兰西。
我们听到了,我们的心在说:"不消多久,整个地球……"
终于来了那盼而又盼的一天,我知道了生命的价值,
因为我看到了从未见过的景象——整个民族人人欢欣,
我这才知道我们常说的未来前景,
自己曾在悲伤和痛苦里宣传过的,但心里也曾怀疑,
不知道这是产生于对当今的绝望还是对将来的希冀——
而现在我亲眼看到了,实实在在,就在身边。

　　　　　　　*　　*　　*

是的,那些时刻太美好了,不管以后会有什么出现,
它们冲走了我们的忧郁,冲走了对于凄迷家宅的怀念。
但我们越海而来不是仅仅为了圆梦欢庆,
那一天我们送交了朋友们为我们写的信,
我们渴望为革命做点工作,而又有什么工作在等待,
除了我们三人想做的那种? 于是我们拿出所有能耐,
终于两个人赢得了军士的肩章,
由于我们确实干得努力,干得欢,
我的朋友有他那遮掩不住的真本领,愉快而能干,
但又不使任何他要超越的人感到丝毫难堪。
至于我的妻子,她戴上了担架队员的白袖章,
温柔而勇敢地为我们服务,把大家的姊妹充当——
在陌生人当中是姊妹——唉,对我也只是姊妹一般!

威廉·巴特勒·叶芝

（1865—1939）

诗人总是有所发展的，叶芝的特别之处在于，他不仅从象征主义发展到现代主义，而且还超越现代主义，年纪老了，仍然写出很有劲头的好诗。

有两样东西一明一暗地闪现在叶芝的诗里，一个是爱尔兰民族解放运动，一个是他个人的一套神秘主义体系。他同两者都有微妙的关系。简单地说，前者使他的诗增加了英雄主义的色彩，而这在现代英语诗里是少见的——虽然他本人对民族解放运动，特别是武装斗争有保留；后者是叶芝本人用心构筑的，但却没有毁了叶芝的诗，其情况有如叶芝本人所服膺的布莱克。

在这些之上，有叶芝的诗才吸收一切，溶化一切。他的理想世界是脱去了人间生死哀乐，只有永恒的艺术的拜占庭之类的地方。这是虚幻的，然而他能写出追求这样一个世界的实际的人的心情，他们的忧虑和憧憬是实在的。他在《二次圣临》这首诗里所写的现代西方文明的绝境：

> 万物崩散，中心难再维系；
> 世界上遍布着一派狼藉。

（傅浩译文）

也是第一次世界大战以后的欧洲的写照。当他写爱尔兰解放运动的时候，他的诗进入另一种境界。一方面他不讳言自己平时对运动中某些人的厌恶和鄙视，但又能够写出起义虽失败，却使每个参加者都变得崇高了：

> 但一切变了，彻底变了，
> 一种可怕的美已经诞生。

——《一九一六年复活节》（查良铮译文）

这一种悲壮心情使他的诗行也带上英雄光泽，同时表现出诗人有高度的诚实，没有浮泛的感伤情绪。

叶芝初期的诗作是写得绝美的：朦胧，甜美而略带忧郁，充满了美丽的辞藻，但他很快就学会写得实在、硬朗，而同时仍然保留了许多美丽的东西。他的诗歌语言既明白如话，又比一般白话更高一层，做到了透亮而又深刻。就像《外衣》那样不过八行的小诗，也是在优美的比喻之后来了清醒的现实感，最后归纳成为既有印象又有哲理的两行：

因为需要更大勇气
才敢于赤身行走。

（傅浩译文）

可惜的是，这一点他在语言上做到了，但在思想上没有做到，神秘主义是比任何神话更沉重的外衣。《驶向拜占庭》整诗是一大象征，然而其中有极为普通的道理，用最实在的普通语言点明：

一个老人不过是废而无用，
像一根竹竿上的褴褛衣衫

（傅浩译文）

第一行是很少入诗的陈述句，第二行是来自日常生活的普通话，但两者合在一起就产生了神奇的效果：前者变成警句，后者变成确切的比喻。叶芝诗才的力量于此可见。

叶芝还写过诗剧，他同格里高利夫人一起主持的阿贝戏院在爱尔兰文艺复兴中起了重要作用。

与叶芝同时或稍后的诗人，大多佩服他的诗才。他于一九二三年获诺贝尔文学奖。一九三九年正是欧洲双方准备大打的时候，他在战云笼罩下的法国悄然去世。然而悼念他的诗陆续出现，其著者如奥登所作。三十年代之初，在编《牛津现代英诗选》时，叶芝曾说他自己的诗不及奥登等青年诗人那样有时代感，当时奥登他们所师法的艾略特更是风靡一时，但是今天多数的批评家则认为叶芝的成就远远超过他们，他才是二十世纪上半叶最重要的英语诗人。

没有第二个特洛伊*

我有什么理由怪她使我痛苦,
说她近日里宁可把最暴烈的行动
教给那些无知的小人物,
让小巷冲上去同大街抗衡,①

如果它们的勇气足以同欲望并肩?
什么能使她平静,而心灵
依然高贵,纯净有如火焰,
她的美又如强弓拉得绷紧,
这绝非当今时代认为自然,
由于它深远、孤独而又清高。
啊,这般天性,又怎能希望她改换?
难道还有一个特洛伊供她焚烧?

一九一三年九月**

你们需要什么? 为什么神志清醒了,
却还在油腻的钱柜里摸索寻找,
在一个便士上再加半个便士,
战战兢兢地祈祷之后再作祈祷,

---

* 古希腊时期,特洛伊王子帕里斯到希腊一城邦做客,受到款待,他却引诱王后海伦与之私奔,于是引起十年战争。海伦是有名的美人。诗中的"她"指叶芝追求多年而不得的毛德·岗,他把她看作第二个海伦。特洛伊最后为希腊联军攻陷,全城大火,所以有末行的"焚烧"。全诗大意是:毛德·岗参加爱尔兰独立运动,出于她高贵的天性,但当前的世界是庸俗的,过去的英雄时代不可能再来。

① 指毛德·岗同情贫民,号召他们起来反对上层人物,故云。

** 此诗的起因是:休·联爵士愿将其所藏法国印象派名画捐献给都柏林市,条件是该市能建造一座画廊,不意遭到许多阻碍,于是撤回捐献(虽然后来在他死后实现了此事)。叶芝对此深有所感,写了此诗,慨叹爱尔兰人的庸俗保守。诗中的"你们"指都柏林市的有钱市民。

直到骨子里骨髓全部干掉？
人们生下来只是为了祈祷和贮蓄，
浪漫的爱尔兰已经死了完了，
随着奥利莱进了坟墓。①

他们可是另外的一群，
提起名字就会止住你们的嬉笑。
他们在世上犹如狂飙掠过，
但没有时间用来祈祷，
绞刑吏早为他们结好绳套，
天知道他们有什么可以贮蓄！
浪漫的爱尔兰已经死了完了，
随着奥利莱进了坟墓。

难道孤雁长飞②，在每个海洋上
展翅，就是为了这样的局面？
为了它流了多少的血，
费兹求洛③把生命贡献，
艾密特④和吴夫·董⑤上了刑台，
勇士们慷慨地抛出了头颅？
浪漫的爱尔兰已经死了完了，
随着奥利莱进了坟墓。

如果我们能倒转岁月，
唤回那些被放逐的人们，
连同他们的孤独和痛苦，

---

① 约翰·奥利莱(1830—1907)，爱国志士，终生为爱尔兰独立而奋斗，曾因此坐牢与流亡。
② 指流亡在外的爱尔兰天主教徒。
③ 爱特华·费兹求洛勋爵(1763—1798)，发动抗英起义，受伤而死。
④ 罗伯特·艾密特(1778—1803)，1802年发动抗英起义，失败后被处死。
⑤ 吴夫·董(1763—1798)，爱尔兰志士，曾引进法军助战，但为英军俘获，死于狱中。

你会喊:"哪一个金发女人
使得每个母亲之子这般疯狂!"
他们对自己付出的看如尘土。
让他们去吧,他们已经死了完了,
随着奥利莱进了坟墓。

歌

我以为保持青春
只需要不忘
哑铃和练剑,
就可以使身体少壮。
啊,谁能预料
心会变老?

我会说许多话,
但哪个女人会满意?
因为我已不再昏眩,
当我接近她的身体。
啊,谁能预料
心会变老?

我没有失去欲望,
只丢了过去的那颗心,
我以为等我临终,
它会点燃我的肉身,
可是谁能预料
心会变老?

以后呢？

小学里的好朋友都认为
他长大准会出名，
他自己也这样认为，
整个青春都苦干不怕累，
"以后呢？"柏拉图的鬼魂小声问。

他写的文章都有人爱，
过了几年他就赢得荣名，
有足够的钱够他花费，
有称得上朋友的朋友往来，
"以后呢？"柏拉图的鬼魂小声问。

他的一切美梦都已实现，
房子,老婆,儿女等等,
园子里有花又有菜田,
诗人墨客围着他转；
"以后呢？"柏拉图的鬼魂小声问。

他老了,心想"该做的都已做成,
童年的计划样样顺利,
让傻瓜们胡说去,我不改初衷,
事业达到了完美的顶峰"。
柏拉图的鬼魂大声问:"以后呢？"

艾特温·缪亚

（1887—1959）

　　缪亚，苏格兰人，是英国二十世纪的重要作家，做了许多工作，例如介绍过卡夫卡的作品，写过有关小说结构的颇有见地的专著，但主要是一个诗人。他爱苏格兰，但认为时至二十世纪，不宜于再用苏格兰方言写作，因此而与休·麦克迪儿米德有一场很激烈的争论。他本人的诗是完全用英语写的。

　　他的诗采用传统的形式，但在内容上多所扩展，例如对于时间问题、善恶问题、现代世界上的流亡和隔离等现象都有新的探讨。《格斗》一诗中含有对现代残酷战争的比喻，然而又指出真正失败的未必是显然居于劣势的弱者；而《马》这首被誉为"原子时代的伟大而可怕的诗篇"（T. S. 艾略特语）[1]，更是通过一群马的重来表明在一场核战的浩劫过后人也许能从归真返璞中得到希望。

　　在写法上他着重准确，即要写出真情实感，恰如其分，不夸张，但也不浮泛。他似乎写得很"实"，但又常有一种梦幻式的气氛，往往实笔只是一种比喻，一种象征，背后还有更大更深厚的东西。显然，他受到了他所翻译的卡夫卡的影响；所不同的，是他并不给人阴郁的印象。

　　在这个意义上，他是一个没有现代派外表的真正的现代派。在他的传统式的明白晓畅后面有着现代的敏感和深刻；他似乎简单易懂，但又经得起一再重读。没有几个二十世纪的诗人具备这两重品质，即既有可读性，又有可发掘性。

---

　　① 见《缪亚诗集》（伦敦，1952）前言。

堡　垒 *

整个夏天我们过得安心，
每天从城墙垛口
看麦田里收割的人们，
半英里外来了敌兵，
似乎还不成威胁的气候。

我们以为无须担心，
有武器，有给养，一箱又一箱，
我们的城墙高耸，叠叠层层，
友邻的盟军正在开近，
沿着每条绿荫的夏天路上。

我们城门坚固，城墙厚实，
石头又高又滑，没有人站得住
脚跟，没有任何诡计
能骗过我们，叫我们降或死，
只有小鸟才能把阵地飞渡。

他们能拿什么来诱引？
我们队长英勇，我们自己忠于国……
有一扇私家的小门，
一扇该死的小小篱笆门，
一个干瘪的管事让他们通过。

---

* 这首诗可以有几种解释：一个是它针对苏格兰的历史，指出苏格兰之并入英格兰，是由于少数苏格兰败类受到金钱的诱惑，出卖了祖国。这也是过去彭斯的看法，具见其诗篇《这一撮民族败类》。另一个解释是：此诗针对一般的情况，说明往往一个国家的失败，是因为内部有人被敌人用金钱收买了。很可能，在缪亚的思想里这两种看法是并存的，而以后者为主。缪亚是卡夫卡的英译者，他的诗里常有虚实并存，而化实为虚，通过局部而看全体的情况，有如卡夫卡的《审判》。

啊,一下于我们曲折的地道
变成脆弱而不能信赖,
没有哼一声,我们的事业已经摧倒,
有名的堡垒也被端掉,
暴露了它所有的秘密的台阶。

这可耻的故事该怎么说?
我到死都要坚持:
我们被出卖了,无法挽救,
黄金是我们唯一的敌国,
而对它我们没有作战的武器。

证　实 *

是的,亲爱的,你这张脸正是人的脸,
我在心里等待它已经多年,
我见过虚假而追求真诚,
终于发现了你,像旅人发现一个
欢迎站,却处在错误的
山谷、岩石和急转的土路之间。可是你,
我该怎么叫你? 沙漠里的喷泉,
一个干燥的国家里一泓清水,
或者任何诚实的好东西,有一双眼睛
会照亮整个世界,一颗开放的心,
真诚地给人东西,给最本质的行动,
第一个美好的世界,花朵、发芽的种子,
炉火,坚毅的大地,流荡的海,

---

* 缪亚的情诗之一,写得准确,没有把爱人理想化,"不是每一部分都美或者稀罕",而着重一切是
"艳",即人的本质。这样的情诗同那种伤感的、卿卿我我的传统情诗是大异其趣的。

并不是每一部分都美或者稀罕，

而像你自己，正是它们的本色。

马 *

那场叫世界昏迷的七日之战过后

不过十二个月，

一个傍晚，夜色已深，这群奇怪的马来了。

那时候，刚同寂静订了盟约，

但开始几天太冷静了，

我们听着自己的呼吸声音，感到害怕。

第二天，

收音机坏了，我们转着旋钮，没有声音；

第三天一条兵舰驶过，朝北开去，

甲板上堆满了死人。第六天，

一架飞机越过我们头上，栽进海里。

此后什么也没有了。收音机变成哑巴，

但还立在我们的厨房角落里，

也许也立在全世界几百万个，

房间里，开着。但现在即使它们出声，

即使它们突然又发出声音，

钟鸣十二下之后又有人报告新闻，

我们也不愿听了，不愿再让它带回来

那个坏的旧世界，那个一口就把它的儿童

吞掉的旧世界。我们再也不要它了。

有时我们想起各国人民在昏睡，

弯着身子，闭着眼，裹在穿不透的哀愁之中，

---

* 这是缪亚的名作之一，受到普遍赞扬。诗人假想一场原子大战过后，生活回到了单纯朴素的农耕
时代，一群神秘的马到来，象征着一种古老的友伴关系的重新恢复。"自由的服役"是他强调的一
点。

接着我们又感到这想法的奇怪。
几辆拖拉机停在我们的田地上,一到晚上
它们像湿淋淋的海怪蹲着等待什么。
我们让它们在那里生锈——
"它们会腐朽,犹如别的土壤。"
我们拿生了锈的耕犁套在牛背后,
已经多年不用这犁了。我们退回到
远远越过我们父辈的地的年代。
　　　　　　接着,那天傍晚,
夏天快结束的时候,那群奇怪的马来了。
我们听见远远路上一阵敲击声,
咚咚地越来越响了,停了一下,又响了,
等到快拐弯的时候变成了一片雷鸣。
我们看见它们的头
像狂浪般向前涌进,感到害怕。
在我们父亲的时候,把马都卖了,
买新的拖拉机。现在见了觉得奇怪,
它们像是古代盾牌上名驹
或骑士故事里画的骏马。
我们不敢接近它们,而它们等待着,
固执而又害羞,像是早已奉了命令
来寻找我们的下落,
恢复早已失掉的古代的友伴关系。
在这最初的一刻,我们从未想到
它们是该受我们占有和使用的牲畜。
它们当中有五六匹小马,
出生在这个破碎的世界的某处荒野,
可是新鲜活跳,像是来自它们自己的伊甸园。
后来这群马拉起我们的犁,背起我们的包,
但这是一种自由的服役,看了叫我们心跳,
我们的生活变了;它们的到来是我们的重新开始。

休·麦克迪儿米德

（1892—1978）

　　麦克迪儿米德是一个雄狮般的人物，身材不高，却精力充沛，斗志旺盛，在政治上他是苏格兰民族主义者和共产主义者，在文学上他把苏格兰民间文学的传统同二十世纪欧洲的诗歌敏感结合起来，实现了至今为人乐道的"苏格兰文艺复兴"。他是现代西方文坛上最有争论的人物之一，但是怎样争论，谁也争论不掉他在诗歌创作上的巨大成就，特别是早年用一种他特创的苏格兰语（称为 Lallans）写成的抒情诗，更是文学家和普通读者都一致喜爱的，而且人们至今还在琢磨，那些诗里的"魅力"究竟是怎样形成的。他的后期作品篇幅奇长，自称要写"现代史诗"，其目的是要照列宁所指出那样，通过诗的国际化、科学化和马克思主义化来承继人类全部优秀文化遗产。为此他进行了大量实践，因此他的后期作品在篇幅上远远超过前期的抒情之作，只是没能完成他原定的庞大体系罢了。已发表的，如《悼念詹姆斯·乔伊斯》（6,000 行）这一厚集里，就包含了许多卓越的片断。

　　这里选译了他的诗十三首。

　　前五首是早期的抒情诗。《被忽略的漂亮孩子》是对大地——亦即对人间的实际生活——的肯定，写得活泼。《松林之月》是情诗，既清新，又有气势。《空壶》写的是农村妇女失去婴儿的痛苦，下半首背景突然放大，出现了风和光，增加了诗的深度。《摇摆的石头》则是对于时间和生死的沉思，世界既摇摆如风中之石，人生也就更加无常。《啊，哪个新娘》把一个人生的基本处境——新婚之夜——写得实实在在，而又异常深刻，把民间对于性爱的向往和恐惧写了进去，而又脱俗地美丽，如古老的情歌。

　　这些诗有一种特殊的气氛，是由于诗人用了苏格兰方言。方言带来的不只是动听的节奏、韵律，不只是最有普遍性持久性的词汇和形象，而还有一整片纯朴而又最关紧要的感情，背后自有一套与乡土同样厚实的人生观价值观，形成内容的一个重要方面。

这些诗写于二十年代,然而到了三十年代之初,麦克迪儿米德却写起政治性的现代诗来,如对列宁的颂歌。正如他自己所说:

> 最伟大的诗人往往要经过一次艺术上的危机,
>
> 一个同他们过去成就一样巨大的转变……
>
> 庸人们惋惜我诗风的改变,说我抛弃了
>
> "有魅力的早期抒情诗"——
>
> 可是我已在马克思主义里找到了我所需的一切……
>
> ——《首先,我写的是马克思主义的诗》

这里选译的《沉重的心》就是写苏格兰现状的,写得滑稽中寓沉痛,形式十分完整,而又充分表达了方言的豪放效果。《二颂列宁》是三个列宁颂里最出色的一个,诗人在此做了一件很难的事,即利用诗的形式来论述诗与政治的关系,诗与生活的关系,好诗应该达到什么效果,无产阶级革命如何为诗开辟了无限广阔的未来,等等。这些都是大题目,麦克迪儿米德能直抒所见,但又写得精练、生动,警句迭出,同时创造了一件艺术品。《将来的骨骼》用最坚硬又最闪亮的形象写出了列宁在人类史上的伟大意义,短短四行,全是实景,而"永恒的雷电"这一最后的形象却含意无穷,使我们远眺人类的未来。

《悼约翰·台维孙》一诗写得真挚、深刻。诗人压低了声调,只说具体的事,然而异常动人。通过他的眼睛,我们看见台维孙的孤单单的背影慢慢走上海边沙岸,但是突然之间——

> 一颗子弹洞穿了美丽的风景,

这静静的世界立刻给粗暴地撕裂了。瞬息之间,一个有才华的诗人终止了自己的生命。然而麦克迪儿米德又清醒地点出这悲剧的原因:短见,在精神上找错了寄托。

后面两首自由体诗都写于四十年代。这时作者早已公开宣告自己是一个共产主义者。《Krassivy》一诗歌颂了苏格兰工人领袖麦克林,但也表达了对列宁的崇敬。写在卡松的著作的扉页上的小诗,实是读史随笔,不过出之于韵文罢了。最后一节关于诗的源泉在于无产阶级的生活本身的宣告是经验之谈,因为正是麦克迪儿米德自己在汲取这泉水的过程里,写下了不少"生动、活跃的斗争的诗"。

*　　　*　　　*

麦克迪儿米德曾于一九五六年间同另外两位英国作家来访中国。在北京的几次集会上,人们看见这位身材并不高大而气概十分轩昂的诗人用他那有着响亮的元音的苏格兰英语朗读着一本大书里的若干诗段,这本书就是他的长诗《悼念詹姆斯·乔伊斯》,当时刚刚出版。

后来,1982 年,我去爱丁堡郊外访问了诗人的遗孀伐尔达·格里夫夫人。她告诉我,诗人对于社会主义中国有深刻的印象。实际上,在此之前,他已对中国文化发生兴趣,上述长诗之中就曾引用汉文,提到中国的书法,提到怀素、赵子昂、黄山谷、王羲之,乾隆皇帝的"炫耀自己的庸俗作风",苏东坡的

> 丰肤而活泼的笔法,
> 像一个胖子肌肉松弛而态度潇洒……

他后期主张现代诗要承继人类全部优秀文化遗产,主张诗的国际化,这样的诗段就是例子。

被忽略的漂亮孩子 *

> 英俊的火星穿着大红袍,
> 金星披上了绿绸衫,
> 月亮把她的金羽毛摇得乱颤,
> 谈个海阔天空,无非一派胡言,
> 投机得哪有心思管你,
> 你这被忽略的漂亮孩子,大地!
> ——那么哭吧,你的泪水一泛滥,
> 就把这一切都淹掉!

松林之月

> 把你们的影子

---

* 此诗韵脚的安排是 abccddba,译文也一样。

投在高高的山岗，
一切耸立的松树，
在一切有月光的地方。

我敢于遮住东方的太阳，
让它永远不能发光，
如果我的爱人
要露出她洁白的胸膛。

啊，我心里还藏着阴影，
但只要爱情一露面，
我就把影子和其他一切，
都赶进那黑夜无边！……

摇摆的石头

在收获季节寒冷的半夜，
世界像一块石头
摇摆在天空下。
凄凉的回忆起了又落，
像被风追逐的雪花。

像被风追逐的雪花，我已认不出
石头上刻着的文字。
何况浮名如青苔，
历史如地衣，
早把一切掩埋。

空　壶

我走过石堆,碰见了
一个蓬发的姑娘,
她对她的孩子唱歌——
而孩子却已夭亡。

摇撼世界的风
唱不出这样甜蜜的声音,
照耀一切的光
也没有这样倾注的深情。

啊,哪个新娘*

啊,是哪个新娘手拿一束
白得耀眼的蓟花?
她那怕事的新郎哪能料到
他今夜会发现个啥。

比任何丈夫亲密,
比她自己还亲密,
人家不要她的贞操,

---

*　这是麦克迪儿米德名作之一。诗人叶芝在编《牛津现代英诗选》时,第一次听人读到此诗,感到惊讶,说:"有这样好诗,而我居然不知道!"
　　究竟好在何处? 首先,它用了有关新婚之夜的种种民间传说。人们对于两性的结合,充满了好奇心,也有古老的恐惧,做新郎的总怕新娘不贞。但是这里的新娘回答得好。要紧的是两情相洽,是姑娘有好心肠,能帮丈夫干活。最后一节,似乎是说:男女的性爱同时间一样长久,又将同传宗接代一样持续下去,背景深远得很,但青春热爱才是它现实的体现。这个主题不好写,麦克迪儿米德却写得既有深度,又很美(类似《圣经》中的《雅歌》那样的朴素而鲜明的美),而提到蓟花,可能还象征着苏格兰民族。

只不过施了一个诡计。

啊,谁已先我而来,姑娘,
他又怎样进的门?
——一个我没生就已死的人,
是他干了这坏事情。

只留给我一点贞操,
在你那尸体般的身上?
——没有别的可给了,丈夫,
无论找古今哪个姑娘。

但我能给你好心肠,
还有一双肯干的手,
你将有我的双乳如星星,
我的身子如杨柳。

在我的唇上你会不再介意,
在我的发上你会忘记,
所有男人传下的种
曾在我处女的子宫聚集……

沉重的心

像压在我心头的沉重冬天,
这就是苏格兰的现状。
北国的春天来得晚,
但严酷的冬天也不会长,
　　长不了,
　　绝长不了!

啊,多少疲倦的日子叫我忧伤,

连中午都只见昏暗的灰光,

准是蠢人们的冲天俗气

重重围住了阳光,

  像煤烟,

  像浓浓的煤烟。

难怪我只要一见

有点儿明亮的光影,

我就喊叫:"天亮,天亮!

我看到了东方的黎明!"

  没发觉——

  只是更多的雪!

二 颂列宁(选段)*

啊,列宁,你是对的。但我是诗人

(因此要请你多包涵,)

我的目标比你的更复杂,

虽然我知道,你的应当占先。

经不起问的生活不值得过它,

但勃克①是对的,过多地关切

生活的基础是一种迹象,

意味着腐朽;虽然乔伊斯②也对,

他认为就艺术品来说

——————————————————

* 本诗共 42 节,此处所译为前 23 节。

① 勃克,可能指英国十八世纪末的文论家艾特蒙·勃克。

② 乔伊斯,指现代爱尔兰小说家詹姆斯·乔伊斯(1882—1941),长篇小说《尤利西斯》的作者。

主要的问题是它的生活源泉
有多深,其次是它能
跳出生活多远,

以及能带多少东西一起跳,
能否像鲑鱼般跳进阳光,
让春天普照人间！莫朗①也是对的,
一切应当像空气里的光。

有人在工厂和田地读我的诗么,
　　或在城市大街的中心?
如果没有,那我就不曾尽到
　　我该尽的本分。

如果我不能打动街上的老百姓
　　或者灶旁的家庭妇女,
那我纵有天下的一切聪明,
　　也救不了这该死的失误！

得,得,哪个诗人做到了这个?
　　莎士比亚、但丁、弥尔顿、歌德,
或者彭斯,哪个做到了?
　　——反正你听到了我怎么说。

——一种推动世界前进的力量,
最完善,也最开朗,
列宁的名字,传遍了全世界,
别的名字呢?——没有回响。

---

① 莫朗,指现代法国作家保尔·莫朗。

他们躲在果园的哪个角落，
带着他们那母鸡样的心？
莫朗、乔伊斯、勃克和其他动过笔的，
还有我也属类似的情形？

也许都是人们不了解的大诗人？
只对自己吟唱的天才？
鬼话！他们才不是这类人物，
他们的性格并不难猜。

他们只是浪漫气质的叛逆者，
摆出爱好艺术的姿态给人看，
托洛斯基兼耶稣，不过少了荆冠，
只戴一圈纸花扎成的花环。

一切伟大的都自由而开阔，
这些人又开阔到了何方？
充其量只打动了边缘上一小撮，
对人类没有影响。

来自蛮荒的文化救主，
你知道最清楚，而我们头脑迟钝，
如果没有达到目的的明确手段，
我们就将一事无成。

诗同政治都要斩断枝节，
抓紧真正的目的不放手，
要像列宁那样看得准，
而这也是诗的本质所求。

列宁的远见加上诗人的天才，

将要产生多大的力，
古今文学里所有的一切，
都不能同它匹敌。

不是唱小调去讨好庸人，
而是拿出全部诗艺，
就像列宁对工人不用速成法，
而讲了整套马克思主义。

有机配合的建设工作，
实干，一步一步前进，
首要事情放在首要地位，
诗也要靠这些产生。

你早就有此远见，
想到了群众教育。
需要多久他们才能读普希金？
他们早该享受好书！

　　啊，真是荒谬，荒谬，荒谬，
　　当今时代的大荒谬，
　　居然还让日常小问题
　　挡住人们前进的大道。

　　早就该割掉这些东西，
　　像我们祖先割掉尾巴，
　　现在许多人操心杂事，
　　好似停在远古没有进化。

　　我们是成人，却没有脱掉
　　小孩子的习气重重，

老缠住那些物质和道德问题，
虽然已看到新社会的面容。

游戏，爱情，生男育女，
政治，法律，各业各行，
这些都不该再引起惊奇，
应当像呼吸一样平常。

腾出力量去干更大的事，
天知道这类工作还真不少，
现在抓住了的
顶多只是皮毛。

将来的骨骼

（列宁墓前）

红色花岗岩，黑色闪长岩，蓝色玄武岩，
在雪光的反映下亮得耀眼，
宛如宝石。宝石后面，闪着
列宁遗骨的永恒的雷电。

悼约翰·台维孙 *

我记得童年曾见一个人死去，
在回忆里比丧父更凄惨。
死的不是女王，是你，台维孙；

从此我的心停住了,一直在看
你那小小的黑色背影
走上海边的沙岸——
一颗子弹洞穿了美丽的风景,
只因倒拿望远镜,把上帝错看。

铁厂有感

但愿你们能像你们所使的铁,
但愿你们的灵魂能渗上铁,
但愿你们能变成钢! 为了你们自己!
暴政仍然把你们当作腻子,
放在手上揉弄! 你们造了枪炮刺刀,
却只毁灭了自己! 难怪你们做的武器,
统统回头来杀你们自己——
你们武装了本是无救的敌人,傻得出奇!

我为什么选择红色

我穿红衣战斗,
理由同加里波第①选择红衬衫一样——
因为战场上只要有几个人穿红衣,
看起来就是一大群——十个人
像一百个人;一百个人
像一千个人。
红色还会在敌人的步枪瞄准器里晃动,
使他瞄不准。——当然,最重要的理由是,

---

① 加里波第(Giuseppe Garibaldi,1807—1882),意大利民族解放运动领袖,曾组织红衫军。

一个穿红衬衫的人既不能躲,也不能退。

Krassivy,Krassivy

苏格兰没有几个人的名字

能叫有头脑的人感到值得一提。

彭斯之后,伟大的只有麦克林①。

他在每个苏格兰人的心目中,现在以及将来,

就像列宁在每个俄国人的心目中一样。

如果你叫住一个在1917年还是小姑娘的俄国妇女,

向她提起斯大林,而你发现她的眼睛并不放光,

那么你可以问她是否见过列宁,

她的眼睛就会忽然发亮,她的回答

会是一个俄文字,它表示

又美又红,

她会说:列宁是 krassivy,krassivy。

约翰·麦克林也是 krassivy,krassivy,

没有另一个苏格兰人配用这个词。

写在卡松《巴黎大屠杀》的扉页上

迦里飞②的子弹并没有真的打死玛丽·露丝③。

它们只不过射穿了一个玛丽·露丝,

而玛丽·露丝是不朽的,一如她的阶级。

尽管被砍了一千次,这个阶级仍然擎起人类的大旗

---

① 约翰·麦克林(1879—1923),苏格兰工人领袖,曾多次领导罢工,两度入狱,仍全力支持十月革命,号召苏格兰人民采取"俄国的同志们所采取的非常的行动路线"。列宁任命他为苏联驻苏格兰格拉斯哥城的领事,同时他又被选为列宁格勒苏维埃的名誉代表。

② 迦里飞,法国将军(1830—1909),统率凡尔赛方面的军队进攻巴黎,对公社进行了残酷的镇压。

③ 玛丽·露丝,普通法国妇女常用的名字,指任何为巴黎公社而战斗的穷苦妇女。

去迎接未来的光明。

玛丽·露丝是青年的青年。
我愿向青年进一言！在巴黎公社的历史里，
在西班牙的历史里，寻着你们自己，
从这些历史所反映的你们自己，
汲取新的热情，
这就是加弗洛和维也曼①的热情，
它将使你们不可征服。

一个真正的诗人
在无产阶级本身的生活里
寻到了一炷火焰，
它改造了诗人，而诗人又用他的诗才
把火焰还给这体现一切诗的阶级，
一切生动、活跃的斗争的诗。

---

① 加弗洛、维也曼，都是雨果的小说《悲惨世界》里的人物。

维尔弗列特·欧文

（1893—1918）

　　欧文是死于第一次世界大战的青年知识分子，所作《奇异的会见》公认为那次战争留下的最动人诗篇之一。主要的意思，一是战争是最大的浪费，诗人慨叹"那毁掉了的岁月，那希望的破灭……"；二是参战双方的士兵之间是感情相通，互相怜悯的。"诗意在于所表现的怜悯"——这是欧文自己在诗集序言里写的说明，只是诗集还未出版，他就已经阵亡，另一个有才能的青年诗人就这样被战争吞没了。

　　诗体是双韵式，但有些地方用了近似韵，以免机械式整齐，那样就与所写的乱糟糟的战争气氛不协调了。

奇异的会见

　　我似乎脱离战斗，逃进了
　　花岗岩下一条沉闷的大坑道，
　　惊天动地的战争早把岩石挖通，
　　那里挤满了呻吟着睡觉的人，
　　有的苦思，有的已死，都不动弹，
　　等到我试着一碰，有一位跳起紧看，
　　呆板的眼光像是认识我又怜悯我，
　　他凄然举起手向我祝福；
　　我看他的笑，知道这是在阴森的土地，
　　他的笑是死的，我知道我们站在地狱里。
　　他的脸刻画着千种痛苦，
　　但没有上面人间的血污，
　　也没有炮弹落地或发着啸声。

"奇怪的朋友，"我说，"这里没有理由要伤心。"

"没有，"他说，"除了那毁掉了的岁月，

那希望的破灭。你希望过的一切

都曾出现于我的生活，我曾狂野地搜寻

世界上最狂野的美人，

不是静止于眼睛或秀发的美，

而有嘲笑时间跑得不快的气概。

如果有悲哀，也是此处所无的深厚悲哀。

多少人曾因我欢乐而笑，

我的悲痛也有东西留下，

但现在也得死了；我还有真话没谈，

战争的遗憾，战争所散播的遗憾。

现在人们只能满足于我们弄糟了的东西，

如果不，就闹个翻腾，然后被抛弃。

他们会敏捷，然而是母老虎的敏捷，

谁也不掉队，虽然整个民族也会后退。

我有过勇气，也感到过神秘，

我有过智慧，也掌握过技艺，

我没参加过世界的后退，

退向那无墙的虚幻堡垒；

等血流成河，阻塞了战争车轮，

我将上前用清净的井水冲洗它们，

甚至告诉他们深藏心里的真纯道理，

无保留地倾倒我精神上的秘密，

但不能通过伤口，不能面对战争的粪坑。

多少人额角不露伤口而鲜血内涌！

我是你杀死的敌人，朋友，

我暗中认识你，昨天你皱着眉头，

对着我冲来，又刺又砍，

我抵挡了，可我的手发冷，无心再战。

现在，让我们睡吧……"

劳伯特·格瑞夫斯

(1895—1985)

格瑞夫斯参加过第一次世界大战,写过一本有名的回忆录《告别那一切》(1929),写过历史小说,翻译过古典文学作品(如阿比里厄斯的《金驴》),担任过牛津大学五年一任的诗歌教授,但他用力最勤的是写诗,从二十年代一直写,经过许多诗歌流派的起落,他始终写传统形式的诗。当现代派盛行之际,他曾受到冷落;如今现代派过去了,他继续受到一部分读者的赞赏。

像叶芝一样,他有他的神话系统,其中心人物是白色女神。她代表爱情,是一个危险而又能起奇妙作用的人物;她使生活丰满而有色彩,使诗歌增加魅力。这里选的三首诗中,《镜中的脸》最后一行里的"皇后"就是指的白色女神。

当然,不知道这一点,人们照样可以欣赏诗——有时候,过多的象征反而损坏了诗。格瑞夫斯的好处,一是他的诗不晦涩,二是他放得开,几乎什么都能入诗,而贯穿他全部创作生涯的是对于形式的注重,所写的一切作品都是形式完整,在韵律上颇见匠心的。

大 氅[*]

离国出行了,只带几件衬衫,
几个金币和必要的证明文件。
碰上逆风:过海峡的小船

---

[*] 诗写的是十八世纪英国贵族去大陆上干秘密工作,以此象征人对于冒险生活的追求。格瑞夫斯本人长期住在西班牙马约加岛,可能就有这种浪漫心情。为了写得典雅,他选择了十八世纪的背景。主要的形象是大氅,西方以"大氅与匕首"为做秘密活动的代称。

一次又一次把晕船的老爷送回

南部海岸的小港口,但他不上岸,

关在舱里不出来;这样他终于

出现在狄也普的小旅馆里,

衬衫拿出箱子,睡帽挂上衣钩,

白天打牌或练剑,

或同收拾房间的女用人逗乐一番,

晚上就干他的老行当。一切顺利——

法国酒味道醇正,虽然酸一点;

法语是他的第二语言;还有忠实的老仆

刷他的衣帽,替他取报纸。

我们老爷四海为家,老仆说

他的古堡不过给了他爵号。

要真管产业就会影响

老爷现在手头上的任务。

老仆又说,老爷的打算是

在国外过几个有收获的年头。

难道他朝里没有朋友么?

他不需要;离国不过是一个名义,

掩盖一种老习惯,可以不在家,

而躲在大氅的深缝里。

这样他也就触怒了一位大人物。

波斯人的说法 *

爱好真理的波斯人不多谈

在马拉松打的小小前哨战。

---

* 公元前四九五年的马拉松之役在西方历史书里被写成是希腊联军对抗波斯入侵的大胜利。这里
提供了波斯人对此的看法,实际上是诗人自己认为传统的记载只是一面之词。

至于希腊人夸张的传说，

把那个夏天的一次搜索，

一次武装的侦察行动，

不过用了三旅步兵一旅骑军，

（作为他们左翼的支援，

只有从大舰队抽出的几条老式小船）

把这些说成是对希腊的大举侵略

而且陷于大败——他们认为不值一驳；

偶然提起了，他们不承认

希腊人说的主要几点，只着重

那是一次有益的练兵，

给波斯皇帝和民族带来了英名：

面对坚强的防御和不利的气候，

诸兵种协同作战，形成百川汇流！

镜中的脸*

受惊似的灰色眼睛，精神散漫，

从大而不匀的眼眶向外观看，

一条眉毛耷拉着，

下面皮肤里还藏着一块弹片，

旧世界打过仗的愚蠢纪念。

弯鼻子，打球时骨折造成；

脸，布满沟条；头发，粗糙，乱蓬蓬；

额角，多皱纹，但是宽阔；

下巴，有垂肉；耳朵，大，颚，好斗象征；

牙，不多；唇，丰满红润；嘴，像苦行僧。

---

* 　此诗脚韵排列为 aabaa-ccbcc-ddbdd。

我停住，剃刀在乎，投出嘲笑，
对镜中的人，他的胡子需我照料；
再一次问他为什么
还要装扮停当，以一个少年的自傲，
去同丝绸宫里的皇后相好。

威廉·燕卜荪

（1906—1984）

　　燕卜荪同中国有缘,但他不是因中国才出名的。早在他在剑桥大学读书的时候,他的才华——特别是表现在他的论文《七类晦涩》之中的——就震惊了他的老师,而他的老师不是别人,而是创立一整个文学批评学派的宗师理查兹。《七类晦涩》于一九三〇年出版,至今还是英美各大学研究文学的学生必读的书,而作者写书的时候还只是一个二十岁刚出头的青年。

　　这本书同他后来的几本著作——《田园诗的若干形式》(1935)、《复杂词的结构》(1951)、《弥尔顿的上帝》(1961)——都表现出一种思想上的锐气,作者在学院里度过了一生,却能突破学院的局限,不断地追求心智上的新事物。他是学者,但又有一般学者所无的特殊的敏感和想象力。这是因为,他又是一个诗人。

　　而且是一个奇特的诗人。他写诗不多,一九五五年出版的《合集》总共只收五十六首诗,连同注解不过一一九页。这些诗大部分非常难懂。人们说他追随十七世纪的玄学派,实际上他比玄学派更不易解。文字是简单的,其纯朴,其英国本色,有如《爱丽丝漫游奇境记》,但是内容涉及二十世纪的科学理论(如爱因斯坦的相对论)和二十世纪的哲学思潮(如维特根斯吞的逻辑与语言哲学),有时单独的句子是好懂的,连起来则又不知所云了。

　　那么,这样的诗又有什么值得一读? 值得的,因为它代表了诗的一种发展。这是二十世纪的知识分子的诗,表达的是知识界关心的事物。其所以难,是因为西方现代科学、哲学的许多学说本身就不易了解,而诗人本人对它们的探索也远比一般人深(我们不要忘了他在剑桥拿了两个第一,其一是数学)。这些学说是重要的,影响到现代人的意识或世界观。但他写的又不限于抽象思维,对于现实生活里的矛盾与困惑,对于爱情,对于战争,甚至异国的战争,如中日之战,诗人也都是深有所感并吟之于诗的。在形式方面,他又严格得出奇,不仅首首齐整,脚韵排列有致,还有在法语中称作 Villanelle 的结构复杂的回文诗。整个说来,他的韵律是活泼的,愉快的,朗读起来,效果更好。十分现代的内容却用了十分古典的形式,这里有一点对照,一点矛盾;但这也增加了他的诗的吸引力。有些诗人的作品一见眼明,但不耐读;燕卜荪的相反,经得起一读再读,越读越见其妙。

这类诗也构成英国诗里的新品种。燕卜荪自己说过:

> 本世纪最好的英文诗是象征式的诗,写得极好,但这类诗搞得时间太长了,今天的诗人们感到它的规则已成为一种障碍,而文学理论家一般又认为除象征式诗以外,不可能有别类的诗。①

实际上,可以有别类的诗,即"辩论式的诗"。燕卜荪本人写的就是这类,其中心是矛盾冲突:

> 诗人应该写那些真正使他烦恼的事,烦恼得几乎叫他发疯……我的几首较好的诗都是以一个未解决的冲突为基础的。②

因此,他不是在做文字游戏,而是在写现代知识分子所关心的重要问题,而方式则是通过思辨和说理。例如:

> 肥皂水张力扩大了星宿,
> 天上反映出圣母之韶秀
> 迎接上帝打开更多空间。
> 错了! 是我们在空间盘旋,
> 以超过光速的飞船
> 毁灭多少个星之宇宙,
> 让它们死亡不留痕斑。

——《远足》(柯大诩译文)

同样,他的警句也不是仅仅展示机智,而是包含着对人生意义的领悟的:

> 一切人类依之生存的伟大梦想,
> 不过是幻灯投射到地狱黑烟上,

---

① 《纽约时报书评》,一九六三年九月二十二日,第三九页。
② 《威廉·燕卜荪同克里斯多弗·里克斯的谈话》,收在伊恩·汉弥尔登编《现代诗人》一书内,伦敦,一九六八年,第一八六页。

什么是真正实在？

手绘的玻璃一块。

（柯大诩译文）

或者是这样一种在前途茫茫中的悲壮的决心：

还是和我一起在盼待一个奇迹，

（不管它是来自魔鬼还是神祇），

找那不可能的东西，

绝望中练一身技艺。

——《最后的痛苦》（柯大诩译文）

实际上不只是"技艺"，因为还有对人的关切。他是一个外表冷静而内心非常热烈的人。东方吸引了他：他在日本和中国都教过书，特别是中国，两度居留，一共七年（1937—1939，1946—1951），教书极为认真负责，造就了一大批英国文学研究者和许多诗人，见证了中国的抗日战争、解放战争时期的大学气氛和解放后的新气象在中华人民共和国成立之初，庆祝我国国庆节和"五一"国际劳动节的游行队伍里有着他们夫妇，而且把他的感想写进了诗，其中包括一首题为《中国》的短诗，一个取自李季《王贵与李香香》的片断的翻译，和他的唯一的长诗《南岳之秋》。战时南岳的生活是非常艰苦的，但是他过得很愉快，这首长诗忠实地传达了他的印象和感想，当中包括了幽默、疑问和自我嘲讽，而主调则是愉快；他的轻松的口气和活泼的节奏加强了这一效果。这愉快不仅表明他"有极好的友伴"（如他自己所说），而且用一种诗歌手段传达了他对于中国人民前途的信心。

南岳之秋

（同北平来的流亡大学在一起）*

灵魂记住了它的寂寞，
在许多摇篮里战栗着……
……相继是军人，忠实的妻子，
摇篮中的摇篮，都在飞行，都变
畸形了，因为一切畸形
都使我们免于做梦。

——叶芝

如果飞行是这样的普遍，
   每一动都使一个翅膀惊起，
（"哪怕只动一块石头。"诗人都会发现
   带翅的天使在爬着，它们会把人刺），
把自己假想成鹰，
   总想作新的尝试，
永恒的嘲笑者，看不起平地
   和地上所有我们可以依靠的岩石，
我们当然避免碰上
   土地和诸如此类的东西，
把我们的乐园放在小车上推着走，
   或让无足的鸟携带一切。

---

*　这首诗以作者在中国的经验为主题。燕卜荪于一九三七年下半年应北京大学之聘来到当时的北平。由于中国的抗日战争已经爆发，他接着南下到了长沙，那时北大已与清华、南开合组长沙临时大学，后来再迁云南，成为西南联合大学。长沙临大的文学院设在湖南南部衡山脚下的南岳，燕卜荪在那里教了一学期，这首诗就是写他在南岳的工作、生活和想法。

这是燕卜荪所作最长的一首诗，共234行，也是内容比较明显的一首，虽然仍有个别晦涩处，但不像他的其他作品那样难懂。整个情调是愉快的。当时在南岳的临大师生正在流亡途中，条件极为艰苦，但燕卜荪同中国教师一起，做出了第一流的工作，至今都为他的学生所乐道。关于这首诗，他自己也说："我希望当时的愉快心情表达出来了，那时候我有极好的友伴。"

我是飞来的,部分的旅程是这样,

　　在必要的时候我愿意坐飞机,

(维多和亚式的火车备有卧铺,

　　如没有,只要可能,我就在汽车里挤),

但现在停留在这里已经好久,

　　身上长了青苔,生了锈,还有泥,

而且我的飞行实际是逃跑,

　　但怀有希望和信任的心意。

我感到我逃脱了那些人物,

　　他们稳坐台上而在小事上扯皮。

但也许我们真的应该戒惧

　　这边一拍,那边一溜,又加情欲刺激。

肉身还在时,我们不想飞行,

　　想飞行时,我们已成了污泥。

我所住的这座圣山,

　　对于我读的叶芝有点关系。

它是佛教圣山,本身也是神灵,

　　它兼有两种命运,一公一私。

山路的两旁守候着乞丐,

　　他们的畸形会使你回到梦里,

而他们不做梦,还大声笑着骂着,

　　虽是靠人用箩筐挑来此地,

现在却张眼看香客们通过,

　　像一把筛子要筛下一点东西。

香客们逃开,乞丐们只能慢走。

　　山上高僧取得了考古典的胜利。

"灵魂记住了。① ——这正是

　　我们教授该做的事

（灵魂倒不寂寞了，这间宿舍

　　有四张床，现住两位同事，

他们害怕冬天的进攻，

　　这个摇篮对感冒倒颇加鼓励）。

课堂上所讲一切题目的内容

　　都埋在丢在北方的图书馆里，

因此人们奇怪地迷惑了，

　　为找线索搜求着自己的记忆。

哪些珀伽索斯②应该培养，

　　就看谁中你的心意。

版本的异同不妨讨论，

　　我们讲诗，诗随讲而长成整体。

记起了散文常给人麻烦，

　　虽然对于吴尔夫夫人③有点喜欢，

多年来都未能压制，

　　但拿到课堂上去开讲，

未必会替自己增光。

　　帝国建造者读的是月刊，

一本又一本尽是扯淡，

　　"谢谢上帝我丢开了，"（这是我的猜想）

"那些恶毒的耍笔杆，

　　还不如去叫猴子乱嚷嚷，

或者苦力们打他们的老婆。"

　　而我算是兄弟，这倒也值得捧场。

---

① 见本篇所引叶芝诗。上文的"梦""畸形"和下文"寂寞""摇篮"也出自该诗。

② 珀伽索斯，希腊神话中的双翼飞马，被其足蹄踩过的地方有泉水涌出，诗人饮之可获灵感。此处
　　指有文学才能的青年学生。

③ 指弗吉尼亚·吴尔夫(1882—1941)，二十世纪名小说家，散文也写得绝好。

有人说女巫们以为自己会飞，

　　因为有种药会叫她们发呆。

普通的啤酒就够叫你无法无天，

　　还能祭起一把扫帚在空中作怪。

至于虎骨酒，泡着玫瑰花的一种

　　我们在这里还有的买，

村子里酿的可又粗又凶，

　　热水也浑而不开，

但还可用来掺酒。不能说

　　只有天大的惊骇，

才会使人去喝那玩意儿。

　　何况这酒并不叫你向外，

去遨游天上的神山，

　　而叫你向里，同朋友们痛饮开怀。

诗讲得成为一种乐趣，

　　免去了逃避之嫌或废话连篇。

我忽然感到不设法飞走

　　倒使他们逃避得更远。

这是一种航天的本领，

　　称为高翔，会使你把明星扮演，

（像王后和爱丽丝那样①），努力叫自己

　　停留在原地不变。

可是谁又有勇气去坐太阳神的车，

　　系在一个气球下到处转，

同一个什么人一起做间谍？

　　且慢喊万岁，先给我答案。

---

① 王后同爱丽丝都是路易士·卡洛尔所著的儿童故事《爱丽丝漫游奇境记》中的人物。

我把那本叶芝推到顶上，
　　感到它真是闲谈的大师，
谈得妙语泉涌，滔滔不绝，
　　可没有能够成长的根基。
这位卓越诗人的琴声变化
　　聪明地放过了我们这一批，
只把大家都骂了一气。他对最下的
　　底层并不提任何建议。
可是这个梦，虽然完全失败了，
　　像所有新派人物所已知，
他可没指出有什么漏洞该堵，
　　什么阀门不该放气，
只谈了他们逃避什么，落在何处，
　　什么是他们为表态而放弃的真理。

而且我也不真的喜欢
　　那种喊"小伙子们，起来！"的诗歌，
那种革命气概的蹦跳，
　　一阵叫喊，马上就要同伙
来一个静坐的文学罢工；
　　要不然就把另外的玩具抚摩，
一篇写得特别具体的作文，
　　一个好学生的创作成果，
他爱好噩梦犹如操纵自行车，
　　可是一连几篇就腻得难受。
但是一切程式都有它的架子，
　　一切风格到头来只是瞎扯。

最后我不得不同意：
　　在实践上你得明了，
这类关于逃避的粗鲁的话

无法用理论去驳掉。
叶芝有足够的明智看出
　他那梦字必须取消，
让位于另外一种样子的梦，
　弗洛伊德的才真生效。
他那智慧的力量和广博，
　非我辈所能企及，不论谦虚或高傲；
我们把他的探索保存下来，
　记下别人在什么地方走了错道。
可见逃避梦境也是对的，
　只要有办法，不妨就一逃。

我似乎一直忘记了
　那些真在天上飞翔的人。
实际上我们倒常常想起，
　到处都看出应该多想他们。
当地出现了部长之流，
　（被赶得远远离开了战争），
还有训练营，正是轰炸的目标。
　邻县的铁路早被看中，
那是战争常规。问题是：他们不会
　瞄准。有一次炸死了二百条命，
全在一座楼里，全是吃喜酒的宾客，
　巧妙地连炸七次，一个冤鬼也不剩。

诗不应该逃避政治，
　否则一切都变成荒唐。
这话的道理我也懂得，
　但我就要演讲也只会歌唱，
而且到底有什么好处
　用诗来表达，不管写得多么悲壮，

半夜心里翻腾的疑问，
　　想起了家园，我所属的地方？
我的视线所及只有热气腾腾，
　　随着人群在激荡。
英格兰我以为应该健飞如鹰，
　　但可能太迟了，或花时太长。
我有什么可教它？它自有办法，
　　回答像锣声一样洪亮。

什么是我不曾面对的东西，
　　什么原因造成完全的绝望，
把地图分割成若干长线，
　　证明没有房屋真是正方？
毒害了心灵、毒害了空气的
　　不是民族主义，不是种族感，
是借口，后果，信号，
　　但不是已经存在的大现象。
它是真实的，使得想来承继的人
　　不能享有这一块地方。
但经济学是圣贤，
　　他们有讲坛，他们有眼光。

左派人物的议论完全不靠
　　反叛和慈悲来发出异彩，
他们要的也正是我们都要的，
　　即整个制度不发生停摆。
马克思的真正高明的地方
　　在于他把高度的献身气概
结合了一种看来可靠的证据，说明
　　所有跟随扫罗王的必遭火灾。
斯大林补充了一条，

他说那些人不会自己下台，
而必须用脚把他们往土里踩，
（但他那新生的国家还未成材，
他最好不要贸贸然把玩笑开）。
这就使他们只能背水一战定胜败。

心灵的枯燥乏味的胜利
倒是比有些人想的更有需要，
为了使一种命运显得荒谬，
想长玫瑰而把沙漠施上肥料。
把事情尽量拖后，直到别人发觉，
这似乎过分高尚了，使人反感不妙。
经济学家们占有便利，
又有面子，又安详高超。
有一位要我给他二十年光阴
去把那妖怪成长的线索寻找，
可是我们是否能等得到十字真言？
也许来得太晚，也许根本不宣告。

"这种消极的生活岂不同
蹲在英国喝啤酒没有两样，
如果你想的就是这些，那么，
天呀，你又在这里搞什么名堂？
驱使日本鬼子来的是经济学，
但他们能操舵掌握方向。
假装同情并不稀罕，
谁也不会因你流泪而给赏。
听听这些德国人吧，他们大有希望，
已经决心把这个国家切成两半。"
身处现场倒使人更乐观，
而那些"新闻"，那些会议上的官腔，

那爬行着的雾,那些民防的陷阱,

　　它们使你无法不恐慌。

再说,你也不真是废物,

　　只能像刺球那样紧附树身,

替代那些必须出去的人,

　　不妨坦白地承认,

确有模糊的意图,

　　思去那些发生大事的城镇。……

但没有想要招摇,

　　把自己说成血流全身——

你知道我们有一种鲑鱼

　　待在战场全为了哼出歌声——

出典在《金枝》①,你不必怀疑,

　　"钉死在十字架,是否古时不比当今?"……

　　　　　　*　　　*　　　*

我说了我不想再飞了,

　　至少一个长时期内。可是我没料到。

即使在暴风雨般的空气里,

　　被扬得四散,又落地播稻,

脑子里七想八想,不断旋转,

　　人们又在动了,我们也得上道。

我没有重大的个人损失,

　　不过这首诗可完成不了,

得到平原上才能偷偷写成。

　　我们在这里过了秋天。可是不妙,

那可爱的晒台已经不见,

　　正当群山把初雪迎到。

---

　　① 《金枝》,弗莱塞著,民族学的名著。

兵士们会来这里训练，
　溪水仍会边流边谈边笑。

温斯坦·休·奥登

(1907—1973)

　　奥登登上诗坛之初，年纪很轻，还在牛津大学上学，而且是同另外三位牛津诗人——路易斯、麦克尼斯、司班德——一起出现，成为艾略特等之后的"奥登一代"。他们在政治观点上是左的，反法西斯，支持同佛朗哥作战的西班牙共和政府；在题材上是城市性或工业性的，诗中经常出现"高压线塔""涡轮机""仪表"等字样；在语言上有时用一种只有他们自己懂的"隐秘语言"，其实是大学生之间的游戏。总之，他们受艾略特、庞德的现代主义的影响而又想表现不同，由于内容和语言上都有一种锐气，宛如一个新的英雄时代来临，就连大诗人叶芝在编写《牛津当代英诗选》的时候也收进了他们的作品，并自认不如。

　　这当中，奥登的成就更加引人注目。他比另外三人内容上更广更深（一般的左派政治意识之上还加了弗洛伊德的心理分析），写法上更俏皮（回头走拜伦甚至蒲柏的路），各种诗体掌握得更纯熟（从十四行到诗剧又到《夜邮》那样的电影解说诗），因而其诗作有一种更加爽朗的现代面目，其风格的特色十分明显：

> 农家的河没受到时髦码头的诱导；
> 他的躯体的各省都叛变了，
>
> ——《悼念叶芝》（查良铮译文）
>
> 当所有用以报告消息的工具
> 一齐证实了我们的敌人的胜利；
>
> ——《当所有用以报告消失的工具》（卞之琳译文）
>
> 从心灵的一片沙漠
> 让治疗的泉水来喷射，
> 在他的岁月的监狱里

教给自由人如何赞誉。

——《悼念叶芝》(查良铮译文)

他能把实物写成一种品质,有时像十八世纪诗人那样用人格化的抽象名词,如
"邪恶""孤立"之类,然而所传达的却是一种现代思想的概括,形象和气氛更
纯然是现代的,带有现代的明快,也带有现代的焦灼。即使观看几百年前的绘
画,他抒发的也是现代敏感,可以《美术馆》一诗为例:

> 关于痛苦他们总是很清楚的,
>
> 这些古典画家……

(查良铮译文)

这样揭出"痛苦"而不是民间风俗(眼前所看的是勃鲁盖尔的风俗画),就是一
种现代笔法。然而作为对照的,却是多数村民的无动于衷:

> 在勃鲁盖尔的《伊卡鲁斯》里,比如说:
>
> 一切是多么安闲地从那桩灾难转过脸;

(查良铮译文)

这也是现代笔法,用"安闲"更加衬托出这一边有人死亡一边别人照常过着日
子的人生处境。

过去也有不少中外诗人以诗咏画,但这种敏感,这种讽刺性的对照却只产
生于这个多灾多难,但又复杂、矛盾的二十世纪。

奥登的诗还有一种戏剧性,因此描写大的变动——如战争——就十分出
色。《西班牙》之所以传诵一时,就是因为奥登始终抓住了戏剧性的对照:昨
天与今天,今天与明天,广场与陋室,城市与渔岛,苦难与希望,希望与希望的
实现:

> 明天,对年轻人是:诗人们像炸弹爆炸,
>
> 湖边的散步和深深交感的冬天;
>
> 　　　　明天是自行车竞赛,
>
> 穿过夏日黄昏的郊野。但今天是斗争。
>
> 今天是死亡的机会不可免的增加,
>
> 是自觉地承担一场杀伤的罪行;

278

> 今天是把精力花费在
>
> 乏味而短命的小册子和腻人的会议上。

（查良铮译文）

回旋式地不断对照,诗的形式也舒卷而前,无取于优雅的然而也能变得机械或油滑的脚韵,而恢复了古英语诗的重读音,恢复了英雄气概,同时又通过现代的形象——"诗人们像炸弹爆炸""乏味而短命的小册子""腻人的会议"——表示这是此时此地、二十世纪三十年代西班牙战场上的产物。

奥登也用同样的戏剧性、同样的对照、同样的现实感来写中国人民的抗日战争。他同小说家衣修午德于一九三八年来到武汉,并去前线访问。奥登用诗、衣修午德用散文写下了他们在中国战场上的见闻,合作而成《战地行》一书,很快在一九三九年出版。这可不是一本"乏味而短命的小册子",不是应景之作,两人最好的部分篇章就在此中。

只不过,这一次奥登用了十四行诗的形式。以《战时》为总题,一共写了二十三首。这一组十四行诗应该说是替二十世纪英国诗放了异彩。它们表现了一个英国青年诗人对中国普通士兵的真挚感情,在艺术上也是新颖的。诗人并不因为身在中国,受到各方款待而说些主人们爱听的话;他的眼睛看向下层:

> 他被使用在远离文化中心的地方,
> 又被他的将军和他的虱子所遗弃,
> 于是在一件棉袄里他闭上眼睛
> 而离开人世。人家不会把他提起。

然而他充分了解这个中国士兵死亡的意义:

> 他在中国变为尘土,以便在他日
> 我们的女儿得以热爱这人间,
> 不再为狗所凌辱……

一个何等真心的诗人,写出了何等卓越的现代诗！无怪乎好几个中国青年诗人,呼吸着同样的战争气氛,实践着同样的诗歌革新,对于那时的奥登之作是十分倾心的,而且保持了这种感情,直到今天。

然而奥登自己,人和诗,却变了。一九三九年欧洲战场尚未大打,这位原来不怕到世界任何地方去面对任何战争的奥登,却离开战争中的英国去了美国。此后他仍有佳作,如《新年书信》。但是随着他越来越转向宗教题材,他的诗也逐渐失去了真正的光彩。技巧仍然是纯熟的,甚至写清早上厕所都俏皮可诵,然而缺少使人眼明、令人心折之作了;不但如此,奥登还对自己过去的某些作品产生了异常的反感,例如《西班牙》一诗他就不肯收入全集,也不许别人收在选本里。何决绝乃尔! 自然,也有人喜欢他的后期作品,听说其影响近来还更大了;然而对于曾经眼见一个新的英雄时期在英国诗歌里出现的人们来说,奥登的前期作品是没有任何东西可以代替的。

对一个暴君的悼词

他追求的是某种的完善,
他所创造的诗不难了解;
他熟悉人的愚蠢,犹如他的手掌,
对于军团和舰队兴趣特浓,
他笑,高贵的参议员也笑而又喊,
他哭,孩子们在街上纷纷死亡。

路易斯·麦克尼斯

（1907—1963）

麦克尼斯生于北爱尔兰，在牛津大学学过古希腊罗马文学，在伯明翰大学教过书，最后在英国广播公司工作了二十多年，在广播文学上有建树。

作为诗人，他属于奥登一代，成名于三十年代。有评论家认为他是仅次于奥登的现代重要诗人。所作《秋天日记》有一种全景照相式的丰富，夹叙夹议，读起来如读写得好的记录文学，其弊亦如之，有机智而缺乏深度。短诗也有写得好的，如《雪》即是。

后来他致力于发展广播文学，所作广播剧《黑暗的塔》（1947）至今可诵。

他也是优秀的文学翻译家，曾用诗体译了埃斯库罗斯的《阿伽门农》（1936）和歌德的《浮士德》（1951）。

这里选了麦克尼斯三首诗，都各有特色。《秋天日记》反映了三十年代英国青年诗人对于社会改革的关心，《出生前的祷告》是对于现代西方社会的讽刺，《仙女们》是对于城市知识分子的婚姻生活的写照。技巧上三诗也各有不同，《秋天日记》不仅有韵，而且整齐流畅，如十八世纪的新古典主义诗，《出生前的祷告》作了技巧上的新试验，形式如祷词，实质部分则是一系列项目所组成的诗段，《仙女们》用了芭蕾舞的韵律，写得有点飘忽。凡此都表现麦克尼斯的多才多艺。

秋天日记（选段）*

八月就快过去，人们

　　从度假地回来，晒得黑溜溜，

手指起了疱，钱包里尽是相片，

　　还带回海关没发现的法国酒，

有了足够的精力去再等

　　那一年一度的大狂欢，

记忆中还闪烁着一片片的阳光，

　　像枯萎了的鸢尾花环。

于是出纳员打字员回到办公室，

　　工人们收拾好工具，

准备上八小时的班，下了班寻找

　　电影院和足球赌的乐趣，

或是聊天，或是抱个娘们，

　　不是自我夸耀，就是自我陶醉，

遮盖了怀疑，只见青烟上升，粽酒下沉，

　　剩下喝空了的啤酒杯。

多数人接受一切，生下来就给活儿套上，

　　习惯于逆来顺受，随遇而安，

有些人不让套上或者想套而套不上，

　　就祈祷有一个更好的天国出现，

像人们在议论里描绘的，或当作口号

　　用粉笔或油墨写在墙上板上的，

可能有一天会在人的身体里寻到寄托，

---

* 《秋天日记》出版于一九三九年，是麦克尼斯的有名长诗。在这里所选的片断里，诗人看见度假的
人回来，想到这些人平时枯燥的生活，寄望于一个新社会的出现。这正是三十年代英国青年知识
分子"左"倾的时候，此诗反映了这一点。写法则如日记，不仅记事，而且记下了诗人在思想上的
自我辩论。用的是随笔体，口语色彩浓，流畅，转折自如，显示了诗的一个新用途。诗的格律是双
行押韵，译文如之。

用新的法律和秩序博得他们的欢喜，
那时候有本事不愁使不上，精力
　　也不会集中于竞争和贪污，
不再在顺从中受剥削，更谈不上效忠
　　一个绝对无救的、疯狂的制度，
它让少数人用最高档的价格
　　过最高档的生活，而百分之九十九的人
从没参加过宴会，却要收拾碗碟，
　　把过去多少世代的油污洗干净。
现在诱惑者又在耳边低语："你们一样
　　有奴隶主的思想，一样渴望
躺在不费力得到的高额利润上面，
　　把手一招，或把鞭子一扬，
就有仆人和女人赶紧前来服侍，
　　用他们的耻辱来树起你们的威严，
你们需要的不是一个实行自由的世界，
　　而是在上层占个位置，享受奶油的尖端。"
我回答说：那也是习惯造成，
　　它使我以为一方胜利必有一方失败，
自由不过是对人下令的权力，为了
　　维护精英人物珍惜的世界，
精英人物只能是少数人。很难想象
　　在多数人有机会发展的世界里
怎样才能使知识生活不降低标准，
　　高雅趣味的宠物不至于灭迹。
这类忧虑应该打消了！没有理由认为
　　一旦给人们自由思想和生活的机会，
思想和生活的艺术一定会变得粗糙，
　　而不是会有补偿，超过所给多少倍！
于是我放松了，做起梦来，故意唱反调，
　　梦见自己变成匪徒，变成酋长，

高兴杀谁就杀谁,以世界为床,

　　剥掉女人的内衣,欺侮温顺者的好心肠。

这类幻想无疑同我的历史有关,

　　值得找精神病医生去分析,

但最好的疗效不在他那检查的巧手,

　　而在为将来而行动,在拳头,在意志,

在那些不沉溺于自我怜悯的人,

　　宁愿展开运动而不管运动在百年

或千年后会产生好或坏的影响,

　　只要他们的心真纯。

也许谁的心也不纯,总有复杂的动机,

　　还有自我欺骗,但最坏的欺骗

是轻声自语:"啊,上帝,我不成器。"

　　说完了就舒服躺着,朝里侧面。

但愿我能改掉习惯,眼光朝上朝外,

　　我的脚能跟我远大的眼光同步,

开始可能要跌跤,接看会随着大伙跋涉,

　　最后——随着时间和运气的到来——跳起了舞!

出生前的祷告

我还没生;啊,听我一言:

莫让吸血的蝙蝠、鼠、鼬、跛脚的食尸鬼接近我。

我还没生;安慰我。

我怕人类会用高墙隔开我,用毒品叫我上瘾,用巧

　　妙的谎话叫我上钩,把我放在黑色刑架上折磨,

　　　　泡在血水里滚动。

我还没生;给我

水来让我戏弄,草木为我生长,树来同我讲话,天
　　空来对我唱歌,鸟和心上的一道白光来做我引导。

我还没生;宽恕我
世界将在我身上犯的罪,它将要我说的话,要我想
　　的思想,由我所看不见的叛徒叫我干的叛行,他
　　　　们通过我的手来杀害人而让我活着,他们要我
　　　　　　活着而我死亡。

我还没生;教我扮演
我必须演的角色,接上我必须留意的提词,当老年
　　人训我,官僚们吓我,山对我生气,情人们笑我,
　　　　白浪叫我去做蠢事,沙漠叫我去走向死亡,
　　　　　　乞丐拒收我的施舍,儿女们诅咒我。

我还没生;啊,听我一言:
莫让那原是野兽而自以为上帝的人接近我。

我还没生;啊,给我
力量去对付那些要冻结我的人性的人,要拉我加入
　　致命的自动化的人,要使我变成机器里一个螺丝
　　　　钉、一样只有一个面孔的物体、一件东西的人,
　　　　　　对付所有要削弱我的整体性的人,要
　　　　　　　　把我像飞絮那样吹得到处都是,或像手里捧
　　　　　　　　着的水那样溅得到处都是的人。

莫让他们把我变成石头,莫让他们把我溅掉。
否则杀死我。

仙 女 们 *

一天之内的事：他请女朋友去看芭蕾；
由于近视，他没看清什么——

      灰色林子里有白裙片片，

      音乐如波涛起伏，

      波涛上扬着白帆。

花上有花，风信草在风里摇曳
左边一片花对照着右边一片花

      涂粉的白脸之上

      有赤裸的手臂在舞动

      如池中的海藻。

现在我们在浮游，他感到——没有桨，没有时间——
现在我们不再分离，从今以后

      你将穿白的缎服

      系一根红绸带

      在旋舞的树下

可是音乐停了，舞蹈演员谢了幕，
河水流到了闸口———一阵收起节目单的声音——

      我们再不能继续浮游

      除非下决心开进

      闸门，向下降落。

这样他们结了婚——为了更多在一起——
却发现再也不能像以前一起，

---

  * 芭蕾舞剧名，根据肖邦作曲，由现代名音乐家斯特拉文斯基（1882—1971）配上和声。

隔着早晨的茶，
隔着晚上的饭，
隔着孩子和铺子的账单。

有时半夜醒来，她听他的均匀的呼吸
而感到安心，但又不知道
这一切是否值得
那条河流向了何处
那些白花又飞到了何方。

绍莱·麦克林

（1911—1996）

绍莱·麦克林是当代苏格兰诗人，用盖尔语（Gaelic）创作，许多人认为他是本世纪中最有才华的盖尔语诗人。他的盖尔语名字是 Somhairle MacGill-Eain。

他的主要诗集是《大潮与小潮：1932—1972 年所作诗选》，一九七七年出版，集中除盖尔语原诗外，附有作者自己的英语译文。这里所选都是根据他的英译转译的。

另一个当代苏格兰作家伊恩·克赖顿·司密斯（Iain Crichton Smith）也曾用英语译过麦克林的一些诗，对他十分钦佩。他认为麦克林的诗有三大特点：一、独特的个人风格，然又不失盖尔语的气氛（盖尔语是苏格兰部分地区的方言，也是爱尔兰的民族语言，有纯朴、古老的文学传统）。二、革命题材，如在写于三十年代的诗里；麦克林是一个共产主义者，在西班牙内战期间支持民主政府，后来佛朗哥胜利了，他引为奇耻大辱（这在许多诗里有表现）。三、现代敏感，也就是说有现代诗的特色。这三点归纳见于司密斯所译麦克林《写给埃姆赫的诗》（1971）的《前言》。

我想要加上一点：我看到的绍莱·麦克林的诗大多是抒情短诗，以爱情为题材，然又不纯是爱情，还有强烈的革命情绪。

例如，这里译的第一首《出卖灵魂》就是把对爱情的忠贞同对革命理想的忠贞联系起来看的。诗写得既明白晓畅，又有一点曲折，从这曲折里可以看出一点英国十七世纪玄学派诗人邓恩那样的"机智"。

第二首《选择》用了古朴的民谣体，所以译文也用了二、四行相间的脚韵（麦克林的盖尔语原诗和他的英译都无脚韵，但司密斯的英译则一般都有）。这里面"理智"被人格化了，成为一个同作者一起散步的角色。诗又是以爱情开始，诗人失去了恋人，感到痛苦，然而比起西班牙人民的受难来，他又感到失恋算不了什么。一个在革命中无所作为的人也不配承受爱情,真正的爱情同革命一样是"雷电般的轰鸣",不是胆小怕事或狭窄、冷漠的人所能面对。然而诗人又是不悔于曾经斗争与恋爱的;如果还有机会,他还要作那样的选择,只不过要更加全心全意,不惜一切代价。

第三首《让我砍掉》有一个难点,即为什么作者要把他的诗同两个截然不同的事情相比,即德国共产主义者李卜克内西之死和奴隶制。当然,线索还是有的,即"朴素,冷峻"。李卜克内西死得壮烈,然而又不带任何个人的戏剧化,因此朴素,冷峻。奴隶制则有另一种朴素,即它是赤裸裸的剥削和压迫,也有另一种冷峻,即它是完全残酷无情的。

第四首《我看不出》中所说的"垂死的语言"指作者所用以写诗的方言盖尔语,所以说"垂死"是因为由于英语的侵袭,现代说盖尔语的人已经不多了。但是诗却以乐观的情调作结。时间是在人民群众一边,他们是英勇而又坚忍的,而且青春和美丽也不时在他们的心中点燃起希望,所以说是"奇迹般的"。

第五首《形象》充满了对照:死亡与爱情,现实与想象。美丽的姑娘会变成尸骨。风流诗人爱在象牙塔里吟唱爱情,而对于在沙漠里抗击法西斯侵略军的战士,这种高雅、精细的感情是完全无济于事的,他所经历的是在缺水的土壤上慷慨地献出自己的血。同时,诗人也在暗示:文学形象不等于美丽的比喻,它也可以是现实的结晶——坚硬,枯燥,然而却饱含深意。

《黎明》是情诗,也是对斯凯岛上库林山的赞颂,写得很美,然而又不是轻飘飘的,因为库林山可以片刻变色,变成对人的命运的巨大的威胁。诗末的两行就是提醒读者会有灾祸降临,然而年轻的早晨是不怕的,宁让胸膛刺穿而要继续爱下去。

《青色堡垒》也是对库林山的歌颂,但不易懂,似乎是说山的严峻促使人们提高了感情,使它更纯净,从而可以用理智同星空对话了。

《在叶芝墓前》一诗表达了麦克林对叶芝的敬意。爱尔兰诗人叶芝虽然已在一九三九年死去,但至今为人景仰,其诗歌成就之高,公认为二十世纪欧美第一人。麦克林表明:叶芝诗作之可贵,原因之一是他同爱尔兰民族解放运动有结合——"因为勇敢和美丽/在你的身旁竖起了旗杆。/你用某种方式承认了它们"。但是叶芝又是有保留的,反对开展武装斗争,不过麦克林认为不必拿这点苛责叶芝,反正它没毁了他的诗。

《爱尔兰国立博物馆》回到了革命题材,歌颂的是一九一六年复活节爱尔兰人民武装抗英起义的领导者、工人领袖詹姆士·康诺利。诗人念念不忘爱尔兰人民(与他同是盖尔人)的斗争,而结语则把爱尔兰、苏格兰两处的斗争联结起来了。

最后一首《春潮》写得很清楚,表达了诗人在春潮过后的哀伤心情。但他并没有绝望。他倒是要问出一个究竟:为什么那样灿烂的日子慢慢流逝了?为什么他会"失去它的支持"? 安慰仍然有的,那就是"想到年轻时候的你",而这样一想就迎来了变化:

> 于是莫测的海洋涨起了潮,
>
> 一千条船张开了帆。

好个"莫测的海洋"! 人生和历史的秘密也在这里面。好个"一千条船"! 使人想起英国十六世纪剧作家马洛对希腊美人海伦的赞扬:

> 驱使一千条楼船走上海程,
>
> 一把火烧毁了古城高塔的——
>
> 就是这张脸么?

像马洛一样,麦克林也曾歌颂"奇迹般的美好人脸"。而且春天会再来,潮水会再涨,那时候一千条船一起"张开了帆",就不仅壮观而已,而是让我们读者也心潮澎湃,看向辽阔的、尽管又是"难测的"海洋。

* * *

译者曾有机会见到这位诗人。那是在一九八二年夏天,我先在都柏林纪念乔伊斯诞生百年的讨论会上同他认识,后来又在苏格兰西北海岸外的斯凯岛上诗人的小屋里同他作长夜谈,主要谈他自己的诗。

"我的根子是在苏格兰的这些岛屿上,"他说,"这里的石头和荒山教给我真正重要的东西。现在回头看我曾经喜爱过的现代派,我就觉得他们太爱掉书袋,太做作了。"

"但我也没有白读庞德和艾略特,"他接着说,"我用盖尔语写作,它有古老的传统,但我的情感是一个现代人的情感,我写的是二十世纪的爱情和政治斗争。"

这些话很能说明他的诗艺的特点。

译者看到了库林山。它高踞在斯凯岛的西南部,是那种突兀的、峻峭的、怪石峥嵘的荒山,对人疏远着,甚至显得有敌意,它的顶峰常常藏在云雾里。

　　岛的四面则是大海,平静的、明丽的大海同库林山的黑色群峰形成对照。

　　这两种景色,都反映在绍莱·麦克林的诗里。两者的并存和对照增加了他的诗的丰富性和深度。

　　诗人对他的作品有了中文译文,是感到高兴的。

出卖灵魂

我是一个同世界挣扎的诗人。
糟蹋了天才,像许多人那样
受了骗,给长链锁住。
我想我决不会对人说:
出卖了灵魂会避免痛苦。

我倒是对自己说过,不止一次:
如果为爱你需要我投降或撒谎,
我完全可以出卖灵魂。
我随口说了,没想到,
这是天大的亵渎和邪恶。
原谅我居然敢想
你会接受一个可怜虫,
一个软弱、卑鄙的人,
为了你的美丽和庄严,
他可以把自己出卖。

所以我要再说一声,
为了你,我愿出卖灵魂两次:
一次为了你的美丽,
一次为了你的高贵——
你容不了出卖自己的奴才!

选　择

我同我的理智
去到海边散步，
我们走在一起，
它却离我几步。

它转头向我问道：
你是否听到风声，
你那美丽的白姑娘，
星期一就要成婚？

我按住我那沸腾的心，
不让它跳出撕裂的胸膛，
接着我答道：恐怕是这样，
我用不着为此撒谎。

难道我能摘下
那颗闪亮的金星，
把它收进口袋，
用加倍的谨慎小心？

在西班牙的危急时候，
我不曾死在十字架上，
又怎能期望命运
给我新的奖赏？

我走上了卑鄙的小路，
狭窄，干燥，冷清，
又怎能面对爱情

雷电般的轰鸣?

但如果让我再作选择,
再能挺立在海隅,
我将怀着完整的心,
跳出天堂,或者地狱!

让我砍掉

让我用快刀砍掉
你的美丽带给我的文雅,
而使我的诗朴素,冷峻,
像李卜克内西的死,像奴隶制。
让我用大火烧掉
长在悲哀树上的欢乐叶子,
而把人民的痛苦打成铁,
放进我的抒情诗。

我看不出

我看不出我的工作有什么意义,
用一种垂死的语言写我的内心,
当整个欧洲已经沦亡,
处处有屠杀和呻吟。
但我们有一百万年在手,
而它不过是悲哀时间的一瞬,
还有千百人的英勇和耐心,
还有奇迹般的美好人脸。

形　象

当我知道了这可怕的事——
她的身体已经腐烂：
干枯，变质，残缺，
我画了一个我爱人的形象，
不是那种叫人舒服的形象，
会有诗人放在高楼的架上的，
而是会在沙漠里变大的形象，
在那里血即是水。

黎　明

你是库林山上的黎明，
克莱拉峰上的白天，
金色河流里懒洋洋的阳光，
地平线上的一朵白玫瑰。

阳光下港湾里白帆闪闪，
蓝色的海，金色的天，
年轻的早晨在你的发上，
在你洁白的双颊上。

黎明的珍宝，夜晚的珍宝，
你的脸和你的好心，
纵有灾祸似灰色木桩
刺透了我的年轻早晨的胸膛。

青色堡垒

如果没有你,库林山会变成
严峻的青色堡垒,
狼牙般的城墙像一根带子
围住了我内心的全部激情。

如果没有你,塔里斯克紧密的白沙
会成为无边的旷野,
我的期待将永无尽期,
欲望将如长矛一纵难收。

如果没有你,海洋
在起伏与停息之间
会把我的心潮高卷,
让它达到新的宁静。

棕色不毛的野地
将同我的理智一样延伸——
只是你对它们下了圣旨,
超越了我的痛感。

而在遥远的繁茂的顶峰上
盛开着一株绳索的树,
在它的枝叶间有你的脸,
有我的理智和一颗星的形象。

在叶芝墓前

墓上的大石板
盖住了你和你的妻子乔治，
在大海与班·勃本山之间，
在司莱戈和利沙台尔之间。
清风从各方吹来
你的神妙的词句，
伴随一位美丽的人儿，
出现在每处田野的电视机上。

从班·勃本山那边来的甜蜜声音
出自一张年轻美丽的嘴，
它因德米特而得到名声，
当它初次传播于绿色的土地；
后来变成了嘶叫，由于哀伤，
由于高贵的愤怒，
由于慷慨的行动，
这些在康诺利的耳中是甜蜜的，
对他和他的同道。

你得到了机会，威廉，
运用你的语言的机会，
因为勇敢和美丽
在你的身旁树起了旗杆。
你用某种方式承认了它们，
不过口上也挂了一个借口，
这借口却不曾毁了你的诗，
反正每个人都有借口。

爱尔兰国立博物馆

在这些邪恶的日子里，

厄尔斯特的老伤口还在溃烂①，

在欧洲的心脏里，

在每个盖尔人的心脏里②，

在每个自知是盖尔人的心脏里，

我一无作为，只在

爱尔兰国立博物馆里

看了那团已经变黑的血迹，

有点脏了，在一件衬衣上，

它曾穿在那位英雄身上，

他是我最爱的一位，

在所有曾经面对枪弹和刺刀，

坦克和马队，

或者猛烈爆炸的炸弹的人当中；

这件衬衫穿在康诺利身上③，

在爱尔兰邮政总局④里，

当他为牺牲做好准备，

让自己坐上一张椅子，

一张比爱尔兰的塔拉山⑤上的

御座还要神圣的椅子。

伟大的英雄仍旧坐在

---

① 厄尔斯特，指北爱尔兰，因该处被从南爱尔兰分割开来，一直仍在英国统治下，人民坚持武装斗争，近年来局势更为紧张。
② 盖尔人，即凯尔特人，爱尔兰与苏格兰大部居民是盖尔人。
③ 詹姆士·康诺利(1870—1916)，爱尔兰工人领袖，一九一六年复活节起义组织者之一，为英军枪杀。
④ 邮政总局，一九一六年复活节起义的指挥部所在地。
⑤ 塔拉山，爱尔兰列代国王驻地，从史前直至公元六世纪。

那张椅子上，
在邮政局里战斗着，
在爱丁堡的街道上打扫着。

春　潮

每当我感到沮丧，
总想到年轻时候的你，
于是莫测的海洋涨起了潮，
一千条船张开了帆。

苦难的海岸隐蔽着，
哀伤的暗礁也未露头，
大浪打来，却显得温柔，
丝绸般抚摸着我的脚。

春潮如黄金，鸟爱我更爱，
怎么它就不能永存？
怎么我会失去它的支持，
让它滴滴流走，只剩哀伤？

伦奈特·司图亚特·托马斯

（1913—2000）

　　威尔士是英国的偏僻地区，有独特的语言、文化，属于凯尔特传统。它的现、当代作家之中，有好几位托马斯。最有名的大概是狄兰·托马斯，在二十世纪四五十年代他的诗很流行，后来他又写短篇小说和广播剧，也都拥有不少读者、听众。第二位是格文·托马斯，写过好几部长篇小说，如《一切都背弃你》，也有名望。这里要介绍的是另一位，他名叫伦奈特·司图亚特·托马斯，一九一三年生于威尔士的加迪夫地方，一九三六年成为威尔士教会的教士，一生在威尔士农村度过，接触最多的是乡下孤独的农民，他的最好的诗也是写他们的。

　　他写农民的简朴的，往往又是艰苦的生活。他们沉默，寂寞，但有厚实的感情，还有深刻的智慧，像他们周围的大石山那样历尽沧桑而更有历史感、比例感。《泰力申，一九五二》《家谱》等诗所表现的就是这样的历史感。

　　他的诗艺也相应地是素朴、严谨的，从来没有多余的话；形式也是完整的，古老的，但不是文绉绉的古老；而是在农民口上传诵了多少世代的民间艺术的古老；而在素朴与古老之下，他又能不受传统的束缚，在诗艺上进行了许多试验，如追求霍普金斯式的"跳跃节奏"，如某些特殊的比喻和对照手法：

> 黄昏时天空发狂，
> 如有鲜血泼洒，

> ——《威尔士风光》

　　他最动人的一点是极具体的细节和极高远的玄思的结合。没有人能写像威尔士农村的人和物比他更具体——有时他还用了勃鲁盖尔（1525—1569）式的嘲讽，他爱农民，但不讳言他们的愚昧和落后——但同时也没有人能像他那样小中见大，例如在《农村》一诗之末，他写道：

那么停住吧,村子,因为围绕着你
慢慢转动着一整个世界,
辽阔而富于意义,不亚于伟大的
柏拉图孤寂心灵的任何构想。

　　因此这些写几乎被人遗忘的农村的小诗读起来一点也不单调,而是充满了激情和戏剧性,经得起多次咀嚼的。
　　当代的英国诗坛虽然人才众多,但显得过分城市化,色调有点灰——要不然就是像特德·休斯那种猛禽似的黑色——只有R.S.托马斯像一块白石那样,经过了时间的冲刷而更坚硬又更玲珑了。

时　代

这样的时代:智者并不沉默,
只是被无尽的嘈杂声
窒息了。于是退避于
那些无人阅读的书。

两位策士的话
得到公众倾听。一位日夜不停地
喊:"买!"另一位更有见地,
他说:"卖,卖掉你们的宁静。"

农　村

谈不上街道,房子太少了,
只有一条小道
从唯一的酒店到唯一的铺子,
再不前进,消失在山顶,
山也不高,侵蚀着它的
是多年积累的绿色波涛,

草不断生长,越来越接近
这过去时间的最后据点。

很少发生什么;一条黑狗
在阳光里咬跳蚤就算是
历史大事。倒是有姑娘
挨门走过,她那速度
超过这平淡日子两重尺寸。

那么停住吧,村子,因为围绕着你
慢慢转动着一整个世界,
辽阔而富于意义,不亚于伟大的
柏拉图孤寂心灵的任何构想。

一个农民

他名叫泼列色启,不过是一个
威尔士荒山中的普通人,
在云山深处养几只羊;
碰到剥甜菜,他把它的绿皮
从黄色的菜筋削掉,这时他才
露出得意的痴笑;或者使劲翻土,
把荒地变成一片土块,在风里闪光——
日子就这样过去。他很少张口大笑,
那次数比太阳一星期里偶然一次
穿过上天的铁青脸还少。
晚上他呆坐在他的椅子上
一动不动,只偶尔倾身向火里吐口痰。
他的心是一块空白,空得叫人害怕。
他的衣服经过多年流汗

和接触牲口,散发着味道,这原始状态
冒犯了那些装腔作势的雅士。
但他却是你们的原型。一季又一季
他顶住风的侵蚀,雨的围攻,
把人种保留下来,一座坚固的堡垒,
即使在死亡的混乱中也难以攻破。
记住他吧,因为他也是战争中的得胜者,
星星好奇地看他,他长寿如大树。

威尔士风光

住在威尔士会感到
黄昏时天空发狂,
如有鲜血泼洒,
染红了纯洁的河水
和所有的支流。
也会感到
盖过拖拉机的吼声,
和机器的低哼,
在森林里有战斗,
响鸣着疾飞的箭矢。
你不能活在现在,
至少在威尔士不能。
语言就是一个例证,
那柔和的辅音
听起来很奇特。
深夜黑暗中有叫声,
是枭鸟在对月亮说话,
还有黑影重重,像是藏着伏兵。
蹲在田野边上不出声,

威尔士没有现在，

也没有将来，

只有过去，

一些脆弱的古董，

风雨侵蚀的高塔和堡垒，

连鬼都是假的；

倒塌的废石场和旧矿洞，

和一个无精力的民族，

由于近亲繁殖而衰弱不堪，

在一支旧歌的骸骨上捣腾。

泰力申，一九五二*

我曾是历史上的各类人物，

我感到世界和流逝的时间的神奇，

我看过邪恶，也看过阳光

赐福四月天空下无邪的爱。

我曾是默林①，在遥远的国家里

遨游于森林，听到大风惊起了

奇特的人声，我的心破碎了，

由于突然认识了人的愤怒。

我曾是格林突尔②，在无边的黑夜里

观测着星空，寻找吉祥的预兆，

我是男人的领袖，却受着女人的诅咒，

---

  * 泰力申，传说中的六世纪行吟诗人，十四世纪时曾有《泰力申之书》，收录其诗歌，实则作者并非一
     人。长时期中人们以为他曾目睹各代各事，曾为魔术师、国王、逐巨，因而体验过人生的一切甘苦。
  ① 默林，传说中的行吟诗人，但又以魔法师的面目出现于与亚瑟王有关的故事中。
  ② 格林突尔是十五世纪初的一位著名威尔士勇士。

她们在同一星空下哀悼亲人。

我曾是戈隆维①,不容于故土,
被赶到大海上去尝生活的苦味;
我体会过流亡和强烈的怀念,
最后又变成阴郁的痛苦。

国王,乞丐,傻瓜,我全都当过,
知道身体的甜蜜,头脑的诡诈,
永远是泰力申,我展示新世界的升起,
它倔强地美丽,为了满足心灵的渴望。

家　谱*

我是长长石洞的居住者,
洞是黑的,我在壁上用线条
画了牛。我的手最先成熟。

后来转向暴力:我是守候在
冷酷的渡口的那个人,
心怀怨恨的刀,河里的急流

记得日落时那桩野蛮罪行。
死者追逐着我。我是在教堂门口
偷看锁孔的国王,看见死亡

---

① 戈隆维指戈隆维·欧文,十八世纪威尔士的僧侣和诗人。
* 这首诗同《泰力申,一九五二》一样,穿越人类的几个时代,从最初的洞居一直到第二次世界大战
后徘徊在新建城市的街头,原来的英雄主义换成了现代无生气的小市民习气。

向我大步走来。从那时起
我为权利而斗骄横的酋长们，
在大幅的条约上签下我的名字。

我同威尔士的贵族行进在包斯华斯①，
取得胜利，但接着后悔了，
在森林深处的白色屋子里。

我是新建城市的陌生人，
很快就花完了泪水的钱包，
于是塞进更实在的铜钱，

取自黑暗的来源。现在我站在
短短白昼的强硬光线里，
没有根子，却长了许多枝叶。

佃 户 们*

这是痛苦的风景。
这儿搞的是野蛮的农业。
每个农庄有它的祖父祖母，
扭曲多节的手抓住了支票本，
像在慢慢拉紧
套在颈上的胎盘。
每逢有朋友来家，

---

① 包斯华斯为古战场名。一四八五年八月二十二日在此打了"玫瑰之战"的最后一仗，结果理查三世阵亡，胜利者亨利·都铎继英国王位，称亨利七世，开始了都铎王朝的统治。亨利·都铎的祖父欧文·都铎是威尔士人。

* 这首诗描写的是威尔士农村的实况，给人的印象是土壤贫瘠，家长统治，儿子们为他们终年劳作，像是佃户，因此盼他们早死。这不是田园诗，而是世态图。结句带有讽刺，因为在这种严苛的环境里缺少的就是爱。

老年人独占了谈话。孩子们
在厨房里听着；他们迎着黎明
大步走在田野，忍着气愤
等待有人死去，一想起这些人
他们就像对所耕种的土壤那样
充满了怨恨。在田埂的水沟里
他们看自己的面容越来越苍老，
一边听着乌鸫的可怕的伴唱，
而歌声对他们的允诺却是爱。

流　浪　汉 *

门上敲一声，
站着流浪汉，
他伸出碗，
要茶喝，
穷汉却有好筋骨，
能上路——去何方？

他看着他的脚，
我看着天，
飞机在头上转，
在造着活动屋顶，
构成一个我们都赞成的
那种新世界。

我睡在床上，

---

* 这首诗的原文有一特点，即每行只有两个重读点。译文也试图传达这种效果，每行的重读词一般也是两个。这两声重读是为了表示这里有两种环境，两个社会（其中一个是以飞机为代表的现代工业社会）。诗人想要跨越过去，而最后却更感到它们无法调和。他正视现实，同时又写得充满感情。

他睡在沟里
腐败的树叶上。
我的梦里尽是鬼，
他的梦是否充满色彩？
我将早醒，
他将冻醒。

回　家

回家是回到
凉爽草地上的白屋子，
透过影子的薄膜，闪亮的
河水做了小屋的镜子。

烟从屋顶上升起，
到达大树的高枝，
最初的星星在那里重温了
时间、死亡和人的誓言的道理。

夜饮谈诗

"听着，诗应出之天然，
像花茎，以粪为肥，
在迟钝的土壤里慢慢生长，
终于成为不朽的美丽白花。"

"天然？别见鬼！乔叟怎么说的，
作诗需要长年的辛苦，
不辛苦诗就没有血液。

听任天然,诗只会乱爬,
像枯草一样无力,又怎能穿透
生活的铁壳!伙计,你得流汗,
得苦吟到断肠,如果你想
搭个楼梯接诗下凡。"

　　　　　"你说这话
像是从来没有阳光突然照亮心灵,
使它不再在黑路上摸索。"

"阳光得有窗子
才能进入里屋,
而窗子不是天生的。"

　　　　　就这样,两个老诗人
拱肩喝着啤酒,在一个烟雾腾腾的
酒店里,四周声音嘈杂,
谈话人用的全是散文。

菲力浦·拉金

（1922—1985）

　　拉金是第二次世界大战以后涌现出来的优秀诗人。许多评论者认为,二十世纪五十年代以来英国出了两个大诗人,一个是特德·休斯,一个就是拉金。

　　他上过牛津大学圣约翰学院,同学中有金斯莱·艾米斯和约翰·韦恩。这两人虽以写小说著名,也写过诗,而在诗艺上视拉金为长兄。这些人合起来,成为一个名叫"运动"的诗派,在五十年代有点声势。

　　拉金成名于"福利国家"时期,他的同伴是一些对政治有幻灭感的"愤怒的年轻人",他自己也无特别的热情,但关心社会生活的格调,喜欢冷眼观察世态,而在技巧上则一反流行于五十年代之初的狄兰·托马斯等人的浪漫化倾向,回头去师法哈代,务求写得具体、准确。这两点——社会观察的细致和写法上的反浪漫化——使他成为一个很好的世态记录者。

　　以他最有名的诗篇《降灵节婚礼》为例,他写铁路沿线的英国情况,着墨不多,而英国的病态历历在目:

> 浮着工业废品的运河,
> ……没有风格的新城,
> 用整片的废汽车来迎接我们。

而人物呢?

> 　一些笑着的亮发姑娘,
> 她们学着时髦,高跟鞋又加面纱,
> 怯生生地站在月台上……

这是新娘们。她们的家属则是:

穿套装的父亲,腰系一根宽皮带,

　　　额角上全是皱纹;爱嚷嚷的胖母亲;

　　　大声说着脏话的舅舅……

对于这样一些人组成的英国社会,诗人当然是提不起什么兴致的。因此他的语言也是平淡的,闲话式的,他的韵律也是低调的,有嘲讽式的倒顶点,而无高昂的咏叹调。

　　拉金的笔下几乎不见一片绿叶,不是他不爱田园,而是他知道这一切"在消失中"(这正是他的一首诗的题目),他眼见即将来临的命运是:

　　　这样,英格兰也就消失,

　　　连同树影,草地,小巷,

　　　连同市政厅,雕花的教堂唱诗台;

　　　会有一些书收进画廊传世,

　　　但是对于我们这一帮,

　　　只留下混凝土和车胎。

没有掩饰,没有原谅,没有迁就,这就是当代的英国写照,这也是真正的当代英语诗。

　　这样的诗,还有读头么? 华兹华斯的恬淡何在? 雪莱的激情何在? 济慈的乐歌何在? 整个英国诗的优美的抒情传统又何在?

　　拉金的成功正在于:在浪漫派的感情泛滥之后,在现代派的技巧与理论泛滥之后,在奥登一代的政治热情膨胀之后,特别是在狄兰·托马斯的符咒式的狂歌之后,他能头脑冷静地以哈代为师,从写实入手,用一种硬朗的机智建立了一代新的英国诗风。

　　因为他不仅深有所感,而且很会写诗。他老练而又善于创新。老练在于他对于形式的驾驭。他的所有诗篇都是形式完整、层次分明的。又在于他对于口语体的掌握,几乎全用闲谈语气,然而又精练,简洁。他也继承了现代派诗对于形象和具体场景的关注,以至写出了这样的传神之笔:

　　　　　　无帽可脱,我摘下

　　　裤腿上的自行车夹子,不自然地表示敬重。

但是他又不炫新奇,坚韧地走自己的路,力求写得真实,写得准确,同时又注意气氛、联想、余音,避免照相式的写实。因此,他虽写的是有点灰色的当代英国社会,他的诗却不是灰色的。人们倒是发现:他的诗里有一种新的品质,即心智和感情上的诚实。《上教堂》就是一例。它写出了二十世纪中叶英国青年知识分子对宗教的看法:并不重视,认为教堂将为时间所淘汰,但最后却来了这么一段自白:

> 说真的,虽然我不知道
>
> 这发霉臭的大仓库有多少价值,
>
> 我倒是喜欢在寂静中站在这里。

原因是:人有一种饥饿,要求生活中有点严肃的东西。这就是诚实。表现上的准确也是一种诚实,拉金的技巧是与拉金的内容一致的。而准确是一种当代品质,科学技术要求准确,准确也是一种新的美:运算的准确,设计的准确,施工的准确,都是美的。就诗而论,在多年的象征和咏叹之后,来了一位用闲谈口气准确地写出五十年代中叶英国的风景、人物和情感气候的诗人,是一个大的转变。也许可以说:拉金和他的诗友们做了一件早就该做的事,那就是:以不同于美国诗的方式写出了一种新的英国诗,这样也就结束了从二十年代起就开始树立于英国诗坛的现代主义统治。

上　教　堂*

我先注意里面有没有动静,
没有,我就进去,让门自己碰上。
一座通常的教堂:草垫、座位、石地,
小本《圣经》,一些花,原为礼拜天采的,
已经发黑了;在圣堂上面,
有铜器之类;一排不高而紧凑的管风琴;
还有浓重而发霉的、不容忽略的寂静,
天知道已经酝酿多久了;无帽可脱,我摘下

---

* 拉金的名篇之一,表达的是一个二十世纪五十年代的青年站在教堂里的心情。一开始口气轻松,对宗教并不特别敬重,但到了诗的后半,出现了沉思,而最后以严肃作结。这情绪的变化是用准确的笔触写出来的,没有浮夸或自我欺骗,因而更可信,有深度,有余音。诗的形式完整,原是有脚韵的,译文取消了。

裤腿上的自行车夹子,不自然地表示敬重。

往前走,摸了一下洗礼盘。
抬头看,屋顶像是新的——
刷洗过了,还是重盖的? 会有人知道,我可不。
走上读经台,我看了几页圣诗,
字大得吓人,读出了
"终于此"三字,声音太大了,
短暂的回声像在暗中笑我。退回到门口,
我签了名,捐了一个硬币,
心想这地方实在不值停留。

可是停留了,而且常常停留。
每次都像现在这样纳闷,
不知该找什么,也不知有一天
这些教堂完全没有用处了,
该叫它们变成什么? 也许可以定期开放
几座大教堂,在上锁的玻璃柜里
陈列羊皮纸文稿、银盘、圣饼盒,
而听任其余的被风吹雨打,或给人放羊?
还是把它们作为不吉利的地方而躲开?

也许,一等天黑,会有莫名其妙的女人
带着孩子进来摸某块石头,
或者采集治癌的草药,或者在某个
预定的晚上来看死人出来走路?
总会有一种力量存在下去,
在游戏里,在谜语里,像是完全偶然;
可是迷信,一如信仰,必须消灭,
等到连不信神也没有了,还剩下什么?
荒草,破路,荆棘,扶壁,天空。

样子越来越不熟悉，
用处越来越不清楚。
我在想谁会最后跑来寻找
原来的教堂？那些敲敲记记的人，
懂得什么是十字架楼厢的一群？
在废墟里找宝，贪求古董的人？
过圣诞节有瘾的人，指望在这里
找到仪式、管风琴乐和没药味道的那些？
还是一个可以代表我的人，

感到闷，不懂内情，明知这鬼魂的沉积
早已消散，却还要穿越郊区的灌木，
来到这十字架形的地方，因为它长期稳定地
保持了后来只能在分离的情况里——
结婚，生育，死亡，以及它们引起的思绪——
找到的东西，而当初正是为了它们才造了
这特别的外壳？说真的，虽然我不知道
这发霉臭的大仓库有多少价值，
我倒是喜欢在寂静中站在这里。

它是建在严肃土壤上的严肃屋子，
它那兼容的空气里聚合着我们的一切热望，
热望是被承认的，虽然给说成命运。
这一点永远不会过时，
因为总会有人惊异地发现
身上有一种要求更严肃一点的饥饿，
总会带着这饥饿跑来这个地方，
因为他听说这里人会活得明智，
如果只由于有无数死者躺在周围。

背离之诗 *

有时你听见,第五手材料,
像墓志铭:
"他丢掉一切,
离开了家门。"
说的人口气有把握,
以为你一定赞成
这大胆的、起净化作用的、
充满原始力的举动。

而他们是对的,我认为,
家,我们都不喜欢,
更不喜欢老待在那里,
我恨我的小房,
瞧这些破烂,专为我挑的:
正经的书,稳当的床,
绝对规矩的生活。
因此一听人讲:

"他撇开众人扬长而去。"
我总兴奋,发热,
就像读到"她开始脱衣"
或"揍死你,狗娘养的";
如果他干了,我为什么不能?
这样想,也就使我
安静下来,照常勤快。

---

* 背离,表示艺术家不合常规的行径。诗人似乎赞赏,实际则看出了其中有种种做作,因此主调仍
是讽刺。

但今天，我非走不可。

是的，在落满松子的路上大摇大摆，
或者弯着身进出船舱，
满脸胡楂，然而日子过得正派，
只不过有点假装，
故意要退后一步，
为了要有艺术新创：
书；陶瓷品；一种生活，
值得指责，所以圆满。

家 *

家是悲哀的。它没有改变，
还为最后离开的人保持了舒适，
似乎在想他回来。长时间
它没有一个人可以讨好，很泄气，
没有勇气去丢掉偷学来的体面

而回到当初开始时的决心：
痛痛快快，来一个归真返璞
当然早已放弃。你了解这类事情。
瞧瞧这些画，这些银刀叉，
这钢琴凳上的乐谱。还有，那花瓶。

---

* 诗人对普通西方家庭的感想：传统的格式，墙上挂画，客厅有钢琴，吃饭用贵重的餐具，而且照例
要摆点花，一切为了体面，没有真正有趣味或有意义的生活。诗的技巧也见匠心，末尾一句"还
有，那花瓶"像是突然想起，用了一种"倒顶点"的韵律，加强了讽刺效果。

水 *

如果我被请去
创造一种宗教，
我将利用水。

为了做礼拜，
先要涉水过河，
然后再弄干——各色衣服。

我的连祷词将用上
泡水的形象，
痛快又虔诚，淋个透。

我还将在东方
举起一杯水，
让来自各个角度的光①
在水里不断地聚合。②

降灵节婚礼**

那个降灵节，我走得晚，

---

* 这里是拉金对于宗教的想法。水是纯洁的，流动的，象征着生机。让水淋个透湿，表示全心全意
  地信仰，而且一信到底。
① 来自任何方面的信仰。"光"可用解作"对宗教的领会"，如基督教中有所谓"新光派"。
② 指宗教性聚会。
** 这是拉金最有名的一首诗。写一次火车旅行所见。时值降灵节，有许多对新婚夫妇在车站等车。
  诗人写得真实，准确，没有浪漫化倾向，这正符合五十年代英国工党政府下福利国家的气氛。他
  在情感上没有卷入，而采取了冷眼旁观的态度，语言也相应地低调，口语化，但有机智，文采，甚至
  还有暗示，如诗末的箭雨——雨会滋润田野，象征着结婚后的生育。原诗的十行段有相当复杂的
  脚韵安排，译文未照办。

直到一个晴朗的
星期六下午一点二十分,
我那大半空着的火车才开动。
车窗全关着,坐垫暖暖的,
不再感到仓促了。我们经过
许多房子的后面,穿过一条街,
玻璃窗亮得刺眼,闻到了鱼码头,
宽阔的河面平平地流开去,
林肯郡在那里同天和水相接。

整个下午,穿过沉睡在内陆的高温,
　延续好多英里,
火车开开停停,缓慢地画一条南下的弧线,
开过了大农场,影子小小的牛群,
浮着工业废品的运河,
罕见的暖房一闪而过,树篱随着地势
起伏;偶然有草地的清香
代替了车厢椅套的气味,
直到下一个城市,没有风格的新城,
用整片的废汽车来迎接我们。

一开始,我没注意到
　婚礼的动静,
每个停车的站台闪着阳光,
我对阴影里的活动没有兴趣,
凉爽的长月台上有点喊声笑声,
我以为只是搬邮件的工人在闹着玩,
因此继续看我的书。等车一开动,
我才看见经过一些笑着的亮发姑娘,
她们学着时髦,高跟鞋又加面纱,

怯生生地站在月台上,看我们离开,

像是在一桩公案结束之后,
　挥手告别
留下来的什么东西。这使我感兴趣,
在下一站很快探出头来,
看得更仔细,这才发现另一番景象;
穿套装的父亲,腰系一根宽皮带,
额角上全是皱纹;爱嚷嚷的胖母亲;
大声说着脏话的舅舅;此外就是
新烫的发,尼龙手套,仿造的珠宝,
柠檬黄、紫红、茶青的衣料

把姑娘们同其他人分别开来。
　是的,从车场外边的
咖啡店,宴会厅,和插满彩旗的
旅游团的休息室来看,结婚的日子
已近尾声。在整个旅程中
都有新婚夫妇上车,别的人站在一边,
最后的纸花扔过了,随着最后的嘱咐;
而更向前行,每张脸似乎都表明
究竟看到什么在隐退:孩子们不高兴,
由于沉闷;父亲们尝到了

从未有过的巨大成功,感到绝对滑稽;
　女人们彼此私语,
共享秘密,如谈一次快活的葬礼;
而姑娘们,把手包抓得更紧,盯着
一幅受难图。总算是自由了,
满载着他们所见的一切的总和,
火车向伦敦疾驰,拖着一串串蒸汽。

现在田野换成了工地,白杨树

在主要公路上投下长长的影子,这样

过了大约五十分钟,后来想起来,

这时间正够整一整帽子,说一声

　"可真把我急死了",

于是十几对男女过起了结婚生活。

他们紧靠坐着,看着窗外的风景——

一家电影院过去了,一个冷却塔,

一个人跑着在投板球——却没有人

想到那些他们再也见不着的亲友,

或今后一生里将保存当前这一时刻。

我想到舒展在阳光下的伦敦,

它那紧密相连的邮区就像一块块麦田。

那是我们的目的地。当我们快速开过

　闪亮的密集轨道,开过

静立的卧车,迎面来了长满藓苔的

黑墙,又一次旅行快要结束了,一次

偶然的遇合,它的后果

正待以人生变化的全部力量

奔腾而出。火车慢了下来,

当它完全停住的时候,出现了

一种感觉,像是从看不见的地方

射出了密集的箭,落下来变成了雨。

日　子 *

日子干什么的？
日子是我们的住处，
它来了，叫醒我们，
一次又一次。
日子是快活的地方。
除了日子，我们还有哪里能住？

啊，为了解决这个问题，
来了教士和医生，
穿着他们的长大衣，
在田野上奔跑着。

读书习惯 **

有一阵，把鼻子埋在书里，
解脱了许多烦恼，除了上学，
眼睛看坏了也不在乎，
反正我知道我能保持警觉，
更有那一手右拳特别得意，
大我一倍的坏蛋也能对付。

后来，戴上了深度近视眼镜，
邪恶成了我的游戏，

---

*　一首简单的小诗，却提了一个发人深省的问题。回答也是别致的，然而又是实在的。一提到日子，诗人就想到生和死，因此第二节里出现了教士（管灵魂）和医生（管身体）。他们的"长大衣"使他们显得有点阴森可怕，使诗增加了深度。

**　此诗谈阅读的影响，韵脚排列为 abcbac。

我和我的黑大氅、亮刺刀，
在黑暗中大干一气，
多少女人挡不住我男性的猛劲，
我把她们切开如蛋糕。

现在不读什么了：什么公子恶霸
欺侮美人，然后英雄来了
把他收拾；什么不争气的胆小鬼
却成了店主；这一套
都太熟悉了；见鬼去吧，
书只是废话一堆。

在消失中*

我原以为可以保我这一辈子——
总能感到在城市尽处
有草地和农田，
村子里会有二流子，
在爬那总会没砍尽的大树，
虽说也会有虚惊式的预言

登在报上，说老街都将拆掉，
改成错层式的商场，
毕竟还有几条保存了下来；
即使旧市区继续缩小，
冷冰冰的高层建筑登场，
我们也总能驾起车逃开。

---

* 这诗意思明显，无须解释。拉金一反常态，写得很显露，反映出他对于英国情况恶化的焦急。

东西比人坚强，就像

大地总能长出一点什么，

不管我们怎样在它身上乱搞一气；

把垃圾倒在海里，如果你要这样，

远处的波涛总会是干净的。

——可是现在我又有什么感觉？怀疑？

还是因为我老了？公路旁

咖啡店里尽是青年，

他们的孩子在喊叫，

要求更多屋子，更多停车场，

更多拖车营地，更多钱。

商业版上登了一条

新闻，相片里戴眼镜的笑脸

表示赞成公司合并，会带来

百分之五的利润

（还可以高到百分之十，在港湾那边）。

把工厂搬到还没破坏的风景地带，

（还有搬迁费！）而当你想抽身

去海边走走，过暑假……

没想到，就在现在这一会儿，

事情变得这么快！

虽说还有一些地区没给糟蹋，

我第一次感到有点不对，

看样子什么都难保存下来！

可能在我还没入土的时候，

这整个热闹国家就会四面筑墙，

除了少数的旅游点——

欧洲第一贫民区,这一角色倒可接受,
也许不太费力就能演得很像
早已有骗子和妓女组了班子开戏院。

这样,英格兰也就消失,
连同树影,草地,小巷,
连同市政厅,雕花的教堂唱诗台;
会有一些书收进画廊传世,
但是对于我们这一帮,
只留下混凝土和车胎。

许多事情并非有意造成。
这事也可能不是;可是贪婪
和垃圾已经到处成堆,
现在无法清除了,也无法借个好名,
把它们说成是必需而原谅。
反正我认为会消失,而且很快。

"中国翻译家译丛"书目
（以作者出生年先后排序）

第 一 辑

书 名	作 者
罗念生译《古希腊戏剧》	［古希腊］埃斯库罗斯 等
朱光潜译《柏拉图文艺对话集》《歌德谈话录》	［古希腊］柏拉图　［德国］爱克曼
纳训译《一千零一夜》	
丰子恺译《源氏物语》	［日本］紫式部
田德望译《神曲》	［意大利］但丁
杨绛译《堂吉诃德》	［西班牙］塞万提斯
朱生豪译《莎士比亚戏剧》	［英国］莎士比亚
罗大冈译《波斯人信札》	［法国］孟德斯鸠
查良铮译《唐璜》	［英国］拜伦
冯至译《德国，一个冬天的童话》	［德国］海涅 等
傅雷译《幻灭》	［法国］巴尔扎克
叶君健译《安徒生童话》	［丹麦］安徒生
杨必译《名利场》	［英国］萨克雷
耿济之译《卡拉马佐夫兄弟》	［俄国］陀思妥耶夫斯基
潘家洵译《易卜生戏剧》	［挪威］易卜生
张友松译《汤姆·索亚历险记》《哈克贝利·费恩历险记》	［美国］马克·吐温
汝龙译《契诃夫短篇小说》	［俄国］契诃夫
冰心译《吉檀迦利》《先知》	［印度］泰戈尔　［黎巴嫩］纪伯伦
王永年译《欧·亨利短篇小说》	［美国］欧·亨利
梅益译《钢铁是怎样炼成的》	［苏联］尼·奥斯特洛夫斯基

第 二 辑

书　名	作　者
钱春绮译《尼贝龙根之歌》	
方重译《坎特伯雷故事》	［英国］乔叟
鲍文蔚译《巨人传》	［法国］拉伯雷
绿原译《浮士德》	［德国］歌德
郑永慧译《九三年》	［法国］雨果
满涛译《狄康卡近乡夜话》	［俄国］果戈理
巴金译《父与子》《处女地》	［俄国］屠格涅夫
李健吾译《包法利夫人》	［法国］福楼拜
张谷若译《德伯家的苔丝》	［英国］哈代
金人译《静静的顿河》	［苏联］肖洛霍夫

第 三 辑

书　名	作　者
季羡林译《五卷书》	
金克木译天竺诗文	［印度］迦梨陀娑　等
魏荒弩译《伊戈尔远征记》《涅克拉索夫诗选》	［俄国］佚名　涅克拉索夫
孙用译《卡勒瓦拉》	
朱维之译《失乐园》	［英国］约翰·弥尔顿
赵少侯译《莫里哀戏剧》《莫泊桑短篇小说》	［法国］莫里哀　莫泊桑
钱稻孙译《曾根崎鸳鸯殉情》《日本致富宝鉴》	［日本］近松门左卫门　井原西鹤
王佐良译《爱情与自由》	［英国］彭斯　等
盛澄华译《一生》《伪币制造者》	［法国］莫泊桑　纪德
曹靖华译《城与年》	［苏联］费定